나의 충분한 사생활

나의 충분한 사생활

다시, 방구석 생각 일기

조항록 지음

달아실

나의 고유한 재능은 생각뿐이리.

내 쉴 곳은 소용없는 생각, 나의 생각뿐이리.

책을 열며

내가 보는 달의 앞면

방구석 생각 일기는 마침표가 없다. 삶이 다하는 날, 비로소 생각 일기에 마침표가 아닌 물음표를 찍는다. 그날 나는 어디로 떠나는 것이냐. 그날 이후 나는 다시 어떤 생각 일기를 펼칠 것이냐. 아니면, 마침표 없이도 영영 소멸하는 것이냐.

나는 여섯 번째 시집을 내고 나서 다시 우울에 빠졌더랬다. 일생동안 단 한 권의 시집만 내고 절필하는 것이 좋겠다는 아름다운 편견은 무너져 내린 지 오래였다. 그만큼 나의 삶은 남루해졌고, 넓은 세상에 일상의 관성만 가득했다.
나는 나의 시에 엎드려 소리 없이 울었다. 이게 뭐라고. 이깟 게 대체 뭐라고. 생각을 인쇄하면, 생각은 곧 휘발되어 하얗게 날아갔다. 천지간이 텅 빈 것으로 들어찼다. 천지간이 헛되고 헛되며 헛되고 헛되니 모든 것이 헛된 것으로 들끓었다. 생각을 책으로 묶으면, 생각은 갇혀 또 멀리 창밖만 내다보았다.

그런데, 나는 왜?

시집과 산문집이 다르지 않을 것이다. 이 집과 저 집이 다르지 않은 것처럼. 이 사람과 저 사람이 다르지 않은 것처럼. 이 책에 채집해놓은 나의 생각도 금방 휘발되어 흔적조차 남지 않을 것이다. 아무리 단단한 표본핀으로 꾹꾹 눌러놓아도 나비며 잠자리며 풍뎅이며 어디론가 홀연히 다 날아가버릴 것이다. 그럼에도 나는 소용없는 나의 생각을 거듭 책으로 묶는다. 도무지 어쩌지 못하는 내 어리석음의 증명이다. 내가 물음표 하나만 남기고 어디로 영영 사라지기 전에, 나 좀 바라봐달라는 집착과 허영의 증거다.

그럼에도 나에게는 이 책을 설명할 의무가 있겠지.

『나의 충분한 사생활』은 기억과 추억, 사유와 망상의 집합이다. 나는 다만 구상과 비구상, 인간과 비인간, 이미 지나가버린 것과 아직 다가오지 않은 것에 관한 이야기를 하고 싶었다. 지극히 개인적인 생활과 감상이라 부질없을지 모르나 나의 삶이 당신의 삶과 별로 다르지 않을 것이라고 믿었다. 어차피 우리는 모두 달의 앞면만 쳐다보며 살아가니까, 아무리 악다구니해봤자 달의 뒷면은 인간의 영역이 아니니까, 라고 나는 생각한다.

전체 내용을 1절, 2절, 3절로 나누었다. 모두 지금까지 나의 생각이므로 아직 4절이 남았겠지. 그렇게 애국가처럼 숙연한, 내 방구석의 쓸쓸한 노래를 완성하겠지.

2024년, 또 한 번 여름을 보내며

조항록

차례

2절

3절

1절

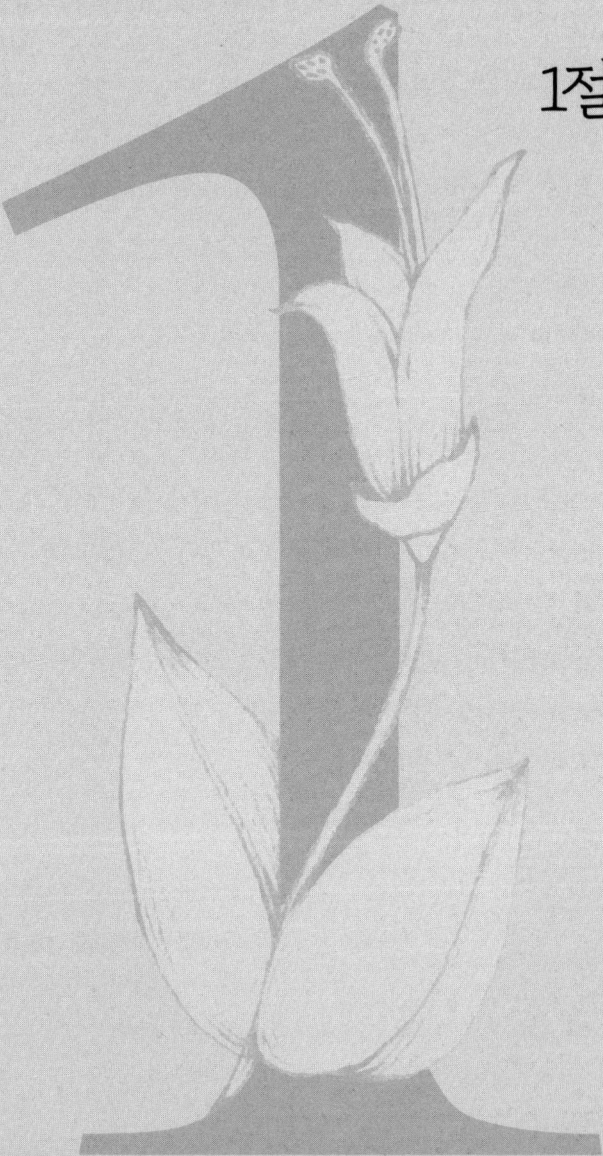

∞에 관한 생각

내가 되도록 입 밖에 내지 않으려는 말이 있다.

절대로.

당연히.

영원히.

인생이 가진 경우의 수는 무한대(∞)니까.

인생은 크기와 값을 결정할 수 없는 것. 그것은 마치 뫼비우스의 띠와 닮아 안과 밖이 따로 없고, 옳고 그름이 맞닿으며, 종종 나와 너를 구별하기 어려운 것. 하고 싶어도 하지 못하고 하기 싫어도 해야 하는 것. 떠나고 싶어도 망설이고 머물고 싶어도 떠나야 하는 것. 아무래도 그럴 수는 없거나 어쩌면 그럴 수도 있는 것. 아무리 나아가도 어디에 이르지 않는 것.

2038년에 관한 생각

이 숫자는 미래의 어느 해다. 2037년 12월 31일에 우리가 제야의 종소리를 들으며 2038년을 맞이할는지는 모르겠다. 언제나 그럴 것이라는 믿음이 팬데믹으로 엉망진창 되는 허망한 현실을 모두 지켜봤으니까. 오직 분명한 사실은, 지금은 상상조차 하기 어렵게 과학 문명이 발달해도 인간의 결핍과 공포와 불안 따위가 여전히 사라지지 않을 것이라는 예견뿐이다. 인생의 고독이 천 년 전이나 천 년 후나 달라지지 않는 것처럼. 천 년 전의 내가 황량한 들판을 내달리며 외로웠다면, 천 년 후의 나는 우주 공간을 거닐며 외로울 것이다.

2038년은 미래인가. 아니다. 오늘 보면 2038년은 먼 미래지만, 머지않아 그해는 현재가 되고 또 금방 과거가 될 것이 틀림없다. 그게 누구나 희롱당한다는 세월의 장난 아닌가. 말과 글에는 시제가 있지만 인생은 그렇지 않다. 나의 삶에서 나는 과거와 현재와 미래를 명료하게 구분하지 못한다. 삶의 시제가 뒤엉킬 때마다, 나는 허공에 대고 곧 지워지고 말 몇 개의 문장을 허밍할 따름이다. 그것은 시(詩)일 수 있고, 노래일 수 있고, 단지 이대로 소멸해가기 싫다는 절규일 수도 있다. 2038년의 나 역시 그해의 노인이 아니겠지. 그때의 나는 또다시 1992년이나 2001년을 불러내 추억을 살아갈 것이다. 아무도 관심 두지 않겠지만, 2039년의 소망을 도모할는지 아무도 알 수 없는 것이다.

1년 365일에 관한 생각

*

1년은 지구가 태양을 한 바퀴 도는 기간이다. 다들 알다시피, 지구의 공전 주기가 365일이라는 말이다. 그러니까 규칙적으로 반복되는 지구의 공전을 몇 번 경험하느냐에 따라 사람의 생애가 결정된다. 질적인 면에서 어떻게 살았느냐는 차원이 다른 평가지만, 양적인 면에서 우리의 삶은 태양을 몇 바퀴 돌았는지에 따라 판가름난다. 태양 주위를 60번 휘돌면 환갑을 맞는 식이다. 그러고 보면 인생이란 얼마나 심플한가. 인생이란 또 얼마나 명백한가. 365일 동안 부지런히 달리면 우리는 제자리로 돌아온다. 제자리로 돌아오기 위한 일상을 거듭 반복하다보면 우리는 마침내 지구의 공전에서 부재(不在)하게 된다. 인간의 허무가 괜한 감정은 아니다.

*

사람들은 나이 들어갈수록 세월이 빠르다고 말한다. 1년이 365일인 것은 변함없는데, 그것이 반복되는 속도를 주관적으로 빠르게 받아들인다. 거기에는 몇 가지 합리적인 이유가 있다. 우선 인간의 생체 리듬이 나이 들어가면서 느려지는 탓이다. 내가 느려지면, 내가 바라보는 세상의 속도는 빨라진다. 고속 촬영의 원리와 비슷하다고 할까. 아이의 감각이 1초당 120프레임을 찍으면 노인의 감각은 1초당 30프레임을 찍는다. 그러면 아이는 노인과 비교해 네 배 느린 세상을 보게 된다. 세상의 속도가 바로 시간의 속도다.

또 다른 이유는 단순하게 수학적으로 설명할 수 있다. 열 살짜리 아이에게 1년은 자기 삶의 10분의 1이지만, 여든 살 노인에게 1년은 자기 삶의 80분의 1에 불과하다. 10분의 1에 비해 80분의 1은 아주 짧은 시간이지 않은가. 더불어 착시와 닮은 착각이 일어나기도 한다. 우리는 여러 번 가본 길보다 처음 가는 낯선 길이 더 멀게 느껴지는 경험을 하지 않나. 열 살 아이에게 인생은 초행길과 다름없으나 여든 살 노인에게 인생은 뒷골목까지 아주 익숙한 동네 산책길 같다고 이야기할 수 있다.

틀림없이 1년은 누구에게나 365일이다. 모든 사람이 똑같이 새해 첫날의 해를 보고, 연말이 되면 제야의 종소리를 듣는다. 그러나 새해 첫날의 해와 제야의 종소리 사이에 가득 들어차 있는 기쁨과 슬픔, 평온과 불안의 질량은 저마다 다를 수밖에 없다. 그러니 앞서 설명한 이유들 말고도 그것이 또 시간의 속도를 다르게 체감하도록 하겠지. 흔히 세월만큼은 누구에게나 공평하다고 하지만 반드시 그렇다고도 단언하지 못할 것이 인생이다. 나이 들어 가면서 시간의 속도가 달라지는 주관적 현상은 어쩔 수 없으나 우리의 삶에 작동하는 다양한 변수 탓에 시간이 너무 빠르거나 느리기도 하니까. 아주 행복해서 세월이 눈 깜짝할 새 지나가는 삶은 괜찮은데, 지나친 고난을 견디느라 세월이 징그럽게 안 가는 삶이 문제라는 말이다.

체온에 관한 생각

대학 병원 암병동에 갔다가 서로 부둥켜안고 우는 젊은 연인을 본 적 있다. 사랑과 연민으로 두 사람은 단단히 연결되어 있는 듯 보였다. 다행이다, 라고 나는 생각했다. 황량한 인생의 벌판에서 진심을 다해 자신을 안아주는 사람을 만난다는 것은 얼마나 큰 축복인가. 그의 위로에 또 다른 그가 잠시 고통을 잊었겠지. 그의 헌신에 또 다른 그가 여러 불편과 걱정에서 잠시 한숨을 돌렸겠지.

나는 무심한 척 그들 곁에서 물러나며 인간의 외로움을 떠올렸다. 나는 두 사람의 체온이 서로에게 스며들어 두 사람 모두 외롭지 않기를 바랐다. 36.5도의 체온이 서로를 덥혀 지상의 어떤 추위도 외롭지 않게 이겨내라고 기도했다. 하지만 이내 내 머릿속에는 그런 일은 절대 일어나지 않을 거야, 라는 단호한 부정이 맴돌았다. 그 순간 나는 형편없는 비관주의자였다. 나는 어째서 인간의 외로움을 불변의 숙명으로 여기는가. 나아가 왜 불가지(不可知)의 진리로 받아들여 안 그래도 신산한 삶을 더 팍팍하게 바라보는가.

안타깝지만, 나의 생각이 곧 나의 한계겠지만, 인간은 외로운 존재이기 때문이다. 인간은 철학적으로 단독자(單獨者) 운운하기 이전에 근원적으로 '혼자'라는 것이 나의 관념이다. 사람의 정상 체온은 36.5도 안팎. 그런데 희한하게 '36.5+36.5=36.5'다. 아무리 36.5를 더해도 결국 각각의, 단 하나의 36.5다. 그러니 네가 나를 안아준들 무슨 소용이란 말인가. 우리의 심장은 서로 반대편에서 뛰고 있는걸. 너의 슬픔에 흘리는 나의 눈물은 그대로 땅바닥에 굴러 쉽게 말라버리는걸. 너를 적시는 것은 너의 눈물뿐이다. 나의 눈물은 나의 슬픔을 젖게 할 뿐이다. 인생은 허수경의 시집 제목처럼 '혼자 가는 먼 집'이겠지. 언젠가 거기에 다다라도 아마, 아무도 보이지 않겠지. 내 곁에는 나만 있겠지, 라고 나는 생각한다.

그날 병원에서 본 젊은 연인이 서로에게 거짓은 아니었을 것이다. 나는 그들이 서로에게 충실한 동반자이길 간절히 바란다. 그의 슬픔이 또 다른 그에게 온전히 닿아 서로를 더 긍정하고 의지하면 좋겠다. 그러나 나의 바람이 인간의 본질을 바꿀 수는 없지 않나. 마치 한 몸처럼 서로 부둥켜안고 울던 두 사람에게 너무나 미안하지만 결국 그와 또 다른 그는 각각의, 단 하나의 36.5다. 서로에게 나눠준 체온은 금방 식어버리고, 그와 또 다른 그에게는 자신의 36.5만 남는다. 그러니 인간은 외로운 존재일 수밖에. 아무리 노래하고, 길을 걷고, 술잔을 건네고, 시를 읽고, 사랑을 좇아도 인간은 외롭다. 누군가 내게 인간은 타인과 어울려 살아야 외롭지 않아, 라고 충고하겠으나 나는 그 말을 이해하지 못한다.

몸무게에 관한 생각

*

한 배우가 작품을 위해 24킬로그램을 감량했다. 그렇게 되기까지 겨우 석 달의 시간이 필요했다. 그는 과거 다른 작품에 출연하기로 결정하고 나서는 한 달 만에 10킬로그램이나 살을 찌운 적도 있었다. 사람들은 그의 남다른 열정에 찬사를 보내며 '고무줄 스타'라는 별명을 붙여주었다.

인간이 어쩌지 못하는 시간에 비해, 인간의 의도에 따라 공간의 형태와 내용은 웬만큼 달라질 수 있다. 신체 부위 가운데 키를 시간에 비유한다면, 몸무게는 공간과 비슷하지 않을까. 유전적으로 타고난 키를 결국 어떻게 할 수 없는 것과 달리 몸무게는 상대적으로 사람의 노력에 따라 변화한다. 그래서 그토록 다양한 다이어트 상품이 개발되고 동네마다 헬스클럽이 들어섰겠지. 질병이나 체질이 원인이라 어쩔 도리 없는 경우가 있지만, 몸무게는 대부분 음식량에 비례하고 운동량에 반비례한다. 많이 먹으면 찌고, 적게 먹으면 빠진다. 많이 움직이면 빠지고, 적게 움직이면 찐다. 인생에 있어 이만큼 인과 관계가 명확한 것도 별로 없다.

*

"자기 관리가 부족해서 살이 찌는 거예요."

예능 프로그램에서 한 출연자가 살찐 상대 출연자를 빈정거렸다. 주위에 있던 사람들이 모두 웃었다. 자기 관리라는 말이 그렇게 단순명료하게 쓰여도 되나, 나는 의문이 들었다. 어떻게 자기 관리의 수준을 몸무게로 측정하나 싶어 선뜻 동의하기 어려웠다. 하기야 시인 홍영철은 40킬로그램 남짓한 자신의 몸무게를 언급하며 "그래야 우리 시대를 절망한다고나 할 수 있지/ 적어도 40kg은 되어야지"라는 시구를 썼다. 그러나 그의 주장은 일종의 알레고리일 것이다. 자기 관리도, 시대에 대한 절망도, 몸무게와 정비례한다는 증거는 없다. 그 출연자는 다만 움직임에 비해 많은 양의 음식을 먹었을 가능성이 높을 뿐이다. 그는 체중 관리에 실패했지 인생에 실패한 것이 아니다. 어째서 우리는 점점 눈에 보이는 것만 보게 되는지.

키에 관한 생각

*

최근 자료에 따르면, 만 20세 한국 남성의 평균 키는 174.9센티미터. 만 20세 여성은 162.3센티미터. 1960년대만 해도 만 20세 기준 남성의 키가 166센티미터 안팎이었던 것과 비교하면 놀랄 만한 변화다. 이제 한국 젊은이의 평균 신장은 아시아 국가 중 최상위 레벨이며 세계에서도 50위권. 참고로, 여러 인종이 섞여 살아가는 미국의 경우 20세 남성의 평균 신장이 175.2센티미터, 여성은 162.6센티미터로 알려졌다. 백인 위주인 영국도 같은 나이의 남성이 177.5센티미터 정도. 그러니까 한국 청년의 키가 어느덧 서양인과 맞먹게 되었다는 뜻이다. 어쩐지, 나도 옛날에는 제법 큰 축에 속한다고 생각했는데 요즘은 평균치밖에 안 되는 느낌을 자주 받는다.

*

육지 포유류 가운데 키가 가장 큰 동물은 기린이다. 암컷이 4.3미터 넘게 자랄 수 있고, 수컷은 5.4미터 이상 되는 경우가 드물지 않다. 그에 비해 무산쇠족제비라는 포유류는 몸길이가 16센티미터 안팎이다. 다리가 짧아 기린처럼 키를 잰다고 해도 20센티미터를 넘기 쉽지 않다. 그러나 둘 사이에는 공통점이 있다. 목뼈의 수가 모두 일곱 개라는 사실이다. 인간 역시 생물 분류상 포유류에 속하니 다르지 않다.

우리나라에는 "키 크고 싱겁지 않은 사람 없다.", "키는 작아도 담은 크다." 같은 속담이 있다. 통계학적으로 얼마나 유의미한지는 알 수 없으나, 그와 같은 속담이 키에 관한 선입견과 편견에서 비롯된 것은 틀림없는 듯하다. 키에 관한 선입견과 편견은 오늘날 더욱 심해져 "키 180센티미터 미만의 남자는 루저"라는 한 대학생의 말이 사회적 공분을 사기도 했다. 도대체 왜 그럴까. 그것은 우리가 앞서 이야기한 자료를 보면서 왠지 모를 자부심을 갖게 되는 것과 상관있다. 한국 청년의 평균 키가 커진 것을, 우리는 한국 청년의 재능과 행복 지수가 높아진 것으로 오독하는 것은 아닌지. 편견과 선입견은 비합리적 차별을 낳을 수 있어 위험하다.

117번 버스에 관한 생각

"어디론가 멀리 떠나고 싶었어요. 세계 지도를 펴놓고 눈을 감은 채 손가락으로 한 곳을 가리켰는데 그곳이 바로 핀란드였어요."

영화 <카모메 식당>에 나오는 대사다. 헬싱키의 한적한 길모퉁이에서 식당을 하는 사치에한테 손님 미도리가 찾아와 한 말이다. 갈매기가 일본어로 카모메라던가. 나는 텔레비전으로 영화를 보았는데, 앞서 이야기한 장면이 지나가고 나서도 한동안 그 대사가 머릿속을 맴돌았다. 그리고 곧 세계 지도를 즐겨 보던 어릴 적 나의 모습이 떠올랐다. 나는 학교에서 나눠준 사회과부도를 어지간한 동화책보다 더 흥미롭게 들추고는 했다. 마땅히 놀거리가 없어 심심하면 나는 자연스레 사회과부도 속으로 상상 여행을 떠나고는 했다. 그 여행은 시공간을 초월해 국경이 없었고 밤낮이 없었으며, 돈도 전혀 들지 않았다.

그때 나는 왜 자꾸 어디로 떠나고 싶었을까. 집에는 가족이 있고 학교에 가면 함께 어울릴 친구들이 있었는데, 나는 어째서 여기가 아닌 저기를 꿈꿨을까. 이 자리가 아닌 저 너머를 궁금해했을까. 나의 두 다리는 만날 같은 길을 오갔으나 나의 어린 영혼은 날마다 낯선 길을 찾아다녔다. 어디에서 안락한 정착을 바라기보다 끊임없이 부유하는 강인한 날개가 되고 싶었다. 아마도 나는 그렇게 상상의 힘을 깨달았던가. 상상 안에서 나는 자유로웠고, 상상이 있어 나는 풍요로웠다.

누가 알았을까, 어린 내가 책상에 앉은 채 커다란 배낭 메고 허구한 날 여행을 떠나는 줄. 어느 날에는 내 눈앞에 사바나가 펼쳐졌고, 또 어느 날에는 내가 나이아가라 폭포의 장관을 올려다보고 있었다. 빙하 위에서 북극곰을 피해 달아나기도 하고, 아마존 강변의 원주민 몰래 바나나를 따먹기도 했다. 조금 더 머리가 큰 뒤에는 <라라의 테마>를 들으며 시베리아 횡단 열차를 타거나, 그리스 신전을 거닐며 올림포스의 신들을 떠올려보았다.

갓 스무 살이 된 나는 가까이 있는 것에 좀처럼 마음을 붙이지 못했다. 봄바람이 불기 시작하자 겨우내 얼어붙은 청춘이 더 갈피를 잡지 못해 허공에 머물 때가 많았다. 그러면 나는 무작정 버스에 올랐다. 아니, 어디에 가려고 탄 버스에서 목적지에 내리지 않은 채 종점까지 하염없이 창밖을 내다보고는 했다. 그중에 117번 버스가 있었다. 언젠가부터 노선이 바뀌고 끝내 번호도 사라진 그

버스는 상계동에서 강남고속버스터미널까지 꽤 먼 거리를 운행했다. 117번 버스를 타면 성수대교를 지나게 되어 한강 구경도 할 수 있었다. 윤슬 반짝이는 강물은 젊은 영혼을 얼마나 출렁이게 했는지.

그러나 뭐니 뭐니 해도 나의 발길이 향하려는 곳은 117번 버스의 순환 정류장인 강남고속버스터미널이었다. 그곳에 가보면 사람들이 모두 어딘가로 떠나려고 했다. 여행의 이유가 무엇이든 사람들은 제자리에 멈춰 있지 않으려고 했다. 나 홀로 가만히 대합실에 앉아 먼지처럼 떠다니는 일개의 인간들을 바라보았다. 몇 대의 고속버스가 대합실 쪽으로 다가와 한 무리의 사람들을 쏟아놓으면, 다시 몇 대의 고속버스가 한 무리의 사람들을 싣고 떠났다. 모두 잠깐 피었다가 지고 마는 꽃잎 같았다. 모두 잠깐 젖었다가 말라버리는 이슬 같았다. 너나없이 잠깐 스쳐 지나가는 이승의 바람 같았다. 하루가 뉘엿하도록 시간 가는 줄 몰랐다. 문득 어떤 상념이 떠오르면 가방 속의 공책을 꺼내 설익은 문장을 적기도 했다.

갓 스무 살이 된 나에게 인생은 너무 멀었다. 게다가 길은 험하고 자주 악천후가 닥칠 듯했다. 그러면서도 오늘이 시시했고, 앞으로 일어날 일들이 하찮아 보였다. 차라리 사회과부도 속으로 상상 여행을 했을 때처럼 늘 낯선 땅을 떠돌면 좋겠다 싶었다. 아무도 몰래 나를 모르는 사람들 사이에서 나의 전 생애를 물끄러미 흘려보내고 싶었다. 그때의 나는 여기에 있어 외롭다고 생각했다. 훌쩍 떠나지 못하는 두 다리가 머지않아 퇴화될까 두려웠다. 그때의 내게 "세상 어디에 있어도 슬픈 사람은 슬프고 외로운 사람은 외로워요."라고 말해주는 사람은 없었다. 수십 년이 지나고 나서, <카모메 식당>의 대사 자막에 덜컥 내 눈길이 멈춰 섰다.

1308호에 관한 생각

어쩌다보니 결혼하고 나서 2년 만에 집을 샀다. 사연이 있었다.

그 무렵 전세 계약이 만료되어 다른 방을 구했으나 사정이 여의치 않았다. IMF 사태가 터진 해라서 전셋값이 폭락했는데, 새로 만난 집주인 아주머니가 법률상 2년인 계약 기간을 1년으로 하자고 고집했다. 아주머니는 난생처음 겪는 금융 위기가 조만간 끝나 원래대로 전셋값이 회복될 것이라고 판단한 듯했다. 다시 말해 이듬해에 이전과 같은 수준으로 재계약을 하려는 계산이었던 것이다.

나는 전세 계약서를 앞에 두고 선뜻 도장을 찍지 못했다. 1년 뒤에 또다시 이사하게 될지 모른다는 불안감이 컸기 때문이다. 워낙 이사 자체를 반기지 않는 데다, 한번 움직이려면 이런저런 비용이 들게 마련이니까. 게다가 아주머니의 남편이 중학교 교감인데 그날 생존권 보장을 촉구하는 집회에 나가느라 집에 없다는 여담을 듣고는 계약을 완전히 포기하고 말았다.

당시 금융 위기에 맞닥뜨린 정부에서는 모든 사회 구성원의 고통 분담 차원에서 교사의 정년을 앞당기려고 했다. 숱한 기업에서 본인의 의사와 상관없이 퇴직자가 쏟아져 나오는 상황이니 정부 정책에 나름 타당한 이유가 있었다. 하지만 기간제 교사라는 용어조차 낯설던 시대에 안정된 신분을 보장받던 교사들이 그 결정에 강력히 반발했다. 나는 자기 입장부터 내세우는 인간의 욕심이 그럴 수도 있겠다 싶었으나, 막상 전세 계약서를 앞에 두고 그 이야기를 들으니 속이 편치 않았다. 행여 월급 안 나올까봐 걱정할 것 없는 탄탄한 직장에, 번듯한 3층짜리 집에, 이제 학교를 그만둬도 곧 연금까지 받을 나이에 자식뻘 세입자에게 약간의 손해도 보지 않겠다는 집주인의 투철한 돈 계산이 정신을 번쩍 들게 했다. 그 집에서 살다가 어떤 간섭과 압박에 시달릴까 두려워 결국 전세 계약서에 도장을 찍지 못했다.

그런데 꼭 마무리하려고 했던 일에서 한 걸음 물러서자 이전과 다른 쪽으로 생각이 미쳤다. 그제야 나는 IMF 사태가 전셋값뿐만 아니라 집값까지 폭락시켰다는 사실에 주목했다. 그때는 세상 물정에 영 어두운 나이였던 터라 그만 해도 꽤 쌈박한 각성이었다. 나는 곧 동네에 있는 부동산 중개업소에 들러 집값을 알아보았다. 그중 대출받으면 어지간히 감당하겠다 싶은 아파트가 한 채 매물로 나와 있었다. 17평짜리 시영 아파트였다. 지하철역과 버스 정류장이 가깝지 않은 변두리에다 새집도 아닌 그 아파트의 매도

가격은 몇 해 전의 분양가와 같았다. 지금은 상상도 할 수 없는 5천만 원 남짓한 집값. 나는 기존의 전셋돈에 그 아파트에 있던 대출금을 승계하고, 달리 돈을 좀 더 구해 얼떨결에 집주인이 되었다.

아마 이 글을 읽으며 내가 적지 않은 행운을 잡았다고 말하는 사람도 있겠지. IMF 사태가 벌어지지 않았더라면 내가 집 사는 것이 적어도 몇 년은 늦어졌을 테니까. 하지만 집을 좀 싸게 샀을 뿐, IMF 사태는 나에게도 득보다 실이 훨씬 컸다. 일일이 설명하기는 곤란하지만 안 그래도 벅차던 사회생활에 여러 불편과 손해가 따랐기 때문이다. 더구나 20여 년이 지난 지금도 그때의 아파트와 별로 다를 것 없는 집에 살고 있으니 나의 미욱함이 스스로 실망스러운 형편이다. 아니, 내 주제에 살림을 아주 말아먹지 않고 그냥저냥 살아온 것만 해도 다행이라고 할까. 어쨌든 돈 이야기는 참 미묘해서 바라보는 시각에 따라 나는 경제적으로 무능한 바보이거나, 그나마 운이 좋아 잠자리 걱정은 하지 않고 사는 도시 서민일 것이다.

나는 17평짜리 아파트의 주인이 될 때까지 줄곧 주택에서만 살았다. 전세로 얻은 신혼집도 낮고 허름한 빌라였다. 그런 내가 처음으로 산 아파트는 전체 15층 가운데 13층에 있었다. 그 층에 열 가구가 일렬로 늘어선 복도식이었는데 1308호가 나의 집이었다.

이사를 마친 날, 13층에서 내려다보는 지상이 얼마나 낯설었는지. 그 전에도 고층 건물에 올라가보기야 했지만 내가 그렇게 높은 곳에서 먹고 자며 생활하는 것은 색다른 느낌이었다. 거기에 더해 복도 쪽으로는 기찻길이 내려다보여 만날 일상의 로드무비가 펼쳐질 것 같은 서정이 꿈틀대기도 했다. 그곳 주민들은 하루에도 몇 번씩 들려오는 기차 소음이 아파트값에 나쁜 영향을 끼친다고 말했지만, 나는 그 후로도 종종 기찻길 풍경을 망연히 내려다보고는 했다.

어느 날이든 1308호에서 지냈던 시절을 회상하면 두 아이의 유년이 가장 먼저 반짝인다. 첫째에게 그 아파트는 두 번째 집이었고, 둘째에게는 세상에 나와 처음 드나드는 보금자리였다. 그곳에서 두 아이가 친구를 사귀고 유치원에도 다녔으니 나에게는 절대 잊히지 않는 한때의 삶의 기지(基地)였다. 그 집이 있었기에 나는 저녁마다 돌아와 지친 몸을 뉘었고, 어린 자식들과 함께 가정의 안녕을 잃지 않았다. 대문을 열면 거실이라고 할 것도 없이 바로 부엌이 보이고, 방 두 개에 좁은 화장실 하나가 전부였던 작은 집. 그래도 그곳은 낮이면 환한 햇살이 가득 들어차 두 아이가 활엽수처럼 무럭무럭 자라나던 축복의 대평원이었다. 시쳇말로 그 집 1308호는 내게 하우스(house)가 아니라 홈(home)이었던 것. 나는 단지 그 집을 소유한 데 그치지 않고 오랫동안 그 집에 마음을 붙이고 살았다. 그래서 가끔 그 집이, 그 집의 시간이 무척 그리운 것이다.

계좌번호에 관한 생각

내게는 꽤 오랫동안 거래하고 있는 은행 계좌번호가 있다. 사회생활 초기에 한 회사의 급여 입금용으로 만들었으니 얼추 25년은 넘은 듯하다. 새로운 무엇을 하는 데 굼뜨고, 뭐든 한번 선택하면 좀처럼 바꾸지 않는 성격이라 그 회사를 나온 뒤에도 계좌를 없애지 않았다. 그리고 일상에서 돈을 주고받을 일이 있으면 되도록 그 통장을 이용하려고 했다. 나의 행동반경에 그 은행 지점이 다른 곳보다 많다는 것이 또 하나의 이유였다.

요즘은 굳이 종이 통장을 발급받지 않지만, 오랜 세월 같은 계좌를 사용하다보니 한동안 통장을 자주 갱신해야 했다. 인터넷뱅킹이 자리 잡기 전이라 통장 지면이 거래 내역으로 가득 차면 입출금 여부를 확인하는 데 불편했기 때문이다.

그런데 나는 은행에 가서 새 통장을 만들어놓고도 효력이 다한 옛 통장을 쉬 버리지 못했다. 은행 직원이 마그네틱 선을 훼손하여 건넨 통장을 그대로 집에 가져와 모아두고는 했는데, 어느 날 서랍을 열어보니 그 수가 예닐곱 개나 되었다. 당연히 모두 같은 은행의 같은 계좌였다. 나는 일없이 서랍만 채우고 있는 쓸모없는 통장을 정리하기로 마음먹고 전부 꺼내 바닥에 늘어놓았다. 그러고는 하나씩 무심결에 열어보다가 묘한 기분에 사로잡혔다. 거기에 지난날 나의 노동과 지출이 고스란히 기록되어 있지 않은가. 비록 자잘한 소비의 내용은 몰라도, 얼마의 수입으로 얼마를 썼는지 정도는 대충 계산할 수 있었다. 부동산과 관련된 일이나 아이들의 신학기 학비처럼 목돈이 들어가는 항목은 거의 빠짐없이 지출 시기와 금액을 확인하는 것이 가능했다. 그래, 그때 그런 일이 있었지. 어느 면에서 오래된 통장은 오래된 일기장과 다르지 않았다. 그 안에 나의 기쁨과 슬픔 따위가 기록되지는 않았지만, 자본주의 체제에 순응하며 살아온 나의 금전 출납 이력이 드라이하게 펼쳐져 있었다. 그래, 그때 돈 때문에 행복했고 돈 때문에 불안했지.

나는 오래전부터 그 통장의 계좌번호를 또렷이 외우고 다닌다. 작심하고 외운 것이 아니라 이따금 떠올리다보니 저절로 머릿속에 입력된 경우다. 덕분에 어떤 거래가 있어 계약서를 쓰거나 할 때 통장이나 메모장을 들여다보지 않고도 머뭇거림 없이 계좌번호를 적을 수 있다. 그런 내 모습을 보며 가끔 사람들이 웃기도 한다. 계좌번호를 다 외우고 다니시네요, 라며. 하기야 내가 사업하는 것도 아니고, 또 하루가 멀다 하고 돈 받을 일이 생기는 것도 아닌데 기다렸다는 듯 계좌번호를 외워 줄줄 적어 내려가는 모습이 조금

우스꽝스럽겠다는 생각도 든다. 그러나 어쩌겠는가. 그 통장의 역사에 나의 보잘것없는 생활이 낱낱이 음각되어 있는 것을. 그러한 생활의 문신이 내 삶을 여기까지 데려온 것을.

주민등록번호에 관한 생각

*

공공의 이익과 개인의 권리가 충돌할 때가 있다. 근래 들어 많이 달라졌지만, 그 경우 한국 사회는 별 고민 없이 공공의 이익 편에 서고는 한다. 1968년 주민등록번호의 탄생 역시 마찬가지였다. 군사 쿠데타로 집권한 박정희 대통령이 간첩 식별 등을 이유로 들며 주민등록법을 개정하고 국민 개개인에게 식별 번호를 부여했을 때, 대부분의 대한민국 국민은 국가 안보라는 공공의 이익을 위해 여러 우려를 기꺼이 감수했다. 그리고 그것은 국가 정책에 다양한 편의를 제공하며 별 비판 없이 오늘날까지 이어져왔다. 나아가 한국 사회에 정보통신기술이 폭넓게 자리 잡으면서 이제는 민간 영역에서도 주민등록번호의 활용도가 매우 커졌다. 일각에서 개인 정보 유출 문제를 지적하고는 있지만 워낙 체계적인 효율성과 질서정연한 편리함 때문에 그것을 외면하기 쉽지 않다.

그러나 이미 타성이 되어버려 불편을 못 느끼게 된 통제도 엄연한 구속인 것. 우리가 국가와 사회에 지문을 등록하고 열세 자리의 번호로 인식되는 것에 대해 한번쯤 깊이 생각해봐야 한다. 그러한 통제에 완전히 길들여져 문제의식조차 갖지 않게 된 현실이 아무래도 이상하지 않나. 얼핏 단순해 보이는 주민등록번호는 그 자체로도 꽤 다양한 정보에 접근하게 한다. 몇몇 항목에 약간의 진입 장벽은 있겠지만 이름, 생년월일, 성별은 물론이고 주소, 거주지 변동, 혼인 관계, 가족 구성, 병역 사항, 범죄 이력 등을 어렵지 않게 알아낼 수 있다. 그럼에도 국가와 사회는 주민등록번호를 이용해 우리를 관리하는 데 여전히 아무런 갈등을 느끼지 않는 듯하다. 그러니 IC칩이 들어간 전자 주민증을 만들자는 의견까지 거리낌 없이 내놓지 않았겠는가. 실제로 사회주의 정치 체제를 유지하는 베트남에서는 2021년부터 기존의 바코드형 대신 IC칩이 내장된 국가 신분증을 보급했다. 그에 앞서 중국은 2004년부터 이미 IC칩을 국가 신분증에 심어 기차표 예매 같은 일상생활에도 다양하게 활용하고 있다.

많은 일이 그렇듯 통제에도 내성이 생기게 마련이다. 처음 주민등록번호를 부여할 때만 해도 적잖이 반대가 있었다는데, 이제 우리는 열세 자리의 번호로 인식되는 자신에 대해 별 거부감을 갖지 않는다. 설령 어떤 명분으로 국가와 사회가 개개인을 식별해 관리하겠다고 해도 그 방법과 절차에 촉각을 곤두세워야 할 텐데 우리는 지레 순한 양이 되어 스스로 자신을 내맡긴다. 1975년에 두 손가락 지문 날인이 열 손가락으로 확대되었을 때는 오히려 주민등록법이 개정된 1968년보다 저항이 적었다고 하지 않나. 앞으로 주민등록번호의 형태가 바뀌고 또 다른 방식으로 이용된다고 한들 우리가 타당한 문제 제기를 할 수 있을까. 아마도 그때의 정책 책임자는 다시 공공의 이익을 이야기할 것이 틀림없다. 우리가 그동안 공공의 이익 앞에서 개인의 이익도 아닌 개인의 권리를 너무 간단히 포기해온 대가일 것이다.

*

우리나라에서 주민등록번호는 출생 신고를 하면 곧바로 부여받게 된다. 그리고 만 열일곱 살이 되면 주민등록증을 발급받는다. 그것이 법률상 성년을 의미하지는 않지만, 청소년이 주민등록증을 받아드는 순간 '어른'이 된 느낌을 받는다. 적어도 이 땅에서는 주민등록번호를 부여받아야 대한민국 국민이 되고, 주민등록증 발급으로 성인이 되는 첫 관문에 들어서는 셈이다. 일종의 통과의례라고 할까. 주민등록증을 발급받기 위해 단정한 자세로 증명사진을 찍고 주민센터에 찾아가 열 손가락 지문을 등록하면, 비로소 우리는 대한민국에서 법적인 권리와 의무를 보다 폭넓게 갖게 된다.

자료를 찾아보니 주민등록증 같은 국가 신분증을 전 국민이 반드시 발급받아야 하는 나라는 북한, 중국, 대만, 베트남, 인도네시아, 터키, 이란, 사우디아라비아, 러시아, 칠레, 나이지리아 등이다. 미국과 일본 등에도 국가 신분증이 있지만 선택적으로 발급받을 수 있다. 캐나다, 영국, 호주 등에는 그와 같은 국가 신분증이 아예 존재하지 않는다. 나는 전 국민이 주민등록증을 의무적으로 발급받아야 하는 우리나라가 지금도 권위주의 국가라고는 생각하지 않는다. 하지만 그 제도의 순기능을 여러 정책과 선거, 범죄 예방 및 해결 등에 민주적 방식으로 이용하지 않는다면 언제든 다시 음울했던 과거로 회귀할 가능성이 있다.

*

내가 시를 써서 등단했던 해에 같은 잡지사에서는 1천만 원의 고료를 걸고 장편소설을 공모했다. 대학 등록금을 기준으로 그 고료를 요즘 돈으로 환산하면 대략 6천만 원은 넘지 않을까. 문학하면 배고프다는 말이 마구잡이로 통하던 시절이었지만 그래도 소설가의 형편이 시인보다는 나은가 싶었다. 무슨 일을 하든지 지구력이 있어야 먹고살 만하지 않나. 엉덩이가 무거워야 하는 소설가는 툭하면 술에 취해 흔들리는 시인보다 많은 양의 글을 써 그나마 상대적으로 원고료를 조금 더 받을 수 있었다. 드문드문 상금을 내건 현상 공모도 있었고. 어쨌건 등단하지 않은 신인을 대상으로 하는 1천만 원 상금의 문학 공모는 소설가를 꿈꾸는 문청들의 관심을 단박에 끌어모았다. 정식 명칭이 '열음문학상 장편소설 공모'였던 그 이벤트의 당선작은 구병천 작품 『포유강 사람속』. 그 소설은 '기호 놀이의 즐거움을 주는 작품'이라는 평을 들으며 문학판에 화제를 불러일으켰다.

『포유강 사람속』의 주인공은 주민등록번호가 620306-1894710인 한 남자와 620928-2486451, 651209-2947302인 두 여자였다. 여느 소설과 달리 주인공이 이름이 아닌 주민등록번호로 등장하는 점부터 심사위원의 눈길을 사로잡았을 터. 그것은 인간의 가치를 기호로 환원하는 기발한 시도였다. 이름과 인칭대명사 없이 주민등록번호로 기호화된 등장인물들은 더 이상 인간성이 주목받지 못하는 후기산업사회에 대한 비판적 은유이기도 했다. 당시에는 그 나이대가 신세대였으니, 시대 변화에서 철저히 소외된 젊은이들의 슬픈 자화상으로 읽을 수도 있었다. 소설 속에서 등장인물들의 대화와 행동은 대부분 광고 카피와 숫자의 나열로 이루어졌다. 그와 같은 세상에서 각각의 인간은 유일무이한 인격체가 아니라 기호화된 소품으로 살아갈 뿐이었다. 결국 주인공 남자는 광고와 숫자에 지배되는 도시를 떠돌다가 주민등록증을 잃어버리면서 존재 자체가 소멸되는 것으로 그려졌다. 그의 내면은 주민등록증 분실 신고서를 제출하는 장면에서 "다시 컴퓨터에 갇히기는 싫어, 내 몸에도 따뜻한 피가 흐르고 있다고! 최초엔 나도 하나의 의미였어. 기호로 돌아가긴 싫어!"라고 소리쳤다.

『포유강 사람속』은 벌써 30년 전에 나온 소설이지만 주제 의식만큼은 아직도 충분히 공감할 만하다. 아니, 인간의 삶이 갈수록 더 기호화되어가는 현실이니 오히려 소설이 시사하는 바에 새삼 고개를 끄덕이게 된다. 더구나 지금은 후기산업사회의 상위 버전인 정보화사회 아닌가. 그때도 1천만 원이라는 돈의 기호 덕분에 각종 매체에서 『포유강 사람속』을 여느 걸작보다 화려하게 조명한 것이 아이러니했는데, 그 자체로 기호화된 인간의 비극은 오늘날 증후가 더욱 나빠졌다.

군번에 관한 생각

1988년, 나는 군대에 가야 했다. 누가 뭐래도 내게는 올림픽보다 중요한 일생의 대사였다. 강추위가 몰아치던 1월 11일 아침, 경기도 북부에 위치한 57사단 신병 교육대로 수백 명의 청년들이 모여들었다. 그곳은 흔히 방위병으로 불리던 단기 사병의 훈련소였다. 나는 54명의 동기들과 한 내무반에서 생활했는데, 종일 함께 먹고 자며 훈련과 기합을 받다보니 여하한 동지애를 느낄 수 있었다. 방위병들 사이의 짧은 전우애였다고나 할까. 인간에게는 같은 고난 속에서 서로 의지하는 속성이 있었다. 일찍이 겪어보지 못한 두려움 앞에 공조(共助)하며, 제 몫의 고난이 견딜 만하다는 자기최면에 빠지는 것 같았다. 어디에서나 그렇듯, 그런 상황에도 약삭빠른 이기주의자와 고문관으로 불리던 부적응자가 있었지만.

신병 교육대의 겨울은 사회에서 맞던 그것과 크게 달랐다. 그때까지 내복이라면 손사래 치던 내가 혹독한 추위에 서너 겹의 옷을 껴입는 수고를 마다하지 않았다. 손에는 늘 군용 면장갑을 꼈는데도 피부가 트고 손톱 밑이 갈라졌다. 만날 땀 흘리면서 제대로 씻지 못하니 그럴 수밖에 없었다. 게다가 배는 왜 금방 꺼지던지. 식사 때가 되면 훈련복 상의 주머니에 넣어 다니던 숟가락을 꺼내 철저히 본능에 충실했다. 확실히 본능이 관념보다 윗자리에 있던 날들이었다. 그 밖의 후일담을 계속 늘어놓는 것은 나보다 훨씬 더 고생한 사람들에게 예의가 아닐 터. 나는 그렇게 신병 교육대에서 4주간 기초 군사 교육을 받고 퇴소했다가, 곧이어 일주일 동안 유격 훈련을 받는 것으로 병역 이행의 1차 관문을 마무리했다.

당시 방위병의 복무 기간은 18개월이었다. 현역병이 대학 재학 기간에 따라 27개월에서 30개월을 복무했으므로 그에 비하면 짧은 기간이었다. 하지만 남의 등창보다 내 눈의 다래끼가 더 신경 쓰이는 법. 고통은 상대적인 것이 아니라 절대적인 것. 최전방에서 30개월 꼬박 군복무한 또래들에게는 미안한 말이지만, 나 역시 이 땅에서 살아가는 청년인 탓에 다른 나라에서라면 하지 않았을 인생의 경험을 인내해야만 했다. 한 치의 배려도 없는 국방부 시계 속에서, 한 달에 단돈 몇 천 원의 월급을 받으며 인생이 때로 얼마나 긴 것인지 절감했던 것이다.

그 18개월 동안 청춘을 저당잡힌 기분에 사로잡혔던가. 나는 기질상 그리고 정서상 상명하복, 일사불란, 임전무퇴 등의 단어에 익숙해지는 것이 괴로웠다. 뭐든 까라면 까고, 안 되면 되게 하라는 일상의 방식이 아무래도 낯설었다. 물론 군복무 시절을 아름답게 추억하는 이들도 있겠으나 사실 그들 중 대부분은 군대가 아니라 자신의 젊은 날을 그리워하는 것이겠지. 스스로 직업 군인의 길에 들어선 삶도 여느 생활인의 그것과 다를 바 없이 보람 있겠지만, 대한민국의 병역은 선택이 아니라 의무인 것이 문제였다. 특별한 사정이 없는 한 누구나 거쳐야 하는 과정이므로 누군가는 속으로 골병이 들게 마련이었다. 규율의 시간을 오로지 부자유의 시간으로, 오와 열의 시간을 오로지 몰개성의 시간으로 느끼는 사람이 적지 않았으니 말이다. 어쨌거나 내 청춘의 18개월이 숨가쁘게 저물어갔다.

신병 교육대 밖 사격장으로 행군하던 때가 생각난다. 사격에 관한 사연이 있어서가 아니라 눈[雪] 때문이다. 대낮인데도 어둑하던 하늘. 청춘인데 캄캄하기도 했지. 난데없이 눈이 쏟아졌다. 눈송이 하나가 장미꽃잎만 했던 폭설. 그래서일까, 엄동(嚴冬)인데 내 마음에는 잠깐 상념의 봄이 찾아왔더랬다. 사격장에 도착해 난생처음 피알아이(PRI)를 하면서도 나는 자꾸 현실의 바깥이 떠오르더라. 그날 이후 나는 그만한 크기의 눈송이를 본 적이 없다. 환상이었을까. 여태껏 현실의 바깥에서 천지간을 새하얗게 덮는 폭설을 기다린다.

전화번호에 관한 생각

타인과 연결하고 소통하는 것은 거의 모든 인간의 욕망이다. 설령 자발적 은둔을 바라는 사람이라 하더라도 여러 이유로 연결과 소통에 나서야 할 때가 있다. 까마득한 아리스토텔레스의 시대부터 인간을 일컬어 사회적 동물이라고 하지 않나. 학교 다니면서 별 느낌 없이 배운 그 정의에 실은 굉장한 의미가 깃들어 있다. 사회성이 결여된 인간은 공동체의 일원이 될 수 없다는 말과 다르지 않으니까. 사회적 상호 작용을 벗어난 삶은 인간답지 않다는 뜻이니까. 그래서 사람들은 고립을 두려워하며 끊임없이 타인을 향해 연결과 소통을 시도한다. 그렇지 않으면 감정적 고립뿐만 아니라 경제적 고립에도 빠질 위험이 있기 때문이다. 무리에서 이탈한 개체가 생존의 위협을 받는 것은 동물의 세계에서 일어나는 보편적 현상 아닌가.

나는 얼마 전 스마트폰에 저장된 전화번호 개수로 자신의 사교성과 사회적 영향력을 과시하는 사람을 보았다. 그것이 타인을 향한 연결과 소통의 흔적일 수 있으므로 일리 있는 이야기였다. 특히 대한민국 사회에서 '아는 사람'의 힘은 객관적 평가와 정량

적 수치를 훌쩍 뛰어넘는 위력을 발휘하고는 하지 않나. 그 사람의 스마트폰에 저장된 전화번호 개수는 세월이 흐를수록 점점 더 늘어날 것이 뻔했다. 그는 한 번의 만남을 인연으로 만드는 데 탁월한 재주를 가진 사람이니까. 그는 마음 적적한 연말이 되어도 스마트폰을 뒤적여 있으나 마나 한 전화번호를 지우는 수고 따위는 결코 하지 않겠지. 그는 정치인이나 사업가가 아닌데도 전화번호에 담긴 타인의 실리를 정확히 꿰뚫어볼 줄 아는 사람이었다. 그는 낯가림 없는 선량한 표정과 언뜻 솔직한 언변으로 타인의 호의를 이끌어내 금세 전화번호를 주고받았다. 인종차별주의자는 아니되 인간차별주의자인 나 같은 사람은 엄두조차 내지 못할 행동이었다. 그는 완벽한 사회적 동물이었다.

나의 전화번호는 얼마나 많은 사람의 스마트폰에, 얼마나 간곡한 이름으로 저장되어 있을까. 나의 사회성은 앞으로도 삶의 중요한 변수가 될 것이다. 그것은 무엇보다 먹고사는 일에 관여하고, 경조사의 흥행을 좌우할 것이며, 심지어 시인으로 살아가는 데도 영향을 끼칠 수 있다. 하지만 고요함과 쓸쓸함이 내 삶의 상수인 한, 나는 스스로 의미를 찾지 못하는 어떠한 사회적 상호 작용에도 좀처럼 내성이 생기지 않을 듯하다. 다만 소박한 기대라면 몇몇의 간곡한 타인에게 내 이름 역시 간곡하게 저장되어 있는 기쁨을 바랄 뿐. 그들이 심심하지 않아도 외로워서 나를 기억해주는 생각의 우연을 바랄 뿐. 내가 타인에게 소홀한 만큼 타인도 내게 소홀한 것이 세상살이의 철칙이겠지만 말이다.

사회생활에 관한 생각

대학을 졸업하고 나서 곧 사회생활을 시작했다. 변변히 내세울 것 없는 학교에 문예창작 전공이었지만 일자리를 얻는 것은 별로 어렵지 않았다. 사회 곳곳이 경제 발전으로 들썩이던 때라 그다지 재주 없는 노동력으로도 지금보다는 밥벌이를 하기가 수월했던 듯하다. 딱히 스펙이란 말이 쓰이지도 않던 시대니까. 웬만한 대학 나오면 하급 공무원쯤은 잘 쳐다보지도 않았으니까.

더구나 나같이 글밥이나 먹기로 작정한 사람에게는 출판사와 잡지사 문이 좁지 않았다. 그 무렵은 정보화사회 이전이라 꼭 대형 매체가 아니더라도 소규모 출판사와 잡지사의 역할이 다채로운 편이었다. 이를테면 수석(壽石)을 다루는 월간지처럼 전문 잡지가 많았고, 기업에는 사보(社報)를 발간하는 문화가 있었다. 사장 포함 서너 명의 직원들이 해마다 10여 종의 단행본을 만들어내는 출판사도 드물지 않았다. 그처럼 작은 출판사는 주로 종로, 안국동, 서교동, 합정동 등의 골목에 말 그대로 둥지를 틀고 있었다. 그때도 인쇄 매체가 불황이라는 말이 끊이지 않았지만, 그럼에도 출판사와 잡지사가 문화의 주역이라는 자긍심을 갖던 시절이었다.

나의 첫 직장은 어느 시인이 운영하는 편집 대행 출판사였다. 등단하면서 인연을 맺은 잡지사 주간이 소개한 회사였는데, 그분의 인품을 신뢰했던 터라 아무 망설임 없이 출근하기로 결정했다. 원래 출판사와 잡지사 바닥에는 알음알음 직원을 구하는 습성이 있었다. 그것은 겉으로 드러난 이력 못지않게 한 인격체를 유심히 지켜본 이의 평가를 믿는다는 의미이기도 했다. 좋은 대학 나오고 괜찮은 회사 다녔어도 사람은 모르는 것이니까. 그렇게 의심하고 경계하는 것이 글밥 먹는 사람들의 대체적인 특징이었다. 그들은 꽤 폐쇄적이면서 제법 유연했다. 그런 이율배반이 실은 나에게도 있었기에 글밥 먹는 직장은 나름 합리적인 선택이었다.

그런데 열악한 환경이 문제였다. 일주일에 닷새하고 반나절을 꼬박 교정지와 씨름하고 받는 돈이 월급 60만 원이었다. 요즘 식으로 말하면 겨우 최저 임금이나 됐을까. 매달 메이저 출판사의 일을 받아 단행본을 편집하고 이러저러한 공공 기관과 문화 재단의 사보를 만드느라 하루가 멀게 야근해도 대우가 달라질 여지는 없었다. 사장이 시인이고 말단 직원도 시인이지만 생활은 시하고 아무런 상관이 없었다. 무슨 일을 대행한다는 것이 얼굴 없이 책임만 지게 된다는 사실 또한 그제야 비로소 알게 되었다. 게다가 훗날 나온 작가 김훈의 책 제목처럼 '밥벌이의 지겨움'이 툭하면 나를 흔들어댔다. 매일 지하철 손잡이에 매달려 출근하는 일상이 얼마나 아득하던지. 사무실이 있는 조계사 길을 걸어 올라가며, 그렇게 수십 년을 살아가야 한다는 깨달음이 나를 문득 당혹하게 만들었다. 나는 참 어려운 나였다. 어떤 부류의 인간은 사회생활에 좀처럼 내성이 생기지 않았다.

그 후 얼마 지나지 않아 나는 회사를 옮겼다. 출판사인 것은 다르지 않았으나 규모가 조금 더 크고 월급 역시 약간 올랐다. 그러고 나서도 나의 직장 유랑은 계속되었는데, 그때마다 한 단계 높은 직급을 얻고 그에 비례하는 대우를 받았다. 서른 살 갓 넘어 편집장 소리를 듣게 되면서는 한 가정의 가장으로서 어느 정도 생활의 안정도 갖추었다. 이제 와 돌이켜보면, 그대로 쭈욱 살았어도 나쁘지는 않았을 듯하다. 직장은 경제적 여유와 더불어 사회인으로서 영향력도 갖게 하니까. 자본주의 체제에서, 싫든 좋든 얽히고설켜 살아가야 하는 이 세상에서, 그것은 탄탄한 삶의 기반이 되어주니까. 그러나 나의 내구성은 지속가능한 사회화를 견뎌내지 못했다. 어느 날 갑자기 나는 보잘것없는 위성처럼 궤도 밖으로 튕겨 나와 하염없이 거리를 떠돌았다. 스스로 프리랜서라고 자임했으나, 그것은 먹고사는 일을 멈출 수 없는 소시민의 타협일 뿐이었다. 나는 세상 밖으로 나왔으되 세상을 버리지 못했다.

굉장히 뜨거웠던 1994년의 여름 한낮, 나는 옆구리에 교정지 봉투를 끼고 광화문 거리를 걷고 있었다. 그로부터 30년 후의 광화문 거리에 나가보면 아직도 길을 가는 나를 발견하고는 한다. 어디로 가는 걸까. 어디로 가야 하는 걸까. 그러면 어디에 이르기는 할까. 나는 나에게 차마 아는 체하지 못한다. 지금의 내가 그날의 나에게서 한 발짝도 멀어지지 못한 것이 못내 부끄러운 까닭이다. 단언컨대, 궤도 밖의 삶이라면 뭐가 달라도 달랐어야 했다.

직업에 관한 생각

가장 위험한 직업이라면 전쟁터에 나간 군인이 아닐까 싶다. 언제 어디에서 총알이 날아와 생명을 앗아갈지 모르니까. 그런데 그보다 더한 위험 속에서 일하는 사람들이 있다고 한다. 바로 셰르파다. 원래 셰르파는 에베레스트 남쪽 기슭에 사는 티베트 부족의 이름이지만, 지금은 히말라야 고산 지대의 등반 안내인을 가리키는 보통명사가 되었다. 미국 미디어의 조사에 따르면, 그들이 산에서 짐을 나르다가 숨지는 경우가 이라크전에 참전한 미군 사망률의 3.5배나 된다는 통계가 있을 정도다.

히말라야에서도 에베레스트를 비롯해 여덟 개의 고봉이 있는 네팔에는 수많은 산악인들이 붐빈다. 특히 건기인 11~2월에는 세계 각지의 산악인들이 히말라야로 향하는 관문인 카트만두에 몰려든다. 그러나 8천 미터가 넘는 높은 산을 산악인들의 힘만으로 오르기는 어렵다. 히말라야 등반은 지리산이나 한라산에 가는 것과 전혀 달라 셰르파의 도움이 필수적이다. 그들이 길을 안내하고 각종 장비를 날라주지 않으면 아무리 뛰어난 산악 전문가라고 해도 등반에 성공하기 힘들다.

히말라야 셰르파는 보통 수십 킬로그램의 짐을 등에 지고 험난한 산길을 오른다. 대부분 먹고살 만한 나라에서 온 산악인들은 최고급 등산화에 각종 안전 장비를 갖추지만, 그들은 고작 낡은 운동화를 신거나 심지어 슬리퍼 차림도 드물지 않다. 그들은 선진국에서 온 산악인들이 최소한의 짐만 배낭에 메고 산에 오를 때 산소통조차 없이 무겁고 위태로운 일을 도맡는다. 셰르파가 산소통도 없이 고산병에 자신을 노출하는 이유는 단 하나, 그 값이 너무 비싸기 때문이다.

산악 지대 생활이 익숙한 셰르파라고 해서 히말라야 산행이 힘들지 않을 수는 없다. 가쁜 숨소리를 내뱉으며 묵묵히 앞으로 나아가는 그들의 발걸음은 고행이라고 표현해도 지나치지 않다. 다행히 요즘은 수천만 원의 비용을 들여 히말라야를 등반하려는 관광객이 늘어나 처우가 나아졌다는데, 그럼에도 최고 수준으로 평가받는 셰르파가 두세 달의 시즌 동안 버는 돈이 약 300~400만 원이라고 한다. 네팔의 경제 상황을 감안하면 적지 않은 돈이지만 목숨 걸고 일한 대가로는 결코 합당하다고 볼 수 없다. 지금까지 에베레스트에서 죽은 셰르파만 해도 100여 명이나 된다고 하니 바윗덩이 같은 삶의 짐을 등에 질 적마다 두려움이 오죽할까.

산악인들의 로망이자 세계의 지붕으로 일컬어지는 히말라야.

지상에서 가장 높은 그곳에도 일상의 인내는 엄연히 존재한다. 히말라야라고 해서 빙벽과 크레바스만 인간의 길을 가로막는 것은 아니겠지. 그 땅에서 살아가는 사람들에게는 숨이 턱턱 막히는 오늘의 노동이, 내일이 되어도 달라질 것 없는 인생이 더욱 지나가기 힘든 빙벽과 크레바스일 수 있다. 그런데 곰곰이 생각하니 우리의 삶도 히말라야 사람들과 별로 다를 바 없지 않나. 슬리퍼 신고 산길을 오르는 대신 지하철을 탈 뿐이고, 날마다 무거운 짐을 지는 대신 스트레스를 이고 돈을 구할 따름이니까. 산소통조차 없이 고산병에 맞서는 그들이나 치열한 경쟁 속에서 독고다이의 정신력을 발휘해야 하는 우리나 오십보백보니까. 이쪽이나 저쪽이나 달이 바뀌고 해가 바뀌어도 좀처럼 달라지지 않는 일상은 서로 비슷하지 않나. 목숨이 다하는 날까지 헉헉대며 산을 오르는 것이 셰르파의 일만은 아닌 듯싶다.

이율배반에 관한 생각

*

승리하고 싶지만 연습하기는 싫다. 산꼭대기에 오르고 싶지만 등산을 좋아하지 않는다. 고기는 맛있지만 가축은 불쌍하다. 여기를 떠나고 싶은데 낯선 곳이 두렵다. 놀고 싶은데 놀 시간이 없다. 놀 시간은 많은데 노는 방법을 모른다. 겨울이 좋지만 추위는 싫다. 호두를 먹고 싶은데 껍데기가 단단하다. 생선을 먹으려는데 가시가 너무 많다. 결과를 기대하는데 과정은 지루하다. 만 걸음쯤 걷고 싶지만 첫걸음이 막막하다. 가을을 기다리면서 여름을 망설인다. 밖으로 나가려고 하면서 문을 열지 않는다. 네가 밉지만 너와 마주한다. 너를 사랑하는데 너를 알지 못한다. 나를 모르면서 나를 설명한다. 아, 나의 모든 모순이여! 이율배반의 삶이여!

*

어쩌다 시골에 가면 내 눈에 이상하게 보이는 것이 있다. 화분에 식물을 심어 가꾸는 모습이다. 마당에만 나가도 곳곳이 맨땅인데, 왜 굳이 화분에다 뭘 키우는 걸까. 그냥 그럴 수도 있는 일이겠으나, 꽃나무는 말할 것 없고 밭작물까지 몇 뿌리 심어두는 행위가 나는 선뜻 이해되지 않는다.

내 눈에는 화분이 꼭 새장 같아서 그렇다. 날개 달린 새야 어디로 달아날까봐 가둬 키운다 해도 옴짝달싹 못 하는 식물을 화분에 구속하는 이유가 무엇이란 말인가. 아파트에 사는 사람들은 취미라는 명분으로 사육하듯 식물을 키운다 해도 전원생활 하면서까지 그러는 까닭을 나는 잘 모르겠다. 비좁은 화분에 식물을 집어넣어 일생 동안 대지의 양분을 제어하기보다, 한자리에 뿌리 박혀서나마 자유롭게 햇살과 비바람을 들이켜게 하는 것이 낫지 않을까. 나는 멀끔한 화분의 소담한 꽃보다 뒤꼍에 피어 지리멸렬 한철을 사는 숫기 없는 꽃이 더 어여쁘다.

*

명절마다 고향에 오가는 길이 꽉 막힌다. 나는 도무지 모르겠다. 옛날에는 쉬는 날 별로 없이 먹고사느라 모처럼 찾아온 명절 연휴가 부모 형제를 만날 드문 기회였겠지. 하지만 지금은 차례 문화를 비롯해 세태가 달라지지 않았나. 그렇게 길에서 시간 다 보내느니, 부모 형제가 진짜 보고 싶으면 평소에 여유 있게 찾아가면 될 일 아닌가. 서로 데면데면 지내다 한날한시에 모여 지지고 볶

느니 아무 날이든 만나 속 터놓고 이야기 한번 나누는 것이 공경과 우애의 면에서도 훨씬 도움이 되지 않을까. 결혼식장 풍경에도 이해하기 어려운 모습이 있다. 신랑 신부의 아버지는 양복을 입는데 어머니는 한복으로 단장하는 이유를 나는 도무지 모르겠다. 그 광경이 얼핏 우스꽝스럽지 않나. 언젠가부터 관습으로 굳어졌을 텐데, 왜 부모가 양장이나 한복을 같이 차려입지 않는단 말인가. 그것이 부부유별인가.

그런데 문제는 나도 머지않아 아이들의 혼사를 치를 때 아내와 함께 그런 희한한 모습을 연출할 가능성이 농후하다는 점이다. 명절에는 다시 명절을 쇨 테고. 세상 혼자 사는 게 아니라는 말이 꽤나 무겁다.

*

일찍이 "껍데기는 가라"라고 신동엽 시인이 일갈했으나, 어느새 '껍데기'의 전성시대가 되어버렸다. 그 껍데기가 '형식'이면 괜찮은데 '허위'고 '겉치레'고 '위선'이라서 문제다.

나아가 껍데기는 껍데기로만 그치지 않는다. 바야흐로 껍데기가 내용을 정의하기에 이르렀다. 자본주의가 노동과 인정을 삼키더니 인생에 배금(拜金)의 신앙을 뿌리내렸다. 외모와 제스처가

진심을 덮어 인간의 질서를 망가뜨렸다. 시집이 시를, 식당이 음식을 가둬버렸다. 세상의 영광은 껍데기 차지가 되었고, 알맹이의 몫은 상처만 남았다.

이제 껍데기가 껍데기에 열광하는 날이 오겠지. 껍데기가 껍데기를 사랑해 "알맹이는 가라!" 하고 소리치겠지.

*

김수영 시인은 「어느 날 고궁을 나오면서」라는 시를 통해 사회의 부조리에 침묵하는 자신을 반성했다. 그러면서 일상의 분노는 다스리지 못해 옹졸하게 투정하는 자신을 고백했다. "바람아 먼지야 풀아 난 얼마큼 작으냐"라는 자책은 역설적으로 그가 진짜 시인인 것을, 그가 참된 지식인인 것을 증명한다.

김수영이 살았던 시대는 그래야 마땅했다. 그 후로도 오랫동안 우리는 거대 담론의 사회를 살아야 했으니까. 그 덕에 이만큼이나마 정의와 자유를 찾았으니까. 그런데 김수영과 같은 자의식이 사회의 중후장대(重厚長大)한 발전을 이룬 대신 경박단소(輕薄短小)의 미덕을 간과하지는 않았을까? 우리는 아직도 국가와 민족 같은 거대 담론에 지나치게 집착하지 않나? 소시민의 한계일지 모르나, 나는 이제 여느 거대 담론 못지않게 사회 구성원 모두가 일상의 예의에 집중할 필요가 있다고 생각한다. 이를테면, 지금은 아무리 정치적 올바름을 이야기한들 사사로운 생활 속의 예의를 갖추지 못하면 설득력을 얻을 수 없는 시대라는 판단이다.

*

인간에게는 자기가 갖지 못한 것에 대한 선망이 있다. 자발적 판단과 의지로 멀리한 것조차 어느 때에 이르면 그리워하게 되니, 자기가 갖지 않은 것에 대한 선망이라고 할 수도 있다. 과장되게 말하면, 인간의 불행이 거기에서 시작된다. 손 안의 것보다 손 밖에 있는 것을 기웃대는 습성이 삶의 부조리를 낳는다.

안타깝게도, 인간은 거울 없이 자신의 민낯을 살펴보지 못한다. 인간의 눈은 언제나 바깥을 향하고 있다. 또한 물체로서의 거울처럼 관념으로서의 거울이 없으면 자신의 생각과 마음을 돌아보지 못한다. 인간의 생각과 마음은 대부분 타인을 분석하고 평가하는 데 바쳐진다. 그래서 인간은 비루하게 변해버린 자신을 깨닫지 못한 채 자기가 가진 것의 쇠락만 섭섭해한다. 자기가 가진 평범의 가치를 잊고 자기가 갖지 못한 비범의 높은 담장 아래를 어슬렁거린다. 그러다가 인간은 뒤늦게 알게 된다. 자기가 텅 빈 것을, 공허뿐인 것을.

자살에 관한 생각

인생은 시시때때로 춥다. 그리고 유난히 추울 때가 있다. 사랑을 잃거나 잊었을 때 특히 그렇다. 빈센트 반 고흐는 생전에 자신의 삶을 충분히 이해받지 못했다. 가난과 질병, 실연 같은 뼈아픈 단어들이 지치지도 않고 그의 주위를 맴돌았다. 그는 사랑을 갈구했으나 사랑은 그에게 고통을 맛보게 했다. 고흐는 외로웠고, 그의 삶은 발작과 창작의 반복뿐이었다. 그는 끝내 권총 자살로 지상과 작별했다. 그때 고흐의 나이 서른일곱 살이었다.

나는 학창 시절 고흐의 이야기를 읽으면서 적지 않은 예술가의 삶과 죽음이 여느 사람들과 다르다는 것을 알았다. 그들은 타고난 재능으로 훌륭한 예술 작품을 창작했으나, 그와 반비례하듯 불우한 삶을 산 사례가 많았다. 그중 몇몇은 고흐가 그랬듯 스스로 자신의 목숨을 끊기도 했다. 모든 생명에게 가장 두려운 것이 죽음일 텐데, 인간은 제 발로 삶의 종지부를 찍기도 하는 존재였다. 그들은 죄 없이 죄책감을 느끼고, 옴짝달싹 못 한 채 저항하며, 차갑게 연민하는 허무의 족속이었다. 그러니 언제나 우울이 함께할밖에. 우울이 흘러넘쳐 침묵할밖에. 그러다가 그들은 아무도 모르게 아무도 모르는 곳으로 자신을 이륙시켰다. 오랜 시간 자신의 몸에 심어온 고통의 깃털들을 빛나는 날개로 펼치는 순간이었을까.

그런데 예술가의 자살에 관해 나는 한동안 잘못된 정보를 갖고 있었다. 다름 아니라 그 사건들이 대부분 젊은 시절에 일어났으리라는 오해였다. 나의 많은 편견이 그렇듯 일부 한정된 사실에 근거해 다양한 정보를 멋대로 일반화시킨 탓이었다. 그 무렵 나는 자살을 청춘의 전유물처럼 생각했다. 세상 살 만큼 살아 노회하면 어떤 분노와 절망에 맞닥뜨려도 기어이 살아남고야 마는 비굴의 생존력을 터득할 것이라고 보았기 때문이다. 그러니까 나는 예술가의 자살이 비극적 선택이라는 결론에 앞서 그 안에 깃들어 있는 순수한 광기에 주목했던 것이다. 그와 같이 때 묻지 않은 광기는 오로지 청춘의 몫이지 온갖 희로애락에 길든 노인에게는 어울리지 않는다고 판단했다. 나는 늙은 예술가에게 예술은 더 이상 유일무이한 존재의 이유가 아닐 것이라고 확신했다. 그 사람이 진정 지독한 예술의 열정을 불살랐더라면 이미 재가 되어 노인의 나이에 이르지 못했을 테니까. 불안과 결핍의 늪에 온전히 제 몸을 던졌더라면 살아도 한없이 지리멸렬했을 테니까.

하지만 얼마 지나지 않아 나의 편견은 깨졌다. 예술가의 자살은 어느 특정한 나이대에만 벌어지는 일이 아니었다. 고흐처럼 시인 블라디미르 마야코프스키가 서른일곱 살에 권총으로 자살했지만, 그보다 이른 나이에 세르게이 예세닌과 실비아 플라스가 스스로 죽음을 껴안았지만, 나이 든 여러 예술가도 노회하기는커녕 여전히 잦아들지 않는 순수한 광기로 자신의 삶을 이탈했다. 작업실 벽에 "범인(凡人)에겐 침을, 바보에겐 존경을, 천재에겐 감사를"이라는 메모를 남겼던 조각가 권진규가 쉰한 살에 자살한 것은 늦은 나이가 아니었다. 어니스트 헤밍웨이는 예순두 살에 엽총 자살을 감행했고, 에밀 아자르라는 필명으로도 활동했던 로맹 가리는 예순여섯 살 때 자기 몸에 권총을 쏘아 삶을 끝냈다. 게다가 『설국』을 쓴 가와바타 야스나리는 일흔세 살에 스스로 생을 마감했으니 예술가의 자살에 관한 편견은 철저히 내가 과문한 탓이었다.

그와 더불어 나는 자살이 꼭 삶의 나락에서만 일어나는 것이 아니라는 점을 깨달았다. 고흐처럼 세상이 외면한 극한의 외로움 속에 자살한 이도 있으나, 헤밍웨이나 가와바타처럼 얼핏 남부러울 것 없는 각광 속에 목숨을 끊은 사람도 드물지 않았다. 헤밍웨이는 죽기 7년 전에 노벨문학상을 받았으며, 가와바타도 자살하기 4년 전에 일본의 첫 노벨문학상 수상자가 되지 않았나. 로맹 가리 역시 콩쿠르상을 받고도 5년 만에 삶을 마무리했다. 그런 현실을 보면 세상의 영광이 꼭 삶의 적막을 치유하는 것은 아닌 듯했다. 운 좋게 맞이한 세상의 영광을 지키는 것도 부족해 늙어 죽도록 더 큰 영광을 좇는 사람이 많지만, 그들은 삶과 예술을 향한 순수한 광기에서 영영 헤어나지 못했다. 뒤늦게 자살한 그 예술가들의 심장에는 서른일곱 살의 고흐 못지않게 인간에 대한 환멸과 자기모멸이 뜨겁게 들어찼을 것이다.

나는 이 글에서 자살을 합리화할 생각이 전혀 없다. 자살까지 미화하는 유미적이고 퇴폐적인 낭만주의가 나의 취향도 아니다. 자살이 실패와 좌절의 탈출구쯤으로 여겨지는 세태도 긍정하지 않는다. 하지만 자살한 이의 삶에 대한 이해 없이 그 선택을 조롱하거나 심지어 저주를 퍼붓는 것에는 완전히 반대한다. 누구나 고흐처럼 "나는 정말 그녀와 이야기하고 싶다. 내 손을 그 집 촛대의 타오르는 불꽃 속에 집어넣어 뜨거움을 견디는 동안만이라도."라고 할 만큼 사랑을 위한 용기를 갖는 것은 아니니까. 누구나 가와바타처럼 자기가 매진하는 일에 화려한 영광을 얻고도 무심히 내팽개치는 자유를 실천하지는 못하니까. 그럴 수 없고, 그럴 주제도 못 되면서 자살을 선택한 예술가의 삶을 함부로 재단하는 것은 옳지 못하다. 어떤 인생은 너무나 다채로워 아무나 헤아리기 어려운 법. 서른일곱 살이든 일흔세 살이든 그들에게는 순수한 광기가 생동했다. 다른 사람들은 쉽게 이해할 수 없는 그것이, 그들을 자극해 그림을 그리고 글을 쓰게 했겠지. 그러다가 마침내 자신의 피를 쏟아 캔버스에 마지막 터치를 하고 원고지에 마침표를 찍었겠지. 나는 그들이 있어 오늘의 추위를 잠시 잊는다.

아주 작은 차이에 관한 생각

출판사에서 일할 때 재레드 다이아몬드가 쓴 『총, 균, 쇠(Guns, Germs, and Steel)』의 번역을 의뢰했다. 번역자와 계약서를 작성하면서, 나는 훗날 그 책이 10년 넘는 기간 동안 '서울대 도서관 대출 순위 1위' 같은 타이틀을 달게 될 줄은 예상하지 못했다. 『총, 균, 쇠』는 여러 단체의 추천 도서 목록에도 올라 논술 시험을 준비하는 고등학생들의 필독서로까지 자리 잡았다. 나는 당시 출판 저작권 에이전시에서 보내온 자료 등으로 미루어 꽤 좋은 책인 것은 알아 잘 만들면 스테디셀러가 되겠거니 하는 기대를 가졌다. 그런데 내가 그 출판사를 그만두고 나서 출간된 책의 반응은 훨씬 더 뜨거웠다. 단숨에 미디어의 조명을 받고 베스트셀러에 오르더니, 그 열기가 아직도 남아 사람들의 지적 호기심을 충족시켜주고 있다.

내가 일했던 출판사에서 재레드 다이아몬드에게 꾸준히 관심을 가진 이유는 『총, 균, 쇠』에 앞서 출판한 『제3의 침팬지』 때문이었다. 그 책 역시 참신한 내용으로 화제를 불러일으켰고 시장에서도 좋은 반응을 얻어 작가에 대한 신뢰가 컸다. 나는 『제3의 침팬지』가 증쇄를 거듭할 무렵 입사해 첫 업무로 그 책의 재편집을 맡았다. 초판 발행을 서두르느라 범했던 편집의 오류들을 바로잡는 일이었다. 그 덕분에 나는 며칠에 걸쳐 매우 꼼꼼하게 500쪽이 훌쩍 넘는 『제3의 침팬지』를 읽어야 했다. 대개 일은 일일뿐이지만, 가끔은 일하면서 공부도 하는 것. 어느 면에서 그것은 출판 편집자로 먹고사는 생활의 미덕이었다. 나는 다이아몬드의 책을 통해 인간의 유전 형질이 침팬지의 유전 형질과 98.4퍼센트나 같다는 사실을 알게 되었다. 다시 말해 겨우 1.6퍼센트의 유전 형질 차이가 인간과 침팬지의 삶을 완전히 다르게 진화시켰다는 것이다.

『제3의 침팬지』의 내용을 좀 더 옮기면, 다이아몬드는 1.6퍼센트 유전 형질의 차이로 인간이 언어를 발전시켰다고 보았다. 그것이 다름 아닌 다이아몬드가 규정한 인간 진화론의 시발점이었다. 침팬지와는 비교조차 할 수 없는 인간의 언어 능력이 문명 발달로 이어져 오늘날의 현대 사회를 구축했다는 것이다. 그렇다고 해서 다이아몬드가 1.6퍼센트의 유전 형질 차이가 긍정적 변화만 가져왔다고 본 것은 아니다. 그는 환경 파괴와 제노사이드 같은 인간의 무지막지한 폭력도 바로 그 미미한 유전 형질의 차이에서 비롯된 것이라고 설명했다. 나아가 다이아몬드는 그와 같은 역기능을 제어하는 힘 또한 1.6퍼센트의 유전 형질 안에 들어 있다고 강조했다.

다이아몬드가 과학적 사실에 근거해 진화생태학적 관점에서 쓴 『제3의 침팬지』에는 흥미로운 내용이 많았다. 나는 책의 마지막 페이지를 덮으며, 인간과 침팬지의 구별을 넘어 인간 개개인의 삶도 그렇게 작은 차이 때문에 달라지지 않나 생각해보았다. 얼핏 98.4퍼센트쯤 똑같아 보이는 나와 네가 왜 다른 삶을 살아가고 있는지. 어째서 누구는 희극이고 누구는 비극인지. 어떤 까닭으로 누구는 혼자인데 따뜻하고 누구는 함께 있어도 추운지. 그것은 결국, 유전 형질이 아닌 겨우 1.6퍼센트 정도의 영혼 형질이나 운명 형질의 차이에서 빚어진 결과가 아닐까. 그 1.6퍼센트의 차이로 나는 시를 쓰고 너는 사랑을 하는 것. 너는 상행선을 타고 나는 하행선에 오르는 것. 나는 커피를 마시고 너는 우유를 마시는 것. 너는 출근을 꿈꾸고 나는 퇴근을 바라는 것. 나는 통속이고 너는 순정인 것. 너는 왼쪽이고 나는 뒤쪽인 것. 나는 서쪽으로 걷고 너는 북쪽으로 걷는 것. 너는 안에 있고 나는 바깥에 머무는 것. 나는 느리고 너는 빠르지 않은 것. 너는 흔적을 더듬고 나는 흉터를 핥는 것. 1.6퍼센트 차이의 시작은 미약하나 그 끝은 창대하리니. 그래서 우리는 서로에게 영영 타인인 것.

완패에 관한 생각

*

경기는 시시하게 끝났다. A고등학교 야구팀이 B고등학교 야구팀에 0 : 10, 5회 콜드 게임으로 완패했다. A고등학교 선수들의 낯빛이 몹시 어두웠다. 그런 수모를 겪는 것이 처음도 아니었다. 번번이 운동장에서 힘 한번 제대로 써보지 못하고 처참하게 깨지니 자괴감이 이만저만 아니었다. 애써 말하지 않아도 우리는 안 되는구나, 우리에게는 아무런 비전도 없구나, 하는 표정이 역력했다.

왜 그렇지 않겠나. 그 청년들에게 야구는 인생의 전부나 다름없다. 모두 어릴 적부터 야구를 시작해 훗날 프로 선수로 성공하는 꿈을 가졌다. 하지만 아마추어 야구 선수가 프로팀에 지명받는 비율은 10퍼센트 안팎이다. 나아가 그 가운데 극히 일부만 1군 무대에서 뛰게 된다. 스타 소리를 듣는 것은 실제로 하늘의 별을 따는 것에 비유할 만하다. 야구 같은 단체 종목도 따지고 보면 결국 개인 운동인데, 그렇게 형편없는 팀에 탁월한 선수가 있을 가능성은 거의 없다. 그 밥에 그 나물이라고 하지 않나. 그날 A고등학교 야구팀 선수들은 너나없이 제 몸에 스스로 패배자의 낙인을 찍고 있었다.

*

백기가 전장에만 등장하는 것은 아니다. 사각의 링에서만 수건을 던져 패배를 자인하는 것은 아니다. 지금 이 순간에도 어떤 인생은 세상을 향해 백기를 올리고 수건을 내던진다. 그것은 0 : 10으로 패배해 변명의 여지조차 없는 인생이다. 다름 아닌 콜드 게임이다. 경쟁에서 탈락한 이들의 가슴은 차갑게 식고 모든 수고는 헛되어 보잘것없다. 그들은 슬픈 표정으로 "이번 생은 글렀어."라며 혼잣말을 중얼거린다. 봄날에 일찌감치 후드득 져버린 꽃잎처럼. 아무것도 환히 밝히지 못한 채 금세 꺼져버린 불꽃처럼.

그런 인생에 희망을 독려하는 목소리는 공허한 메아리다. 타인의 몇 마디 충고에 달라질 만큼 인생은 호락호락하지 않다. 위로는 얼마나 쉽게 동정으로 변질하나. 공감의 밑바닥에는 얼마만큼의 우월감과 무관심이 자리하고 있나. 격려는 외려 패배를 되새기게 자극할 뿐이다. 제 손으로 백기를 들고 수건을 던진 인생을 존중하는 유일한 방법은, 조용히 귀기울여주는 것. 아무 말 없이 눈물 흘리면 조용히 티슈를 건네는 것. 그리고 그의 침묵이 다할 때까지 함께 침묵하는 것. 콜드 게임으로 패배한 인생이라도 누군가 곁에 남아 있다는 사실을 느끼게 해주는 것.

*

테니스에는 '러브 게임(love game)'이 있다. 경기에서 패배한 선수가 포인트를 하나도 얻지 못하고 마무리되는 게임을 말한다. 그런데 제로 게임(zero game)이라고 하지 않는다고 해서 패배가 로맨틱할 리 있나.

테니스 경기의 '러브'는 달걀을 뜻하는 프랑스어에서 유래했다는 설이 있다. 오래전, 프랑스 사람들이 테니스를 하면서 0의 모양이 달걀과 비슷해 '뢰브(l'oeuf)'라고 부르기 시작했다는 것이다. 그 후 테니스가 영국에 전해지면서 단순히 러브가 되었다고 하니, 그 용어에는 패자를 향한 어떠한 정서적 배려도 담겨 있지 않다. 오히려 포인트를 전혀 얻지 못한 완패를 '달걀 게임'이라고 부르는 것으로 이해할 수도 있지 않을까. 정말 그렇다면, 그것은 차라리 패자를 향한 조롱에 가깝다. 스포츠든 인생이든 경쟁에서 지고 나면 곧 모멸, 수치, 창피 같은 참담한 감정이 뒤따르기도 한다.

석패에 관한 생각

*

결선에 올라 2 : 3으로 아쉽게 졌다고 해서 패배의 성질이 달라지는 것은 아니다.

얼마 전부터 "1등만 살아남는다."라거나 "2등은 아무도 기억하지 않는다."와 같은 말이 유행한다. 자본주의의 첨병인 기업들이야 그렇다 쳐도, 특별할 것 없는 인생을 살아가는 보통 사람들까지 대체로 동의하는 분위기다. 한 개그맨이 "1등만 기억하는 더러운 세상!"이라며 세태를 풍자한 적이 있으나 그것은 잠깐의 웃음거리로 소비되고 말았다. 코미디를 시청하는 일요일 저녁의 휴전은 금세 지나가고 곧 격전의 월요일이 다시 밝아온다는 사실을 사람들은 너무나 잘 알고 있다.

*

1등 지상주의는 성공하지 못한 삶을 철저히 외면하는 치명적 단점을 가졌다. 1등 지상주의 앞에서는 0 : 10의 패배는 말할 것 없고 2 : 3의 패배도 아무런 의미를 인정받지 못한다. 그것은 열 개의 은메달보다 한 개의 금메달을 훨씬 더 가치 있게 보는 것과 다름

없는 인간의 열정에 대한 폭력이다.

인간의 삶에는 승패나 성패같이 이분법으로 판정할 수 없는 복잡 미묘한 스토리가 있다. 그 스토리에는 결과 이전의 과정이 포함되는데, 박빙의 승부일수록 패자의 노력이 승자의 노력 못지않았을 가능성이 아주 크다. 그러니 2 : 3 정도의 결과라면 최선을 다한 패자의 과정도 충분히 주목받아야 마땅하지 않나. 그것이 바로 '할 만큼 한' 노력에 대한 존중이다.

*

아이들에게 종종 하는 잔소리가 있다. 너비 2미터의 개천 너머로 가려면 한달음에 뛰어넘어야 한다고. 그것을 몇 차례로 나누어 조금씩 뛰어넘을 수는 없다고. 예를 들어 1미터씩 두 번에 걸쳐 뛰어넘으려 했다가는 개천에 풍덩 빠지게 된다고.

그게 다 내가 2 : 3의 패배가 가져다주는 고통을 겪어봐서 하는 말이다. 걸핏하면 한끗이 모자라 닿으려는 곳에 닿지 못했던 나의 어리석음에서 나오는 말이다. 전력을 다해 후다닥 내달려봤으면 적어도 이 자리는 아니겠지, 하는 처량함 때문인 것이다.

우주에 관한 생각

도무지 내가 나를 용서할 수 없을 때, 인간의 허위에 신물이 날 때, 세상이 온통 부조리로 가득한 것 같을 때 나는 우주를 공상한다. 내가 먼지보다 작은 존재인 것을 자각해 나의 삶을, 인간을, 세상을 하찮게 여기려는 의도다. 그것은 그저 엉뚱한 수작이 아니다. 공상에 무슨 실리가 있을까만, 잠시 우주를 생각하는 것만으로도 분명 나 자신에게는 각성의 효과가 있다. 그래, 눈 한번 감았다 뜨면 나는 여기에 없는 거야. 나는 너를 모르고 너는 나를 모르는 거야. 세상이 천국은 아니잖아.

20여 년 전, 호주국립대학 교수 사이먼 드라이버의 연구진이 우주에 있는 별의 수를 계산해 발표했다. 연구진은 최첨단 망원경으로 관측 가능한 별의 수만 7×10^{22}개라고 주장했다. 0을 22개나 붙이는 숫자가 상상이나 되는지. 그만 해도 놀라운데, 이제 천문학자들은 우리가 망원경으로 측정하지 못하는 별까지 헤아릴 경우 그 수가 7×10^{22}개의 백 배, 천 배는 거뜬히 될 것이라고 말한다. 지금도 계속 팽창하는 우주에 수많은 별이 모여 형성한 은하가 2조 개쯤 된다는 것이 정설이므로, 그들이 계산해낸 별의 숫자는 충분히 설득력이 있다. "우주의 별이 지구의 모래알보다 열 배 가량 많다."라는 표현이 결코 과장이 아닌 것이다. 『코스모스』의 저자 칼 세이건 등 여러 천문학자들은 지구가 있는 우리은하의 별만 해도 4천억 개에 달한다고 이야기하지 않나. 가히 '천문학적인' 숫자라고 할 만하다. 늘 숫자로 설명해야만 알아먹는 인간의 이해력도 이쯤 되면 과부하가 걸려 머릿속이 하얘질 것이 틀림없다.

오래전에 인간은 태양이 지구의 주위를 돈다는 천동설을 믿었다. 그러면 지동설을 불변의 진리로 받아들이는 요즘은 천동설에서 완전히 벗어났을까. 내가 보기에 지구 중심, 인간 중심, '나' 중심의 사고는 아직도 크게 달라지지 않았다. 많은 사람의 생각이 여전히 태양계에 머물러 있는 탓이다. 태양은 단단히 고정되어 있는 항성이고, 지구를 비롯한 여덟 개의 행성이 공전할 뿐이라는 착각이 거기에서 생겨난다. 하지만 어디 그런가. 태양계는 우리은하에서도 극히 일부분에 불과하다. 우리은하 전체가 초속 270킬로미터로 회전하고, 태양 역시 우리은하의 중심을 1초당 220킬로미터의 속력으로 돈다. 태양이 우리은하의 중심을 한 바퀴 도는 주기는 2억5천 만 년으로 알려져 있다. 그럼에도 인간은 만날 보는 태양이 고정불변한 우주의 핵이며 천체의 중심이라고 무심결에 착각하지 않나. 툭하면 자기 자신을 세상의 중심에 놓는 것처럼.

그러므로 내가 때때로 우주를 공상하는 것은 천동설에서 확실히 벗어나고 싶기 때문이다. 내가 80억 지구인의 한 사람일 뿐이며, 저마다 수천억 개의 별을 품은 은하의 수만 해도 지구 인구보다 300배 가까이 많은 2조 개가 우주에 있다는 명징한 진실을 되새기고 싶기 때문이다. 그리하여 우주의 관점에서 내가 한 알의 모래보다 작다는 것을, 내 삶이 찰나 속의 한순간에 지나지 않는다는 것을 다시 한번 깨달으려는 것이다. 그러니 신물 치솟게 넌더리 낼 일이 무엇이고, 아무것도 변화시키지 못하는 투정과 푸념이 무슨 소용일까. 그렇다고 우주를 공상하는 나의 결심이 세상의 공허와 인생의 무상에 빠져 일상을 탕진하려는 것은 절대 아니다. 영영 발끝만 내려다보며 살아가더라도 가슴에는 우주를 안아, 한 걸음 한 걸음 내게 주어진 천체의 빛을 아름답게 소진하자는 것이다. 일찍이 시인 윤동주는 "별을 노래하는 마음으로/ 모든 죽어가는 것을 사랑해야지"라고 다짐하지 않았나. 그런 고백과 다짐이 우주를 공상하는 나의 삶에도 깃들기를 바란다는 뜻이다.

영혼의 무게에 관한 생각

영혼의 무게를 궁금해한 사람이 있었다. 1907년, 미국인 의사 던컨 맥두걸은 인간의 영혼 무게가 21그램이라는 가설을 의학 저널에 발표했다. 그는 임종을 앞둔 환자 여섯 명의 동의를 얻어 실험한 결과 죽음 전후에 21그램의 몸무게 차이가 있었다고 주장했다. 아울러 열다섯 마리의 개를 이용한 실험 결과도 발표했는데, 그 경우는 체중에 아무런 변화가 없었다. 맥두걸은 그 같은 점에 근거해 인간만이 영혼을 가지며, 영혼의 무게는 21그램이라고 확신했다. 하지만 그의 실험은 과학계에서 인정받지 못했다. 우선 실험 샘플이 너무 적고, 실험 방식에 과학적 고찰이 부족하며, 여섯 명의 실험 대상 중에서도 일부만 그의 가설을 충족했기 때문이다.

그럼에도 그 후 많은 사람들이 인간에게 영혼이 실재하며 그 무게는 21그램이라고 믿게 되었다. 여느 경우에 그렇듯 인간은 자신이 믿고 싶은 것을 믿을 뿐이다. 그런 상황에서 가설은 곧 사실이 되고 합리적 의심은 맹목적 공감에 묻혀버린다.

어쨌거나 맥두걸의 가설은 인간에게 영혼이 존재한다는 것을 증명하려는 시도였다. 어쩔 도리 없이 유한한 삶을 살아가는 나에게 영혼이 있다니, 죽음 이후에도 내가 완전히 사라지는 것은 아니라니 얼마나 안심인가. 천국이든 내생이든 내가 나를 계속 자각할 수 있다니 정말 다행 아닌가. 그 무게가 21그램인지, 210그램인지는 중요하지 않았다. 영혼의 실체마저 계량화해야 직성이 풀리는 만물의 영장으로서 사람들은 이승의 삶이 끝이 아니라는 주장에 열렬히 환호했다. 급기야 2003년에는 제목부터 맥두걸의 실험을 모티브로 한 숀 펜 주연 영화 <21그램>이 제작되기도 했다. 그 영화는 심장 이식을 소재로 다루면서 삶과 죽음을 대하는 인간의 영혼에 관해 탐구했다. 겨우 21그램에 불과하면서도 절대적인 영혼의 실재로부터 인간의 모든 자의식이 비롯된다는 콘셉트였다.

그럼 나는 어떤가. 영혼의 실재를 믿나, 아니면 죽음과 함께 인간은 완전히 소멸할 뿐이라고 생각하나. 나는 이 책을 쓰면서 '영혼'이라는 단어를 종종 사용했다. 하지만 그런 이유로 내가 영혼의 실재를 믿는 쪽이라고 단언하지는 못하겠다. 차라리 완전한 소멸이 두려워 영혼이 존재하기를 바라는 겁쟁이라고나 해야 할까. 영혼마저 존재하지 않는다면 허다한 삶의 부조리가 더욱 난감한 현생의 불순분자라고나 해야 할까. 어쩌면 영혼을 들먹여가며 나의 어리석음을 덮으려는 한낱 비겁자일 수도 있겠다. 그렇다고 해서 나는 아무래도 영혼이 허구라는 쪽에 기우나, 하고 찬찬히 곱씹어보면 그것도 영 쓸쓸하기 짝이 없는 노릇이다. 만약 누군가 불가지전서(不可知全書)를 만든다면, 나는 맨 앞장에 영혼의 정체에 관한 내용을 실어달라고 조르고 싶다. 왜냐하면, 미치도록 궁금하니까. 그 진실을 슬쩍이라도 엿보고 싶으니까.

사진에 관한 생각

새로운 것이 생겨나는 만큼 오래된 것이 사라진다. 오래된 것이 사라지는 만큼 새로운 것이 생겨나기도 하겠으나, 새로운 것이 오래된 것을 세상에서 밀어내는 경우가 훨씬 많다. 좀 더 편리하고 좀 더 세련되고 좀 더 충분한 것이 그보다 조금 덜한 어제를 순식간에 옛날로 만들어버리는 식이다. "필요는 발명의 어머니"라는 격언은 이미 설득력을 잃었다. 이제 인간은 필요하지 않아도 발명한다. 굳이 필요하지 않은데, 좀 더 새로운 것을 생산해 조금 덜 새로운 것을 지워버린다.

카메라는 만날 들고 다니는 물건이 아니었다. 장롱 깊이 소중히 보관해두었다가 즐겁고 보람 있는 날에만 꺼내 사용하는 귀중품이었다. 인생의 한 컷 한 컷이 가볍게 지나가지 않았다. 어느 날, 필름 없이 사진 찍는다는 말을 처음 들었을 때는 도무지 거짓말 같았다. 그런데 곧 필름 카메라는 지난 세기의 유물이 되어버렸다. 뒤이어 등장한 디지털카메라 역시 적어도 일상생활에서는 스마트폰 카메라에 금세 자리를 빼앗겼다. 각축전조차 벌어지지 않았다. 좀 더 새로운 것이 나타나면 조금 덜 새로운 것은 찍소리 없이 사라졌다. 피사체도 꽤나 달라졌다. 셀카라는 말이 있기는 했나. 자기가 자기를 찍는다니. 세상이 자아도취와 외모지상주의로 범벅되었다. 사람의 태도도 달라졌다. 찍는 사람이든 찍히는 사람이든 더 이상 진지할 필요가 없어졌다. 마음에 들지 않으면 날름 지워버리면 그만이니까. 쉽다. 사람도 쉽고 풍경도 쉽다. 네가 쉬운 만큼 나도 쉽다.

지난날, 카메라에 필름 한 통을 넣고 찍을 수 있는 사진은 서른 장 안팎이었다. 정성껏 폼 잡고 조심스럽게 찍은 다음 사진은 대개 4×6 사이즈로 인화했다. 그러다가 사진이 작아 보이면 5×7 사이즈로 뽑기도 했다. 여기서 길이 단위는 인치. 중고등학교 시절 소풍이라도 다녀오면 카메라 주인이 얼굴 담긴 친구들의 신청을 받아 사진을 추가로 인화해 가져다주었다. 공짜는 아니었지만 카메라 주인의 수고에 비하면 공짜나 다름없었다. 그때의 사진이 가끔 오래된 기억을 떠올리게 한다.

사진 말고 무엇으로 시간을 멈출까. 나의 낡은 앨범은 정지된 시간으로 채워졌다. 여전히 검은 교복 입은 까까머리 열다섯 살이 있고, 수학여행 가던 길 강릉 해변에 선 열여덟 살이 있고, 고등학교 졸업식 날에는 여태 녹지 않는 함박눈이 내렸더랬다. 그보다 더 옛날에는 젊은 엄마 품에 안긴 갓난아기가 있고, 사탕 물고 세발자전거 타는 일곱 살이 있고, 눈썹 찡그린 채 하늘을 올려다보는 열 살 남짓 어린아이도 있다. 성인이 되고 나서는 대성리 어디쯤에서 삐딱한 스물세 살이 담배를 피워 물었고, 무슨 까닭인지 사무실 의자에 늘어진 피곤한 낯빛의 서른두 살도 보인다. 그리고 뭐니 뭐니 해도 나의 아이들, 어느덧 다 자라버린 내 아들딸이 고물고물하던 모습 그대로 꽃피고 있네. 그 사이사이에서 문득 발견하는 죽은 엄마의 미소와 체온. 사진 말고 무엇이 여기에 없는 사람을 이곳으로 불러올까.

필름이 퇴역한 시대에 앨범의 역할은 무색해졌다. 그러나 앨범이 아니더라도 사진은 여전히 시간을 붙잡는다. 데이터 저장 문명이 정지된 시간을 4×6 사이즈로 인화해 앨범에 넣어두는 일을 멀찌감치 옛날로 밀어냈지만, 사진의 근본은 변하지 않았다. 뭐든 근본이 달라지지 않으면 실은 아무것도 잃어버리지 않는 법. 새로운 것이 생겨나 오래된 것이 사라져도 마냥 허망하지는 않은 법. 이제는 나도 무수히 찍어 수없이 저장하는 사진의 대용량 시대를 살아가지만 그 안에 박제된 시간의 의미만큼은 결코 잊지 않으려 한다. 앞으로도 많은 것이 달라지겠으나 그러면 된 것이다. 그날이 희미하게나마 살아 있으면 된 것이다.

돈에 관한 생각

*

나는 그가 부럽다. 그는 부자니까. 자본주의 만능 시대에 부자는 승리자다. 부자는 부자이므로 하기 싫은 것을 하지 않을 자유가 있다. 부자는 부자이므로 하고 싶은 것을 할 자유가 있다. 하기 싫은 것을 하지 않고 하고 싶은 것을 하는 것. 내가 오래전부터 간절히 꿈꿔온 삶 아닌가. 그의 삶은 내 삶의 낙원이다. 따라서 나는 그가 실컷 부러운 것이다.

그런데 희한하게, 나는 그에게 열등감을 느끼지는 않는다. 아무런 강박도 갖지 않는다. 몹시 부러운데, 그렇다고 그 앞에서 막 쪼그라들거나 안절부절못하는 좀팽이 신세는 아니라는 말이다. 아, 그럴 수 있구나. 부러움과 열등감은 비례하지 않는구나. 나는 그를 부러워하면서도 내심 별것 아니라며 안간힘을 쓴다. 어느 날에는 슬며시 그를 얕잡아보기까지 한다. 쳇, 부자면 다야? 아무리 시대가 변했어도 돈으로 사지 못하는 것이 엄연히 있지. 인생에는 돈으로도 어쩔 수 없는 무언가가 틀림없이 있지. 그렇게 열등감 없는 부러움으로 또 하루를 살아간다.

*

21,600원. 이번 달 아파트 관리비 고지서에 찍힌 전기세다. 승강기 같은 데 들어가는 공용 전기는 빠진 것이니 순전히 우리 집에서 사용한 전기 요금이다. 네 명의 식구들이 컴퓨터와 스마트폰, 텔레비전, 냉장고, 밥솥 등으로 일상생활에서 그만큼의 전력을 소비했다. 전기 계량기의 숫자만으로는 불분명해 보이는 소비 수준이 고지서에 찍힌 금액으로 아주 명확해진다. 지난달에 청구된 전기 요금과 비교하면 소비의 경향까지 분석할 수 있다. 식구들이 대부분의 시간을 집 밖에서 보내는 데다 여름철이 아니라 약간 적게 청구된 편이랄까. 우리 집 식구들은 21,600원의 돈으로 한 달 동안 밥 짓고 빨래하고 드라마를 시청했다. 컴퓨터로 각자의 일을 하고 스마트폰을 충전하고 매일 밤을 낮처럼 밝혔다.

어디 전기 요금뿐일까. 이번 달 아파트 관리비 고지서에 청구된 항목은 모두 스물세 가지에 이른다. 네 명의 식구들이 집 안에서 먹고 자고 씻고 뒹굴고 움직이는 데 공짜는 하나도 없었다. 어느덧 우리는 태어나는 순간부터 죽는 날까지 돈의 굴레를 벗어날 수 없는 존재가 되지 않았나. 산모가 병원에서 정기 검진받는 것까지 따지면 태어나기 전부터 돈의 굴레 속에 있다고 해도 틀린 말이 아니다. 그래서 호모이코노미쿠스(Homo economicus)라는 신조어도 생겨났겠지. 우리의 실생활은 오히려 그런 표현마저 무색할 만큼 숭금(崇金)의 면모까지 보이고 있다. 도대체 돈이 아니면 이제 무엇으로 생활을 꾸린단 말인가. 돈 없이 어떻게 앞으로 나아가고 나를 드러낸단 말인가. 그러니 무례하게 돈으로 한 인간의 삶을 규정한다 한들 마땅히 반론을 제기하기도 힘든 시절이 되어버렸다. 가만 생각해보면 안타깝기 짝이 없으나, 그런 것을 일컬어 현실이라고 하겠지. 현실을 인정해야 하는 현실이 먹먹할 따름이다.

*

스타 앞에서 대중이 열광한다. 한시라도 빨리 새 버전의 첨단 기기와 명품을 사기 위해 소비자들이 우르르 쇼핑몰로 달려간다. 그와 같은 박수와 환호는 스타의 생활을 더 화려하게 만들고 기업의 이윤을 극대화한다. 사람들은 유흥과 기능과 이미지를 얻기 위해 망설임 없이 비용을 지불한다. 영국의 노동자들은 일주일 동안 열심히 일해 번 돈을 축구장에 쏟아붓고, 한국의 직장인들은 명품을 소유한 대가로 몇 달 동안 꼬박 할부금을 내는 식이다. 그런데, 왜?

도대체 세상의 어떤 설계가 우리에게 한낱 숙주(宿主) 같은 삶을 유혹하는가? 분명 나를 위한 박수와 환호라고 생각하는데, 왜 나는 점점 텅 비어버리고 세상은 갈수록 충만한가? 어떤 디스플레이에도 나는 보이지 않는데…… 그럼에도 왜?

이미 노회한 자본주의는 가짜와 진짜, 헛것과 실체, 현실과 꿈, 불신과 믿음, 무의미와 유의미의 경계를 허물어뜨렸다. 그리하여 우리는 내 몫의 삶을 살면서, 정작 내 몫의 삶을 살지 못하게 되었다. 햇살 아래에 나의 그림자가 보이지 않는다.

죽음의 존엄에 관한 생각

2016년, '연명의료결정법'이 만들어졌다. 의학적으로 회복할 가능성이 없는 환자가 자신의 결정이나 가족의 동의로 연명 치료를 받지 않을 수 있도록 한 법이다. 흔히 '존엄사법'이라고 불리는 연명의료결정법은 2년의 유예 기간을 거쳐 2018년부터 본격적으로 시행되었다.

이 법에 따르면, 담당 의사와 해당 분야 전문의 한 명에게 회복 가망이 없다고 진단받은 환자는 스스로 연명 치료 중단을 결정할 수 있다. 그때 환자는 사전연명의료의향서 같은 공식 서류를 통해 연명 치료를 원하지 않는다는 의사 표시를 해야 한다. 만약 공식 문서를 준비하지 못했다면, 평소 환자가 바라던 연명 치료 중단 의사를 가족 두 명이 진술해야 한다. 그리고 환자의 의사를 확인하기 어렵다면 가족 모두가 합의해야 연명 치료를 중단할 수 있다. 아울러 이 법은 연명 의료 행위를 중단할 수 있는 범위도 심폐소생술, 혈액 투석, 항암제 투여, 인공호흡기 착용, 체외생명유지술, 혈압 상승제 투여, 수혈 등으로 한정한다. 그 경우에도 통증을 줄이는 의료 행위와 산소의 단순 공급, 영양분 공급, 물 공급은 중단할 수 없다.

최근 우리나라의 한 해 사망자 수는 30만 명 안팎이라고 한다. 그런데 그중 의료 기관에서 숨을 거두는 비율이 76퍼센트에 달한다. 그 밖에 도로나 일터 등에서 사망하는 사례를 빼면, 이제 자기 집에서 죽음을 맞는 비율은 14퍼센트 정도에 불과하다. 아마도 의료 기관에서 임종하는 비율은 앞으로 계속 늘어날 가능성이 높다. 사람들이 대부분 삶의 끈을 끝까지 놓지 못하는 데다, 환자가 병원에 머물러야 보호자들의 일상이 그나마 유지되기 때문이다. 죽어가는 사람들의 미련과 좀 더 살아갈 사람들의 편리가 적당히 타협한 결과라고 하면 너무 부정적인가. 여하튼 그런 상황에서 연명의료결정법이 시행된 것에는 큰 의미가 있다.

나는 10여 년 전 아픈 엄마를 병원에서 떠나보낸 경험이 있다. 마지막으로 병원에 입원한 3주 동안 엄마는 아침마다 채혈하고 하루가 멀다 하게 이런저런 검사를 받았다. 나중에 생각해보니, 나날이 의식이 희미해지는 데다 링거로 연명하는 시한부 환자에게 할 짓이 아니었다. 나는 엄마의 짧은 여생조차 제대로 돌보지 못한 어리석은 자식이었다. 병원에서도 의학적으로는 어떤 이유가 있는지 모르지만 인간적으로 해서는 안 될 의료 행위였다. 나는 가슴 저리게 일생을 살다 간 엄마에 대한 예의가 없었고, 병원

시스템은 인간에 대한 예의가 없었다. 나는 무작정 병원의 결정을 따르기보다 더는 아무 말도 못 하는 엄마의 간절한 바람에 귀기울여야 했다. 숱한 주검이 빠져나가는 중환자실에서 외롭게 며칠을 더 보내게 하는 대신 곁에 앉아 손이라도 꼭 잡았어야 했다. 적어도 그때의 나는 빠르게 잦아들어가는 엄마의 숨결을 외면한 채 철저히 산 사람의 타성으로 죽음을 대했다. 통증을 줄인다고 진통제를 잔뜩 쏟아붓게 했으면서, 실제로는 한 줌밖에 남지 않은 엄마의 삶을 더욱 고통스럽게 만드는 데 일조했던 셈이다.

친구 중에 자식을 낳지 않고 사는 이가 있다. 굳이 이야기하면 아이가 생기지 않은 경우라 마음이 짠하기도 한데, 어쨌거나 그 친구는 사업 수완이 좋아 꽤나 부유한 생활을 하는 중이다. 그런데 친구에게는 은밀한 계획이 하나 있다. 훗날 자기가 늙고 병들면 '적극적 안락사'를 허용하는 외국에 나가 죽음을 맞겠다는 것이다. 술자리에서 들은 말이라 웃고 말았지만 나는 친구가 가진 고민의 진정성을 충분히 헤아린다. 나와 친구도 어느덧 죽음이 관념으로만 다가오지 않는 나이를 살고 있기 때문이다. 더구나 친구의 입장에서는 자식이 없다는 점이 그 같은 결정에 적잖이 영향을 끼쳤을 것이다. 하지만 각자의 처지가 어떻든 죽음은 어차피 홀로 짊어져야 하는 불가피한 운명이라는 점에서 똑같지 않나. 나와 친구는 인간이기에, 저마다 최소한의 품위를 지키며 덜 고통스럽게 생을 마감하고 싶은 소망을 품는 것이다. 지금 계획대로라면 친구는 언젠가 외국에 나가 자기 몸에 일부러 치명적인 약물을 투입할 테고, 나는 이 땅에서 사전연명의료의향서를 쓰겠지.

지난 2021년, 우리나라에서 연명의료결정법이 시행된 지 3년 6개월이 지나서야 사전연명의료의향서 등록 인원이 100만 명을 넘어섰다고 한다. 법 제정 당시 정부와 의료계가 예상한 수치에는 많이 못 미치는 모양이다. 누군가 나의 삶을 향해, 메멘토 모리(Memento mori)를 외친다.

믿음에 관한 생각

*

나는 유신론자다. 그럼에도 아직 종교를 갖고 있지는 않다. 나의 이율배반은 무엇을 의미하는가. 절대적 믿음 없이 마음속에 의심을 품으면서 나는 어떤 대상에게 무릎 꿇어 매달리려 하는가.

내가 유신론자인 까닭은 완전한 소멸에 대한 두려움 때문일 수 있다. 눈에 보이지 않는 세상의 섭리와 우주의 질서에 대한 의문 때문일 수 있다. 그리하여 나 자신과 내가 사랑하는 대상에 대한 집착 때문일 수 있다. 나아가 '여기' 아닌 '저기'를 향한 그리움 때문일 수 있고, '이생' 너머 '후생'에서 찾는 치유와 안식 때문일 수 있다. 그럼에도 나는 아직 고일 곳을 찾지 못한 한 방울의 물이며, 머물 곳을 찾지 못한 한 줌의 바람이며, 어디에도 스며들지 못한 한 줄기의 빛이다. 성당에 앉아 기도하는 나와 불당에 엎드려 축원하는 내가 서로를 부둥켜안아 메마른 영혼을 어루만진다. 인생은 짧고 혼돈은 길다.

*

인류 역사상 최고의 베스트셀러이자 스테디셀러는 『성경』이다. 지금까지 전 세계에서 판매된 것만 해도 무려 60억 부가 넘는다니, 그 내용을 함께 읽거나 설교를 통해 인생의 길잡이로 삼은 사람의 수는 얼마나 많을까. 중생의 번뇌만큼 있다는 불경의 가르침도 그에 못지않게 인류의 삶에 큰 영향을 끼쳤다. 『쿠란』이나 『베다』 등도 마찬가지고.

사람들이 경전에 빠져드는 이유는 불안 때문일 것이다. 유한한 자신의 생이 불안하고, 과거의 죄와 오늘의 곤란과 미지에 싸인 앞날이 불안해 절대자를 찾을 것이다. 절대자의 말에서 위안을 얻으며 그 가르침에서 일상을 살아가는 지혜를 구할 것이다. 아마 세상의 모든 책이 사라져도 경전은 인류 최후의 날까지 함께하겠지. 혹독한 금서(禁書)의 시대가 온다고 해도 사람들은 어둠 속에 숨어 자기의 경전을 필사하겠지. 혹시 인류가 모든 문자를 잃는다고 해도 경전은 또 다른 모습으로 살아남을 것이 틀림없다. 이미 인류는 선사 시대에도 동굴 벽화를 그려 신성(神聖)의 역사를 연바 있지 않나. 그것이 까마득한 옛날에는 삶의 불안을 다스리는 기도였을 것이다.

*

알바니아계 가정에서 태어난 테레사 수녀는 열아홉 살 때부터 인도 콜카타 지역에서 선교 활동을 펼쳤다. 그곳 빈민과 평생 함께하기로 마음먹고는 아예 인도에 귀화해 정착했다. 가난한 사람들과 병자들, 버림받은 아이들을 위한 그의 헌신은 국경을 넘어 세계에 깊은 감동을 주었다. 사람들은 그를 '빈자(貧者)의 성녀'로 추앙하며 인류의 어머니라는 의미를 담아 '마더 테레사'라고 불렀다. 그는 항상 여러 어려움에도 신앙이 있어 소외받은 이들을 돌볼 수 있었다고 말했다. 1979년 노벨평화상을 수상하면서 "예수 그리스도는 우리의 마음속, 우리가 만나는 가난한 사람들, 우리가 주고받는 웃음 등 모든 곳에 존재하신다."라는 소감을 남기기도 했다. 그런 까닭에 교황청에서는 그가 선종한 후 복자(福者)에 이어 성인품(聖人品)의 지위까지 내렸다.

그런데 2007년 미국에서 출판된 책 『테레사 수녀 : 나의 빛이 되어라(Mother Teresa : Come Be My Light)』에서 뜻밖의 사실이 밝혀졌다. 그 책에는 테레사 수녀가 고해 신부들에게 보냈던 40여 통의 편지가 실렸는데, 외로움이나 고통 같은 차가운 감정의 어휘들이 반복적으로 등장했다. 아울러 그는 "내 영혼에는 마치 모든 것이 죽어버린 듯 짙은 어둠이 있습니다.", "예수님을 사랑하고 싶지만 예수님과 멀어진 느낌, 끔찍한 공허함, 하느님이 곁에 계시지 않은 것 같은 느낌을 갖고 있습니다."라고 고백했다. 물론 그 책에는 테레사 수녀가 하느님의 사명을 받는 기쁨에 관한 내용이 더 많은 지면에 담겨 있다. 하지만 그의 생전 모습에서 볼 수 없었던 영적 갈등과 내적 고통, 하느님을 향한 혼돈한 갈망이 많은 사람에게 충격을 안겨주었다. 특히 일부 무신론자는 테레사 수녀의 고백이 바로 종교가 인간이 만들어낸 허구일 뿐이라는 증거라고 주장했다.

하지만 나는 테레사 수녀의 편지에서 시작된 일련의 소란을 지켜보며 그에 대한 존경이 더욱 깊어졌다. 그 이유는 내가 회의(懷疑) 없는 믿음을 신뢰하지 않기 때문이다. 어떻게 아무런 의심 없이 이해하고 사랑하며, 나아가 순종할 수 있단 말인가. 믿음은 자기 자신을 의심하고 상대를 회의하는 과정을 치열하게 거쳐야 제대로 굳건해진다. 그런 과정이 생략된 믿음은 맹신일 뿐이다. 맹목적 믿음에는 독선과 왜곡과 폭력이 뒤따르게 마련이다. 『테레사 수녀 : 나의 빛이 되어라』가 이런저런 시비에 휘말린 후 테레사 수녀를 옹호하는 한 성직자가 "그는 신앙 속의 어둠을 평생 껴안고 살면서도 믿음으로 충만한 궁극적 구원을 이뤄냈다."라고 말했다. 나의 견해가 그 성직자와 다르지 않다. 아마도 테레사 수녀는 영적 갈등에 시달리면서도 기도를 멈추지 않았을 것이다. 자신이 믿는 절대자를 고통스럽게 갈망하면서 지상의 사명에 최선을 다 했을 것이다. 나는 60억 부나 팔린 『성경』의 기적도 무수한 회의와 의심 속에서 더욱 반짝인다고 생각한다.

인간에 관한 생각

*

나는 인간을 '망원경류'와 '현미경류'로 구분하기도 한다. 말 그대로 망원경류는 먼 곳을 보려는 사람, 먼 것을 가까이하려는 사람이다. 그런 부류는 지금 여기가 아니라 미래를 궁금해하며 희망한다. 직업으로 이야기하면 발명가나 사업가, 정치가가 아닐까. 그에 비해 현미경류는 바로 지금 여기를 더 자세히 관찰하려는 사람이다. 그런 부류는 밖이 아니라 안에, 보이는 것보다 보이지 않는 것에 호기심을 갖는다. 이 또한 직업으로 말하면 철학자나 성직자, 시인이 아닐까.

물론 나는 인간의 성향을 이분법으로 나누거나 직업으로 분류하는 데 일반화의 오류가 있다는 점을 명심한다. 세상에는 정치가 같은 시인이 있고, 성직자 같은 사업가가 있으니까. 그리고 하나 더, 세상에는 잠망경류라고 할 만한 인간도 존재한다. 그런 부류는 이렇다 하게 궁금한 것도, 희망하는 것도, 타인에 대한 은밀한 호기심도 없다. 그저 자신을 숨긴 채 빼꼼히 주위를 두리번거릴 뿐이다.

*

정치는 상황 논리를 중요시한다. "정치는 생물"이라고 하는 정치인들의 말은 상황에 따른 처신을 옹호하는 것이다. 정치인에게는 때로 고지식할 수 있는 원리 원칙이 아니라 달라지는 상황에 유연하게 적응하는 능력이 중요하다는 의미다. 뭐, 얼핏 고상해 보이는 설명이지만 그때그때 변절하고 야합할 수 있다는 일종의 자기 합리화 아닐까? 나는 정치를 향한 혐오의 근거에 무엇보다 상황 논리가 있다고 생각한다. 정치인들은 유연하게 적응하기보다 약삭빠르게 기생하는 데 탁월한 재주가 있기 때문이다.

"지금 상황이 이러니 어쩔 수 없어." 내가 긍정할 만한 사람이 이렇게 말한다면 가능한 한 이해가 필요하겠지. 하지만 어디까지나 일상의 영역에서 그런 것이고, 가치와 신념의 영역이라면 상황 논리보다 원리 원칙이 기준이 돼야 한다.

*

이념 대립이 극심하던 시절, 우리나라에는 반공 사상을 소재로 한 영화와 드라마가 많았다. 거기에 자주 등장하던 대사가 "동무는 반동분자요!"였다. 그 말은 공산주의 사상에 어긋나는 행위를 한다는 의미였다. 자본가가 노동자를 수탈해온 세상에 새로운 물

결이 일고 있는데 구체제에 순응하려는 불온한 사람이라는 말이었다. 실제 러시아에서 볼셰비키혁명에 반대하는 이들을 그렇게 일컬었으므로, 우리나라에서는 오랫동안 '반동(反動)'이라는 단어를 이데올로기 용어로 받아들였다.

하지만 알다시피 반동은 국어사전에 기재된 명사들 중 하나일 뿐이다. 물리학에서는 '작용'에 반대되는 개념을 반동이라고 한다. 그러니 더 이상 반동이라는 단어를 이상하게 생각할 이유가 없다. 비록 우리의 삶은 반동하기 어렵지만, 자칫 반동이 '자폭'으로 해석될 수 있지만, 반동이라는 단어를 읽고 쓰고 말하는 것은 절대로 망설일 필요가 없다. 만약 누가 나에게 "당신은 반동분자야!"라고 소리친다면, 이제 그것은 "당신은 일체의 구속을 거부하는 자유주의자로군!"이라는 뜻일 수도 있다.

*

유치한 것과 천박한 것은 다르다. 유치한 것은 수준이 낮거나 미숙한 것이다. 그에 비해 천박한 것은 수준이나 숙련의 모자람을 넘어 바르지 못하고 상스러운 것이다. 따라서 유치한 짓은 웃어넘길 수 있지만 천박한 짓은 불쾌감을 갖게 한다. 유치한 사람은 그러려니 할 수 있지만 천박한 사람은 되도록 멀리하고 싶다.

무명과 삼류 역시 마찬가지다. 어떤 일을 해도 실력이나 실력 외적인 것이 부족해 이름을 널리 떨치지 못할 수는 있다. 또 자신의 신념이 세상의 요구와 어긋나 언더그라운드의 삶을 살 수도 있다. 어느 경우든 그것이 아쉬울지언정 부끄러울 이유는 없다. 하지만 삼류는 다르다. 삼류는 실리와 명성을 좇아 안달하지만 내실이 없어 미처 이르지 못한다. 나아가 한 줌의 재능을 온갖 몰염치로 치장하기 일쑤다. 삼류는 질투조차 불러일으키지 못하는 가엾은 대상일 뿐이다.

*

어느 한 가지 음식으로 특화된 거리에 가보면 희한한 광경을 볼 수 있다. 대충 열 개의 가게가 있다고 가정하면, 그중에서도 한두 군데에 유난히 손님이 몰리는 것이다. 그곳에는 이미 빈자리가 없는데도 사람들이 줄지어 서서 기꺼이 차례를 기다린다. 그 이유는 우선 원조 집과 뒤늦게 장사한 집을 구별하기 때문이다. 사람들은 맨 먼저 메뉴를 개발하고 오랫동안 맛의 비법을 발전시켜온 가게에 믿음을 갖는다.

그리고 또 다른 이유는 많은 사람들의 선택에 대한 신뢰다. 손님이 특정한 가게에 몰리는 데는 그만한 장점이 있다고 보는 것이다. 대부분의 인간에게는 대세를 따르고, 보편타당한 결심을 하고, 유행을 좇으려는 기질이 있다. 그것은 개인보다 집단이, 저항보다 순응이, 취향보다 몰개성이 안전하다는 판단이다. 나는 심지어 선거 때 "당선될 사람을 찍어줘야지."라는 말을 들은 적도 있다. 그 말이 대체 무슨 의미인지 지금도 이해할 수가 없다.

*

요즘 우리 사회의 이슈 중 하나는 양성 갈등이다. 남성과 여성이 서로에 대한 불신과 반목을 점점 키우는 듯하다. 여기에 정치인들까지 입으로는 큰일이네, 하면서 실제로는 자기 계산에 따라 편 가르기 하느라 바쁘다. 정치란 것이 내 편, 네 편을 갈라야 이익을 챙기는 분야라지만 심하다 싶을 때가 있다. 오랜 세월 남성 중심 문화에 억눌려온 여성과 어느덧 역차별을 주장하는 남성의 갈등을 어떻게 해결할까?

내 생각에, 여성과 남성의 관점으로는 양성 갈등을 개선할 여지가 별로 없는 것 같다. 남성과 여성의 권익을 서로 외쳐봤자 다툼만 커질 뿐이다. 그런데 우리는 모두 남자답게 용기 낼 필요 없고, 여자답게 아름다울 필요도 없지 않나. 그보다 인간으로서 용기 있고 아름다워야 하는 것이다. 여성과 남성 이전에 인간이니까. 그러므로 양성 갈등은 남성과 여성이 아니라 인간의 관점으로 바라봐야 한다. 세상사 말처럼 쉽지 않지만, 오직 인간으로서 서로 이해하고 배려하는 것이 첫걸음이다.

*

얼마 전 점포를 비운 반찬 가게 이전에 그 자리에는 치킨집과 샌드위치 가게가 있었다. 내가 본 것만 그 정도지, 상가가 지어지고 나서 30여 년 동안 그곳에 들고 난 가게가 꽤 많았을 것이다. 장사란 것이 보통 한 가정의 밥줄 아닌가. 그러니까 여러 가장들이 어렵게 돈을 끌어모아 그 자리에 생활의 방편을 마련했던 것인데, 거의 모두 절망만 안고 가게를 접을 수밖에 없었다. 그렇지 않았다면 두어 해가 멀다 하고 간판이 바뀌지는 않았겠지.

나는 학창 시절 역사 수업 시간에 의문이 들고는 했다. 왜 교과서에는 왕과 귀족들만 있나. 백성들이 어떤 옷을 입고 무엇을 먹었으며, 삶에서 겪었을 숱한 곤란들에 대해서는 왜 변변한 설명이 없나. 나라의 전쟁 말고 백성들이 먹고사느라 벌인 처절한 전쟁은 왜 이야기하지 않나. 그런 맥락에서 보면 오늘날의 역사도 대통령실과 국회의사당, 커다란 사옥 가진 대기업에만 있는 것이 아니다. 내가 사는 변두리 상가에도 주목해야 할 역사가 있다.

*

미래도 궁금하지만, 지나간 시간을 되돌리고 싶은 인간의 욕망이 타임머신을 떠올렸을 것이다. 필요 이상의 호기심은 일부 사람들이 갖지만 뒤늦은 후회는 모든 사람들에게 찾아오니까. 누구에게나 과거로 돌아가면 되돌리고 싶은 순간이 있지 않나. 물론 많은 과학자들이 타임머신은 불가능하다고 말한다. 그들은 우선 시간에 변화를 주려면 빛의 속도보다 빨리 움직일 수 있어야 한다는 점을 이유로 든다. 그리고 타임머신을 만든다고 해도 과거로 가면 그것이 사라지게 된다고 주장한다. 설령 그렇지 않더라도 타임머신을 이용해 시간의 어느 부분을 바꾸면 모든 인과 관계가 뒤틀려 전혀 다른 과거와 미래로 뒤죽박죽된다고 덧붙인다. 그 나비 효과가 '나'를 삭제할지도 모른다.

그래서 새롭게 나타난 것이 수많은 시간의 영역이 공존하며 서로 영향을 끼치지 않는다는 공상이다. 아직은 SF에 한정된 이야기지만, 무수한 과거와 현재와 미래에 우리가 존재한다는 가정이 흥미롭다. 호기심과 후회가 인간을 또 공상하게 한다.

*

형제는 다투면서 자란다. 오누이를 키우면서 서로 미워했다가 곧 화해하는 모습을 여러 차례 지켜봤다. "오빠랑 말 안 해. 같이 안 놀 거야!", "바보! 놀지 마라. 누가 할 소리." 둘이 매운 말을 주고받으며 등을 돌려도 굳이 부모가 개입할 필요는 없었다. 얼마 지나지 않아 둘 다 "아이, 심심해." 하는 표정이 역력했으니까. 그러면 갈등은 순식간에 해결 국면으로 접어들었다.

하지만 성인이 되면 사정이 달라진다. 사람은 나이 먹을수록 옹졸해지는 면이 있어 자기 잘못은 감추고 상대의 잘못은 들춘다. 그만해도 괜찮은데, 자기 잘못은 줄이고 상대의 잘못은 늘리니까 문제다. 그리고 일단 틀어지면 섣불리 상대를 용서하지 않는다. 형제나 친구, 이웃이라는 관계보다 자기의 실리와 체면이 중요한 탓이다. 어른이 된 것이 실은 어린아이보다 유치한 인간으로 역주행한 셈이다.

그러므로 사람은 성인이 되고 나면 타인과 아예 다툼을 만들지 않도록 노력해야 한다. 아이들은 심심해서 금방 아무 일 없다는 듯 다시 어울리지만, 어른이 되면 설령 화해해도 앙금이 남는다.

어떤 인간에 관한 생각

*

인간에게는 생각을 드러내고 의견을 밝히려는 욕망이 있다. 그 수단은 말일 수 있고, 글일 수 있고, 어떤 행위일 수 있다. 또한 돈이나 권력으로 자기의 의지를 표현하는 경우도 있을 것이다. 나는 돈과 권력은 물론이고 말도 능란하지 못해 대체로 글로써 발언하는 삶을 살아왔다. 그 형식이 때로는 시였고, 때로는 어쭙잖은 산문이었다. 지금 이 순간에도 나는 아무것도 아닐지 모를 생각과 의견을 글에 담기 위해 분투 중이다.

그렇다면 글로써 발언하는 장점은 무엇일까? 하나만 꼽는다면, 무엇보다 생각을 드러내고 의견을 밝히기 위해 글을 쓰는데, 글을 쓰는 과정에 생각이 깊어지고 의견이 정리된다는 점이다. 그러니까 내가 겨우 가진 것을 내놓으면서, 그렇게 내놓은 덕분에 좀 더 갖게 되는 셈이다. 내가 글을 쓰는 만큼, 글이 나를 가르친다.

*

열네 살 무렵이었다. 나는 친척들한테 용돈이라도 받게 되면 동네 서점에 들르고는 했다. 변두리 큰길마다 작은 서점들이 있던 시절이었다. 그날도 나는 살짝 설레며 서점에 들어가 이런저런 책을 훑어보았다. 그러다가 집어 든 책이 노먼 빈센트 필이 쓴 『적극적 사고방식』이었다. 지금 보면 평범한 자기 계발서일 뿐인 그 책을 나는 보물이라도 되는 양 가슴에 품었다. 그리고 그 책은 아직까지 나의 책꽂이 한구석에 얌전히 꽂혀 있다.

어린 내가 『적극적 사고방식』을 산 이유는 명백했다. 그때의 내가 적극성이 부족하다는 판단을 스스로 했기 때문이다. 그런 성격은 나의 콤플렉스이기도 해서 그 책이 구원의 손길처럼 느껴졌다. 그렇듯 어느 집의 책꽂이를 보면 주인이 한때 어떤 가치관으로 삶을 살았는지 짐작할 수 있다. 성격과 취향, 인생의 진로도 어지간히 드러나게 마련이다. 내 책꽂이의 시집들이 나의 청춘을 증언하는 것처럼. 그래서 나는 아들딸의 책꽂이에 수험서만 가득한 것이 안타까울 때가 있다.

*

중학교에 입학할 무렵 하모니카를 배웠다. 왜 그랬는지 이유는 기억나지 않는데, 문방구에서 하모니카를 사 독학했다. 포장 박스 안에 연주 방법에 관한 간단한 설명서가 들어 있어 스스로 이해할 만했다. 다만 음악에 남다른 소질은 없는 터라 동요나 가곡 악보에 계이름을 적어 음을 내는 정도였다.

하모니카는 언뜻 아이들이 만만히 다가갈 만한 악기였다. 리코더 같은 것에 비할 바는 아니지만, 여느 관악기보다 값이 싸고 소리를 내기 쉬웠다. 주머니에 쏙 넣고 다닐 만큼 크기가 작아 휴대하기도 간편했다. 그리고 나는 무엇보다 들숨과 날숨의 조화로 멜로디를 표현하는 하모니카의 독특한 연주법이 신기했다. 그때 내가 아는 한 들숨과 날숨이 모두 필요한 관악기는 그것밖에 없었다.

하모니카를 잘 연주하려면 우선 들숨과 날숨을 자연스럽게 오가야 했다. 들숨과 날숨이 연달아 이어질 때 호흡 조절을 제대로 못 하면 멜로디가 헝클어졌다. 다시 말해 삼켜야 할 음과 내뱉어야 할 음을 정확히 분별해야 음악이 아름다웠다. 지금 생각해보면, 인생의 원리와 다르지 않았다.

*

나는 악수하는 것을 별로 좋아하지 않는다. 사회생활을 하면서도 반가움의 표시로, 동맹의 표현으로 악수하는 것에 익숙해지지 않는다. 악수 때문에라도 나는 절대 정치를 할 수 없는 기질이다.

주변에 악수하는 것을 유난히 즐기는 사람이 있다. 그는 만날 때마다 손부터 내밀어 악수를 청한다. 나는 그것이 동맹까지는 아니더라도 반가움의 표시라는 것을 안다. 그럼에도 어색해 괜한 미소로 인사를 얼버무리기 일쑤다. 나도 그를 향해 반사 신경이 작동하듯 손을 내밀지만 왜 항상 악수가 필요한지 잘 이해되지 않는다. 나에게 적의를 품지 않는다는 고백일까? 우리는 다정한 사이니 그렇게라도 체온을 나누자는 걸까? 어디에서는 얼굴을 부비고 포옹도 한다는데 그깟 악수가 대수일까 싶지만, 어쨌거나 나는 습관적인 악수가 겸연쩍다.

'빈손에 남은 잘 알지 못하는 다른 손의 미열. 온전히 슬픔일 수 있는 것.' 내가 악수에 대해 가졌던 이미지다. 굳이 뭐 그렇게까지, 하면서도 그런 생각이 들었다.

*

나는 직장생활 할 때 다른 직원들에게 한 번도 반말을 하지 않았다. 나보다 직급이 낮거나 나이 어린 직원들에게도 마찬가지였다. 나는 그것이 낯선 타인들이 모인 직장에서, 본질적으로 돈을 벌기 위해 일하는 직장에서 서로 간에 지켜야 할 예의범절이라고 생각했다. 나는 다른 직원들을 흔한 말로 가족처럼 여기기보다 정중히 매너를 지키며 함께 협력해야 하는 동료로 대했을 뿐이다.

나는 당시에도 그와 같은 태도에 긍정적인 면만 있다고 보지는 않았다. 우리 사회에는 윗사람이 스스럼없이 반말해야 아랫사람과 친밀해진다는 믿음이 있지 않나. 그런데 나는 다른 직원들에게 철저히 경어를 써 스스로 벽을 세웠던 점을 인정할 수밖에 없다. 그것은 내가 직장을 삶의 보람이나 성취를 느끼는 곳이 아니라 오로지 경제 활동의 공간으로 받아들인 결과였다. 돌이켜보면 왜 그렇게까지 했을까 싶기는 한데, 나는 '울타리 밖의 타인들'에게 반말을 하지 '못'했다. 지금도 내 울타리 안과 밖의 경계를 뚜렷이 인식하는 것이 여전한 나의 기질이다.

*

나는 너무 진지해 단단히 진지를 구축하고는 한다. 말장난이 아니다. 앞의 진지는 타인을 향한 태도와 행동이 지나치게 신중하다는 것이고, 뒤의 진지는 싸움에 대비해 미리 요새를 만들어 숨는다는 뜻이다. 그러므로 앞뒤의 진지는 모두 세상을 대면하는 나의 생각과 마음에 관한 이야기다.

나 같은 사람이 나 말고도 많겠지. 너무 진지해 단단히 진지를 구축하는 사람은 미래가 항상 심각하고, 연애마저 무거우며, 누가 다가오지 못하게 농담에도 뼈를 담는다. 그러니 그 삶이 자주

어둡고 차가울밖에. 삶의 뒷골목을 홀로 허정댈밖에. 엄마는 마지막 병상에서 내게 "부디 재밌게 살아라." 하고 당부했다. 그 말이 흥청망청하라는 것은 아니고, 결국 나의 진지에 대한 염려였겠지. 너무 진지하면 사랑하는 사람들을 사랑하는 것에도 소홀할 수 있으니까. 번번이 닿지 못하고, 걸핏하면 잃어버릴 테니까. 그럼에도 나는 견고한 진지에 갇혀 표정을 지우고는 한다.

*

내가 스무 살 무렵, 우리나라 중년 남성의 건강 문제가 심각하다는 뉴스를 본 기억이 있다. 사십 대, 오십 대 남성들이 술 담배와 스트레스에 절어 각종 성인병에 시달린다는 리포트였다. 나는 그때 심드렁히 '20~30년은 지나야 내가 저 나이가 되네.' 하고 생각했다. 그 후 세월이 흘러 전 세계가 코로나19 사태로 요동쳤다. 언론에서는 특히 칠십 대, 팔십 대 이상 노인들에게 치명률이 꽤 높은 질병이라는 뉴스가 쏟아졌다. 나는 또다시 '휴, 아직 나는 20~30년쯤 더 살아야 저 나이가 되잖아.' 하며 안도했다.

아이고, 인간이란 게 얼마나 유치한가. 자기가 세상의 위험 밖으로 조금 벗어나 있다고 느끼면 '나는 안전할 거야.' 하는 생각부터 하는 것이 인간의 옹졸함인가 싶었다. 나는 어느덧 각종 성인병에 시달릴지 모를 중년을 불안하게 살아가면서도 신종 전염병의 높은 치명률을 피할 수 있다며 안심했다. 나 역시 계속 나이 들어가는 것을 잠시 망각한 채 그런 졸렬함이 가져다주는 평화에 은근히 빠져들었다.

*

정성 평가와 정량 평가로 사람을 판단한다. 정성 평가는 내용이나 가치 같은 '질'을 중심으로 따지는 평가 방식이다. 그에 비해 정량 평가는 수치로 드러나는 '양'을 기준으로 우열을 가르는 평가 방식이다. 질이 중요한가, 양이 중요한가. 입시나 인사 고과 문제라면 그래도 쉬운데, 그것이 인생을 평가하는 경우라면 한결 복잡하다. 나의 인생을 되돌아보는 데 정성 평가와 정량 평가 중 어느 쪽이 타당할까? 어느 쪽에 무게 중심을 둬야 나의 삶을 제대로 설명하고 이해받을 수 있을까?

만약 정성 평가라면, 나는 무엇보다 생각의 회로와 마음의 곡절을 숨김없이 털어놓아야겠지. 겉으로 드러내지 못한 속을 내보이고, 안으로 삼켜버린 바깥을 고백해야겠지. 또 정량 평가라면, 나는 우선 내 무능에 관한 산더미 같은 데이터와 한 줌의 결실을 가감 없이 이야기해야겠지. 그리하여 아무리 퍼 담아도 금세 가벼워지는 생활의 계량과 아무리 퍼내도 줄어들지 않는 욕망의 잔고에 대해 말해야겠지. 그다음에, 나는 당신을 바라보며 마른침만 꼴깍 삼켜야겠지.

*

복잡한 지하철 안에서 바다를 상상한다. 둥근 자갈들이 깔린 해변에 파도가 거품을 일며 부딪친다. 하루에도 수만 번 심해와 육지를 서성이는 파도의 망설임, 수억 년째 숱한 다짐들이 포말로 부서진다. 파도치지 않는 바다가 있을까. 멸치 떼 같은 사람들의 피로가 수평선 위로 빨갛게 떠오른다.

누가 알까. 나는 아득한 대지를 내달리며 바다를 상상한다. 나의 맥박이 해일처럼 일렁이고, 나의 비린 숨결이 먼 하늘에도 파문을 새긴다. 나의 바다는 낭만이 아니다. 하늘까지 번진 파문이 다시 내 가슴에 슬픔의 무늬를 떠올린다. 어디로 밀려가는 것이냐. 나의 생애는 외로운 고래의 침묵처럼 무엇을 집어삼킨 것이냐.

뱃고동이 울려 퍼진다. 물비늘 반짝이는 세상의 욕망들이 경전처럼 펼쳐진다. 나는 뗏목이 되어 바다를 나아간다. 아무것도 싣지 않으면 삶이 견딜 만하다. 바다로 출근하는 나를, 새파란 현기증에 조용히 밑줄 긋는 나를, 누가 알까. 지금의 나는 내가 아닐지도 모른다. 철썩, 철썩, 파도가 잦아들지 않는다.

2절

숫자 0에 관한 생각

*

일생 동안 자기 발등만 쳐다보며 살아가는 인간에게 세상은 0이다. 그에게 이 땅은 폐항이고 폐사지이며, 그에게 생명은 폐인이고 폐족이다. 그리하여 삶이 온통 폐허다. 날마다 슬픔을 안고 사는 그에게 0은 아무것도 바라지 않는 희망이다.

*

0을 절망으로 생각하면 무엇을 곱하든 절망만 남는다. 0을 절망으로 생각하면 무엇으로 나누든 그 값은 절망이다. 0을 희망으로 생각하지 않는다면 어떤 노력도 부질없다. 그런데, 생각은 절대 내 마음대로 되지 않는다.

*

경기는 0 대 0으로 시작한다. 어느 한쪽이 승자가 되면 다른 한쪽은 패자가 된다. 0의 이면에는 무엇이 숨어 있나. 무엇이 환희와 눈물, 기쁨과 설움, 평온과 불안을 결정하나. 누구는 0의 뒤에 신이 있다고 하고, 누구는 0의 뒤가 한 줌의 허공일 뿐이라고 말한다. 오늘도 0에 머물지 않으려는 선수들이 굵은 땀방울을 흘린다.

*

0으로부터 평생 내달리면 0에 다다른다.

*

0은 부재(不在)가 아니다. 0은 공(空)이 아니다. 증거를 대보라고? 유럽에는 0층이 있다. 우리의 1층을 가리키는데, 그들은 그라운드 플로어(ground floor)라는 의미로 0층을 표기한다. 그러니까 0은 1이기도 한 것이다. 어디 그뿐인가. 100과 1000은 0 하나가 다르지만 그 양은 10배 차이가 난다. 1천만 원과 1억 원의 엄청난 금액 차이도 단지 0 하나가 많은가, 적은가에 따라 결정된다. 0의 실체적 위력이다.

오랫동안 사람들은 '아무것도 없음'을 숫자로 적는 것이 불가능하다고 생각했다. 그러다가 인도에서 0을 이용해 수를 나타내기 시작하고 나서 십진법이 자리 잡았다. 인간은 십진법 덕분에 아무리 큰 수라 하더라도 쉽고 간결하게 표현할 수 있게 되었다. 그리고 더 빠른 계산을 꿈꾸면서 0과 1만을 이용하는 이진법으로 컴퓨터를 만들었다. 컴퓨터가 이룩한 오늘날의 모든 문명이 0에서 비롯되었다고 해도 틀리지 않다. 따라서 0을 '아무것도 없음[無]'이라고 정의할 수 없다.

*

수십억 년 전부터 세상은 0이었겠지. 어느 날, 0으로 존재하는 세상에 내가 티끌보다 작은 1로 출현했다. 이진법에서 0은 노(NO)이고 1은 예스(YES)다. 0은 오프(OFF)이고 1은 온(ON)이다. 그리고 0이 거짓이면 1은 참이다. 인간과 세상의 불화에는 다 이유가 있구나. 0은 우리의 삶을 음(陰)과 양(陽)으로도 나눈다. 어쨌거나 인간의 욕망은 0에서 시작해 0으로 끝나지 않는가.

0은 수 이전에 철학이고 종교다. 0은 확률의 최솟값이므로, 인생의 모든 희로애락이 0에서 출발한다. 0의 세상에 처음 왔을 때, 나는 아무것도 없었고 아무것도 몰랐다. 나의 삶에 0의 세상을 더하면 그 값은 나 자신일 뿐이다. 나의 삶에 0의 세상을 빼도 언제나 나 자신만 남는다. 내가 죽고 나서도 세상은 0으로 남으리.

*

0에는 앞뒤가 없다. 0에는 끝과 출발이 보이지 않는다. 0에는 먼저 할 일과 나중 할 일이 따로 없다. 0에는 미움과 사랑이 구별되지 않는다. 0에는 운명과 필연의 모습이 다르게 나타나지 않는다. 0에는 꼭 해야 할 말과 절대로 하지 않아야 할 말이 따로 없다. 0에는 어둠과 빛이 분간되지 않는다. 0에는 입구와 출구가 어디에도 나타나지 않는다. 0에는 언제나 내가 아닌 나와 오직 나뿐인 내가 있다.

숫자 1에 관한 생각

*

결국 혼자 살아가는 것이다. 아무리 사랑과 우정을 들먹여봤자 외로움을 이겨낼 수는 없다. 무엇을 이겨내야 한다는 생각은 얼마나 차가운가. 또 얼마나 혹독한가. 어쨌든 사람은 혼자 살아가야 하므로 쓸쓸하고, 공허하고, 적막하다. 지루하고, 서럽고, 텅 비어 있다. 인생은 무엇이 있다가 없어지는 것이 아니다. 인생에는 처음부터 아무것도 없었다. 그래, 단 하나뿐인 내 곁에는 아무도 없었다.

*

"헛되고 헛되며 헛되고 헛되니 모든 것이 헛되도다."

「전도서」의 한 구절이다. 솔로몬이 사람들에게 전하려던 뜻은 더 있겠으나, 나는 이 구절에서 외로움만 읽는다. 세상의 부귀영화를 모두 누린 그에게도 인생은 허무했겠지. 솔로몬은 지혜로운 왕이었지만 인간의 고독을 미처 알지 못했다. 타인을 다스리고 욕망을 실현해도 끝내 자기 혼자 남겨지고 마는 생의 원리를 깨닫지 못했다. 그렇다. 유일한 권력자도 인생이 결국 홀로 살아가는 것이라는 진리를 피할 수는 없다. 최고의 지혜를 가진 현인도 마지막에는 광야에 외로이 선 자신과 맞닥뜨릴 뿐이다. 그러니 헛되고 헛되며 헛되고 헛되니 모든 것이 헛되지 않겠는가.

*

1은 '홑'이다. 겹으로 되어 있지 않고, 짝을 이루지 않는다. 그래서 어떤 말에 '홑'이 붙으면 당장 외로움이 깃든다. 이를테면 딸린 사람이 아무도 없는 몸을 홑몸이라고 한다. 국어사전에 '홑인생' 또는 '홑삶'이라는 단어는 없다. 그 이유는 인생과 삶에 이미 '홑'의 의미가 포함되어 있기 때문이다. 다시 말해 인생과 삶 앞에는 '홑'이라는 접두사가 생략되어 있다.

*

1은 자연수다. 1에서부터 1씩 더해 가면 모든 자연수를 만들 수 있다. 이것은 별도의 증명 없이 받아들여야 하는 명제다. 그러므로 1은 자연수라는 집단의 시작이다. 사람이 세상에 갓 태어나면 한 살이고, 처음 학교에 가면 1학년이 된다. 또한 1은 자연인이다. 1에서부터 1씩 더해 가면 세상의 모든 자연인을 셀 수 있다. 이것도 어떠한 증명 없이 존재 자체로 인정해야 하는 명제다. 그러므로 1

은 자연인이라는 집단의 시작이다. 한 사람이 세상에 태어나면 별 하나가 숨쉬고, 한 사람이 어느 날부터 인생을 생각하면 깜깜한 우주에 첫 문장이 반짝인다.

*

1은 공격적이라기보다 수비적이다. 야구에서 1번 타자에게 요구하는 것은 한 방에 상대를 제압하는 힘이 아니라 기회를 만드는 센스다. 축구에서 1번은 아무리 대단한 공격수라 해도 달 수 없는 최종 수비수 골키퍼의 백넘버다.

사람은 여럿이 함께 모일 때 폭력성을 드러내는 경우가 많다. 혼자 있으면 점잖은 사람이 군중 속에 들어가면 언제 그랬느냐는 듯 금세 거칠어진다. 혼자 있으면 좀처럼 목소리를 내지 않는 사람이 둘이 되고 셋이 되면 냅다 고함을 내지른다. 그와 달리, 사람은 혼자 있을 때 감내하고 순응한다. 사람은 혼자 있을 때 밖이 아니라 안을 살피기 때문이다. 사람은 혼자 있을 때 여기가 아니라 저기를 바라보기 때문이다. 안을 살피면 반성하고, 저기를 바라보면 꿈을 꾼다. 반성하고 꿈을 꾸면 평화롭고 자유롭다. 평화와 자유를 얻은 삶이 폭력적일 까닭이 없다.

*

'1 대 100'이라는 퀴즈쇼가 있었다. 1이 100을 상대한다는 발상은 언제나 가능하다. 1은 외로워도 나약하지 않으므로.

*

"평생 너 하나만 사랑할게." 연인이 주고받는 말이다. 로맨스 드라마의 단골 대사이기도 하다. 누군가에게 단 하나뿐인 존재로 사랑받는 것은 굉장한 기쁨. 유일신이 절대적 신앙을 갖게 하는 것처럼, 유일한 존재는 상대의 모든 에너지를 빨아들인다. 좀 더 드라마틱한 삶에서는 사랑을 위해 기꺼이 목숨까지 내놓겠지.

그런데 나는 '하나만'에 담긴 지속성과 내구성을 의심하는 쪽이다. 본능적으로 편리와 이익을 좇는 인간의 속성이, 더구나 시간에 따라 변하지 않는 것 없는 세상의 섭리가, 대체 단 하나의 누구를 어떻게 영원히 뜨겁게 사랑할까. 모든 사랑의 생명은 관성과 타성으로 유지되는 것이 아닐까. 정말 '하나만'의 약속을 지키려면, 인간에게는 평생 성직자의 절제와 군인의 용기가 필요한지 모른다.

*

1등. 우승. 최고. 내가 그 자리에 서는 것을 상상만 해도 설렌다. 더 높은 건물을 짓고, 더 높은 산에 오르고, 더 높은 직위에 앉는 것. 더 빠른 길을 내고, 더 강한 무기를 만들고, 더 깊은 쾌락을 갖는 것. 그렇게 인류의 욕망이 진화한 만큼, 인류의 콤플렉스도 점점 더 커졌다. 내가 1등과 우승과 최고를 소망하려면 그에 걸맞은 콤플렉스를 가져야 한다. 알다시피, 세상에 공짜는 없다.

*

지난 2019년부터 우리나라의 1인 가구 비율이 30퍼센트를 넘어섰다. 내가 그렇지 않으니 집집마다 부모와 자식이 한데 어울려 살아가는 것 같지만 세상이 크게 달라졌다. 이제 내 주변 세 가구 중 한 곳에 오직 한 사람만 거주하는 것이 현실이다. 1인 가구의 증가는 사회적 관점에서 종종 빈곤, 고독, 단절 등의 단어와 연관된다. 하지만 그런 시각이 항상 바람직하지는 않다. 나는 1인 가구의 증가에서 실용, 자유, 몰입 등의 단어를 떠올린다.

숫자 2에 관한 생각

*

'둘이 하나가 되려고 합니다.' 청첩장에서 흔히 보는 글귀다. 사람과 사람 사이의 거리가 천국이라고 믿는 나로서는 선뜻 수긍하기 어려운 표현이다. 글에 담긴 속뜻을 모르는 바 아니지만, 나는 여전히 부부 사이에도 거리가 필요하다고 믿는다.

부부든, 부모와 자식이든, 인간은 모두 개별적 존재다. 그중에서도 부부는 유전자부터 다른 타인이 만나 이루는 공생의 관계다. 공생이란 서로의 부족함을 채우며 함께 살아가는 것을 일컫지 않나. 여기에 사랑의 감정이 더해진 것이 다름 아닌 부부다. 그러니 서로 적당한 거리를 두고 각각의 인격으로 존중하며 예의를 갖춰야 부부의 진면목을 오랫동안 유지할 수 있다. 무작정 둘이 하나가 되기를 바라다가는 자칫 서로에게 무례하고 무심할지 모른다. '1+1=2'를 부정하지 말자는 것.

*

2는 모임이나 단체의 최소 단위다. 혼자 있기는 외롭고 여럿이 있기는 번잡할 때 둘은 딱 안성맞춤이다. 단둘이 마주앉은 자리를 떠올려보자. 한 사람이 이야기하면 다른 한 사람이 가만히 귀 기울인다. 한 사람의 표정이 달라지면 다른 한 사람의 시선이 주의 깊게 그 얼굴에 머무른다. 또한 단둘이 있으니 서로 흥미를 느낄 만한 소재로 대화할 가능성이 높다. 둘 사이에는 다수결의 원칙을 들먹일 이유도 없다. 서로의 의견이 같든 다르든, 그것이 그대로 결론일 뿐이다. 나를 낮춰 상대의 판단을 따를 수는 있겠으나, 다수결이 만든 결론에 억지로 끌려다닐 필요는 없다. 그래서 2는 적당한 집중이고 적당한 자율이다.

단둘이 나누는 이야기, 단둘이 떠나는 여행, 단둘이 기울이는 술잔, 단둘이 마주하는 밥상, 단둘이 부르는 노래, 단둘이 바라보는 하늘……. 쓸쓸하지 않고 수선스럽지 않아 좋다.

*

2는 가장 작은 짝수고, 모든 짝수는 2의 배수다. 그러니까 짝을 이루는 만물은 2에서 시작하는 것이 기본이다. 4, 6, 8은 말할 것 없고 백, 천, 만도 2에서 출발한다. 젓가락 한 쌍이 밥상의 시작이고, 신발 한 켤레가 산책의 시작이며, 남녀 한 쌍이 인류의 시작이다. 그것을 기본으로 우리가 살아가는 세상이 만들어졌다.

*

2월이면 남쪽에서부터 매화가 피기 시작한다. 그래서 2월 화투장에도 매화가 그려져 있다. 매화는 봄을 알리는 전령이다. 봄은 생동하는 계절이니, 매화가 피는 2월을 희망의 은유로 이해해도 틀리지 않을 것이다. 뭐든 생기 있게 살아 움직여야 꿈을 꿀 것 아닌가. 2월에 농부는 씨앗을 챙기고, 학생은 새 학기를 준비한다. 인생에도 매화 향기가 나는 때가 있다. 봄을 그냥 지나치면 안 된다.

*

2는 '한 번 더'를 이야기한다. 한 번 더 기회가 주어진다. 수험생은 한 번 더 대학 입시에 도전할 수 있고, 테니스 선수는 한 번 더 서브를 넣을 수 있다. 한 번 실패했다고 완전히 끝나는 것은 아니다. 인생이 아무리 야박하다 해도 그만한 융통성은 있다. 한 번 더 살 수는 없지만, 한 번 더 도전할 수는 있다.

*

서울 지하철 2호선은 순환한다. 돌고 돌면 제자리다. 술 취해 아현역에서 탔는데 다시 아현역일 때가 있었다. 내 삶의 되돌이표가 그것뿐일까. 서울 지하철 2호선 노선도가 갑자기 경전 같아 보이는 순간이 있다. 나이 들어갈수록 굳이 술에 취하지 않아도 그런 착시가 벌어진다. 들국화 노래 중에 <돌고, 돌고, 돌고>를 자주 들었다. "우는 사람 웃는 사람 서로 다르게 같은 시간 속에 돌고, 돌고, 돌고"라고 전인권이 노래했다.

숫자 3에 관한 생각

*

사람은 3차원에서 살아간다. 이 세상은 면과 면으로 이루어진 입체 도형과 같으며, 여기에 시간이 더해져 시공간이 된다. 첨단 과학의 성과 중 하나인 3D 서라운드를 조물주가 일찌감치 이곳에 구현해놓은 셈이다. 나는 인간 사회의 앞뒤, 좌우, 위아래를 헷갈려 하는 방향치인데 그 혼란의 근본적 원인이 바로 3차원에서 살아가기 때문이다. 나는 그와 같은 문제를 치유하기 위해 이따금 4차원을 공상한다.

*

'인생은 삼세판'이라는 말이 있다. 설령 어떤 일에 실패하더라도 적어도 세 번의 기회는 주어진다는 뜻이다. 그런 면에서 3은 부활의 숫자다. 삼발이는 어떤가. 다리가 세 개인 것이 다리가 네 개인 것보다 더 안정적이다. 버너 받침대가 그렇고, 카메라 삼각대도 마찬가지다. 삼발이 형태는 어지간히 지면이 고르지 못해도 세 다리가 모두 바닥에 닿게 된다. 다리가 네 개라서 한쪽이 들리는 불안정한 결과를 낳지 않는다는 말이다. 4보다 하나 적은 3이 오히려 더 안정적이라는 사실은 인간의 삶에도 시사하는 바가 적지 않다.

그래서일까. 3은 완전과 완성의 의미를 갖는 경우가 많다. 크리스트교에서 성부, 성자, 성령의 삼위일체가 존재한다고 말하는 것이 그런 개념이다. 세 명의 동방박사가 세 가지 예물을 베들레헴으로 가져갔고, 동양 신화에서 삼족오가 태양을 상징하며, 조선 시대에 삼정승을 두었던 것도 우연은 아닐 것이다. 어릴 적 학교에서 배웠던 빛의 삼원색, 색의 삼원색도 예로 들 만하다. 또 정치는 삼권 분립이라 하여 권력의 균형을 도모하지 않나. 우리나라 사람의 이름도 대부분 세 글자다.

*

초등학교 음악 시간에 트라이앵글을 좋아했다. 그 악기는 삼각형 모양의 한쪽 모서리가 비어 있었는데, 그래야만 소리가 맑고 높게 울려 퍼졌다. 4보다 3이 더 안정적이듯, 가득 채우는 것보다 조금 비워야 아름다울 수 있다.

*

3이 언제나 부활, 안정, 완성 등을 의미하지는 않는다. 모든 인간에게 양면이 있고 모든 일에 이면이 있는 것처럼. 협공과 왕따의 최소 인원도 3이다.

*

1960~1970년대 우리나라에는 삼륜차가 있었다. 앞쪽에 방향을 조종하는 한 개의 바퀴와 뒤쪽에 동력을 일으키는 두 개의 바퀴가 있는 차였다. 내 기억에, 삼륜차는 대개 화물을 나르는 소형 트럭으로 이용되었다. 당시 용달차라고 불리며 이삿짐이나 연탄, 곡물 등을 운반한 차량의 상당수가 삼륜차였다. 농로나 골목길을 다니기 편리해서 그랬을까. 아니면 신기한 겉모습이 사람들의 호기심을 불러일으켰을까.

그런데 삼륜차에는 큰 문제가 있었다. 무엇보다 코너링이 불안해 주행 안정성이 높지 않았다. 또한 바퀴 수가 적어 화물의 무게를 분산하는 데도 단점이 있었다. 그러다보니 삼륜차의 인기는 금세 시들해져 지금은 우리나라에서 그 모습을 찾아볼 수 없다. 삼륜차 형태로 개량한 오토바이가 있을 뿐. 그러니까 앞서 다리가 네 개인 것보다 세 개가 더 안정적이라는 말에는 버너 받침대나 카메라 삼각대처럼 '정지 상태'라는 보충 설명을 덧붙여야 할 듯하다.

*

가위바위보는 세 가지 손 모양으로 승부를 판가름하는 놀이다. 모름지기 승부는 승자와 패자로 나뉘게 마련이니, 얼핏 단순해 보이는 가위바위보 놀이에도 승패의 냉혹한 현실이 따를 수밖에 없다. 다시 말해 우리는 어릴 적부터 자신의 순간적 판단을 통해 승자의 환희, 패자의 눈물, 인간의 서열, 행운과 불운, 선택의 대가 등을 배워온 셈이다. 우리는 살아가면서 사람의 운명이 찰나에 갈리는 것을 자주 목격하지 않나. 오늘도 나는 가위바위보 세 가지 선택지에서 무엇을 낼까 고민 중이다.

*

그럼에도 어떤 사람들은 1+1=3이 되는 순간을 기대한다. 이른바 시너지 효과.

*

엄마가 돌아가시고 삼일장을 치렀다. 벌써 10년도 더 된 일이다. 부모를 이곳에서 저곳으로 보내드리는 일은 쉽지 않았다. 엄마의 지난날을 돌이킬수록 삶이 공허했고, 엄마의 부재가 실감나 마음이 아팠다. 영정 사진 속에서 미소 짓는 엄마의 얼굴에 눈물이 얼비쳤다. 누구도 알지 못하는 어딘가로 홀로 떠나는 엄마의 뒷모습이 까마득히 적막했다. 자식이 할 수 있는 일은 아무것도 없었다.

3일 동안 조문객을 맞으며, 나는 덧없이 무릎을 꿇고 머리를 조아렸다. 그것이 사랑하는 사람의 마지막을 배웅하는 이 땅의 방식이었다. 그 모든 사람들의 감정이 슬픔은 아니었을 텐데, 나는 무릎을 꿇고 머리를 조아릴 적마다 슬픔을 되새겼다. 이렇게 세상의 명부에서 엄마가 지워지는구나, 여기에는 잠시 기억의 부스러기들만 남아 떠돌겠지 싶었다. 3일의 장례는 3일의 미망이었다. 일찍이 겪어보지 못한, 완전히 처음인 작별에 캄캄한 내 가슴은 갈피를 잡지 못했다.

장례식은 3일로 충분했다. 한때 삼년상을 치르던 시절도 있었다고는 하나, 형식이 항상 내용을 온전히 담아내는 것은 아니다. 나는 번지르르한 허울이 감추고 있는 보잘것없는 내실에 대해 잘 알고 있다. 세상의 허위에 대한 자각이 어제오늘의 일은 아니지 않은가. 어차피 내가 엄마를 추억하는 슬픔은 장례식장 바깥에 산처럼 쌓여 있었다. 3일이 지나고 나서도 더 많은 날들을 나는 후회하고 미안해하며 안타까워할 운명이었다. 그러니 지금도 내가 엄마와 함께 거닐었던 모든 길이 추념의 장례식장이나 다름없다. 나는 엄마와 함께 나누었던 모든 이야기에 날마다 촛불을 밝히고 꽃을 바친다. 삼일장은 영영 끝나지 않는지.

숫자 4에 관한 생각

*

'할아버지의 밥상'이라는 제목으로 동시를 쓴 적 있다.

"한 사람이 두 사람 되고/ 두 사람이 세 사람 되고/ 세 사람이 네 사람 되고// 다시// 네 사람이 세 사람 되고/ 세 사람이 두 사람 되고/ 두 사람이 한 사람 되고."

나는 결혼해 아내와 두 아이를 낳았다. 지금 우리 집에 네 명의 식구가 살고 있다. 하지만 언제까지나 우리 집에 네 식구가 함께 살지는 않겠지. 아이들이 하나씩 분가하고, 훗날 나와 아내 중에 한 사람이 먼저 죽고 나면 위에 적은 동시의 내용이 현실이 될 것이다. 뭐, 우리 집만 그렇겠는가. 애통할 일은 아니다. 그때까지 헨리 비숍의 가곡 <즐거운 나의 집>을 부르며 살아가는 것이 나의 최선일 따름이다.

*

4월은 봄의 절정이다. 땅은 점점 더 따뜻해지고, 나무마다 물이 올라 꽃망울을 터뜨린다. 겨우내 가라앉았던 사람들의 마음에도 재생의 새살이 돋는다. 그런데 시인 T. S. 엘리엇은 "4월은 가장 잔인한 달"이라고 「황무지」에 썼다. 4월은 "죽은 땅에서/ 라일락을 피우며, 추억과/ 욕망을 섞으며, 봄비로/ 생기 없는 뿌리를 깨운다."라고 덧붙였다. 당시 엘리엇은 개인적인 상실감이 컸고, 세계대전을 겪은 서구 문명에 대해 크나큰 절망감을 느꼈다고 알려져 있다. 따라서 생명의 4월이 그에게는 역설적으로 불임과 불신과 불가능을 일깨우는 가장 잔인한 때였겠지. 나 또한 봄날에 더 깊어지는 우울의 역습에 시달려본 적 있어 엘리엇의 상실감을 미루어 짐작한다. 게다가 이 땅의 현대사에도 4월의 그늘이 꽤 짙지 않은가.

시의 언어는 4차원의 언어다, 라고 나는 생각한다. 일상의 화자가 3차원의 문법으로 이야기할 때, 시의 화자는 이곳의 시공간을 은밀히 넘나든다. 그러니 시인은 자주 국외자로 살아갈밖에. 엘리엇도 다르지 않았다. 꽃피는 봄날, 그의 세상은 망망한 황무지였다.

*

'사방'은 동서남북 네 개의 방위를 통틀어 일컫는다. '사주'는 사람이 태어난 연월일시 네 개의 간지를 말한다. 우리는 사방으로 방향을 알고, 사주에 근거해 길흉화복을 점친다. '사계'는 어떤가.

우리의 한 해는 봄여름가을겨울 네 개의 계절로 이루어진다. 각 계절에 맞춰 심고 기르고 수확하며, 꽃과 단풍과 설원을 즐긴다. 4로 구획된 어떤 원리와 법칙 안에서 인간의 삶이 전개되는 것이다. 아! 나는 어디로 가야 하나, 나의 운명은 무엇인가, 오늘의 나와 내일의 나는 무엇을 어떻게 해야 할까.

*

나는 여기에 있다. 사각형 방에, 사각형 책에, 사각형 식탁에, 사각형 기차에, 사각형 학교에, 사각형 모니터에, 사각형 이정표에. 어쩌면 사각형 우주에, 사각형 기억에, 사각형 욕망에, 사각형 어둠에, 사각형 고백에, 사각형 시간에, 사각형 그림자에. 인간은 사각형 요람에서 자라나 사각형 대지에서 살고 사각형 무덤으로 들어가는 존재. 나는 지금 사각형을 걷는다.

*

4는 불길한 숫자인가. 동아시아 문화에서는 아직도 적지 않은 사람들이 4를 금기시한다. 죽을 사(死)와 소리가 같거나 비슷하기 때문. 그래서 4층 대신 'F(four)'를 쓰기도 하고, 각종 교통수단에 되도록 4나 4가 겹친 번호를 사용하지 않는다. 최첨단 기술로 지은 인천국제공항에도 4번과 44번 게이트가 없는 것을 보면 우리나라 사람들이 가진 4에 대한 부정적 시각을 알 만하다.

그런데 서양 문화는 동아시아와 전혀 다르다. 고대 그리스에서는 4를 성스러운 숫자로 여기기도 했다. 그와 같은 인식을 잘 보여주는 인물이 신성로마제국 황제였던 카를 4세다. 그는 자기 이름에 4가 들어 있다는 이유로 4로 일관된 삶을 살았다. 하루에 네 번 식사하고, 네 가지 색 의복을 입었으며, 왕관에 네 개의 뿔을 다는 식이었다. 심지어 영토를 네 개의 구역으로 나눠 다스렸다니, 어디에서나 인간의 머릿속에 박힌 미혹은 강철보다 단단하다.

숫자 5에 관한 생각

*

밤하늘에 떠 있는 별을 표현하라고 하면 누구나 비슷한 모양을 그린다. 정오각형의 다섯 개 선분을 연장해 만든 펜타그램, 오각별이다. 일찍이 만물의 원리가 수라고 주장했던 피타고라스학파는 황금비를 가진 정오각형에 큰 관심을 가져 오각별을 상징으로 사용했다. 신비주의자이기도 했던 그들에게 별은 반짝이는 미지였겠지.

오랜 세월 사람들은 별의 밝기와 위치, 움직임 등을 보고 길흉을 점치는 점성술에 빠져들었다. 점성술은 천문학 발전의 첫걸음이었다. 그리고 현대 사회에 이르러서는 자신의 분야에서 탁월한 업적을 이룬 사람을 스타(별)라고 일컫기 시작했다. 주로 구기 종목에서는 자신들의 팀이 우승한 횟수를 유니폼에 별로 표시하기도 한다.

이제 별은 동서양 구별 없이 미학적 상징물로 널리 쓰인다. 과연 펜타그램이 픽토그램의 원조라고 할 만하다. 별을 가만히 들여다보자. 별은 다섯 개의 삼각형으로 이루어져 있다. 그리고 별의 커다란 심장은 오각형이다. 언뜻, 기이한 아름다움이다.

*

이쪽과 저쪽을 가르는 경계가 있다. 이승과 저승의 경계, 나와 타인의 경계, 선과 악의 경계. 5 역시 이쪽과 저쪽을 판가름하는 냉혹한 경계다. 5보다 작으면 버리고 5보다 크면 반올림한다. 우리나라에서는 사사오입으로 헌법을 바꾸기도 했다.

*

지구 겉넓이의 71퍼센트는 바다다. 공기가 그렇듯 바닷물은 서로 자유롭게 섞이며 천하를 주유한다. 중앙아시아 여러 나라에 둘러싸여 세계에서 가장 큰 호수로도 불리는 카스피해만 빼고.

그런데 사람들은 본디 하나인 바다의 몸을 오대양이라며 다섯 가지로 나누어 부른다. 무엇을 구분하고 이름 붙여 저마다 자기 소유를 주장하는 일은 인간의 오랜 습성이다. 바다를 각각 태평양, 대서양, 인도양, 북극해, 남극해로 부를 때 사람들은 자주 탐욕을 부리며 분쟁한다. 모든 바다는 그냥 바다라고 불러야 낭만의 피사체가 된다.

*

고등학교 국어 시간에 이양하의 수필 「신록 예찬」을 읽었다. 제목 그대로 5월의 신록을 바라보며 자연의 아름다움을 예찬한 글이다. 그는 초록에도 일생이 있다면서, 나뭇잎이 태양의 세례를 받아 완전한 형태를 갖춰가는 5월의 신록이 가장 아름답다고 말했다. 그의 표현을 빌리면, 그때가 '청신하고 발랄한 담록을 띠는 시절'이기 때문이다. 5월의 신록은 다름 아닌 인간의 청년기에 대한 환유이기도 하다.

그런데 고등학생이었던 나는 그 수필을 청춘에 대한 예찬으로 받아들이지 못했다. 이양하는 5월의 신록이 눈을 씻고 머리를 씻고 가슴을 씻고 나아가 마음의 모든 티끌을 사라지게 한다고 했으나, 나의 청춘은 바야흐로 번민의 굴레에 제 발로 들어서 있었다. 나는 교실 창밖의 신록을 우두커니 바라보면서, 그가 마음의 티끌이라고 이야기한 욕망과 굴욕과 고통과 곤란에 점점 빠져들었다. 청춘이 누구에게나 '청신하고 발랄한 담록을 띠는 시절'은 아니었다. 이제 막 태양의 세례가 쏟아지는 5월의 숲속 곳곳에서 불온한 청춘이 버섯처럼 자라났다.

*

오선지는 악보의 배경이다. 작곡가는 가로로 그은 다섯 개의 줄 위에 멜로디와 리듬과 하모니를 심어 음악을 만든다. 오선지에서 탄생하는 음악의 수는 무량수다. 그리고 무량수의 음악이 불러내는 인간의 감정은 무진장이다. 둘 다 끝이 보이지 않고, 헤아리기 어렵다. 음악은 오선지에 갇혀 오선지 밖의 모든 것을 연주한다.

인간의 발명품 중 가장 위대한 것이 음악 아닐까. 사람들은 문학이나 미술과 달리 눈과 머리를 거치지 않고 음악을 향유한다. 음악은 눈으로 보고 머리로 생각한 다음 비로소 가슴이 누리는 장르가 아니다. 음악은 '가슴에서 가슴으로(heart to heart)', 단지 그것뿐이다. 영어 숙어로서 'heart to heart'에는 '숨김없이'라는 뜻이 담겨 있다던가. 그래서 마음에 드는 음악을 듣고 있으면 금방 솔직한 유대감에 빠져드는 것이다. 인간이 음악을 발명할 줄은 신도 미처 예상하지 못했겠지.

숫자 6에 관한 생각

*

오각별과 다른 별이 있다. 헥사그램, 다윗의 별이다. 그것은 정삼각형 두 개를 결합하여 만드는데, 여섯 개의 삼각형이 정육각형을 둘러싼 모양이다. 다윗의 별은 유대인을 상징한다. 나치가 유대인을 구별하려고 강제로 몸에 달게 한 것도 노란색 다윗의 별이었다. 당시 게토와 아우슈비츠 같은 절멸 수용소에서 수백만 개의 별이 무참히 스러졌다. 지금도 이스라엘 국기에는 다윗의 별이 그려져 있다.

다윗의 별을 보며 숫자 6을 떠올린다. 6은 완전수다. 수학적 정의로, 완전수는 자신을 제외한 약수의 합이 자신과 같은 수를 말한다. 즉 6의 약수는 1, 2, 3, 6이므로 자신을 뺀 1, 2, 3을 더하면 6이 된다. 6은 가장 작은 최초의 완전수인 것이다. 철학적으로는 여성과 남성, 땅과 하늘, 물과 불, 고요와 생동, 평화와 용맹이 조화를 이뤄 사랑을 실현하는 완전성의 세계를 가리킨다. 유대인에게는 아직 그런 세상이 오지 않았다. 아니, 모든 인류에게 그런 세상은 아직 오지 않았다. 어쩌면, 누구에게나 그런 세상은 영영 오지 않을 것이다.

*

벌집은 정육각형의 결합체다. 많은 공학자들이 벌집에 주목해 왔다. 하나의 도형을 연속해 구조물을 만들 때 빈틈이 생기지 않는 것이 정육각형이다. 정삼각형과 정사각형도 그렇지만, 되도록 원형에 가까워야 최소한의 재료로 최대의 공간을 갖게 된다. 둘레의 길이가 같을 때 제일 면적이 넓은 도형이 원이니까. 아울러 원형에 가까울수록 압력이 균형 있게 배분되어 안정적이기도 하다. 한마디로 정육각형 구조물인 벌집은 공학적으로, 경제학적으로 최선의 결과물이다. 항공과 건축 산업 등에서는 이미 '허니콤 구조'라는 용어가 널리 쓰이고 있다.

이 세상에는 언뜻 아무 관련 없어 보이는 것 사이에 매우 유사한 원리가 작동하기도 한다. 대체 다윗의 별과 벌집에 무슨 연관이 있단 말인가. 그런데 따져보니 둘 사이에는 정육각형, 즉 6이라는 공약수가 있다. 그것은 완전성과 안정성을 향한 생명의 갈망이다.

*

시각, 청각, 후각, 미각, 촉각. 이 가운데 한두 가지 감각이 유난히 발달한 사람들이 있다. 만약 그것이 시각이라면 사냥꾼이 되면 좋겠지. 청각이라면 음악가, 후각이라면 조향사, 미각이라면 요리사를 떠올릴 수 있겠다. 아기 때부터 먼저 발달하는 촉각은 무엇을 하며 살든 타인과 어울리는 데 밑받침이 될 테고.

그렇다면 오감 말고 육감이 발달한 사람은 어떤 일에 적합할까. 육감은 직관을 통해 현실을 인식하는 감각이다. 좀처럼 헤아리기 어려운 사물의 본질을 직감적으로 포착하는 정신 행위를 일컫는다. 따라서 육감이 발달한 사람은 예언가가 되면 좋을 것이다. 육감은 시인이나 협상가, 어쩌면 사기꾼에게도 필요한 기질이다.

*

누가, 언제, 어디에서, 무엇을, 어떻게, 왜.

우리는 종종 육하원칙에 따라 설명할 것을 강요받는다. 선생님으로부터, 상사로부터, 세상으로부터. 하지만 그렇게 쓴 반성문과 시말서와 조서(調書)가 진실의 전부일 리는 없다. 거기에 후회와 경위와 알리바이가 담기겠지만, 우리에게는 육하원칙으로 설명할 수 없는 침묵이 있다. 그 침묵은 어떤 차가움과 뜨거움, 가엾음과 노여움, 무심함과 처참함에 관한 것이다. 또한 위선과 위악, 배신과 헌신, 미련과 망각에 관한 것이기도 하다. 육하원칙에 충실한 신문 기사가 감동은커녕 날마다 분란만 일으키는 것을 보지 않는가. 신문 기사의 육하원칙은 한쪽의 거짓에서 사실을 편집해 전할 뿐 다른 쪽의 명백한 실제에는 마음 쓰지 않는다. 인생에는, 육하원칙으로 낱낱이 설명할 수 없는 말 못 할 비밀이 있다.

*

로또 복권은 1부터 45까지 숫자 중 여섯 개를 맞추는 게임이다. 말하나 마나 그 확률은 45분의 6이 아니라 약 814만분의 1. 사람들은 매주 여섯 개의 숫자로 인생의 혁명을 시도한다. "자본주의여, 가라!"가 아니라 "자본주의여, 와라!"를 외치면서.

*

6월에는 장마가 온다. 하염없이 비를 쏟는다. 하늘에서 범람하는 빗물을 가만히 바라보고 있으면, 어제의 망설임과 오늘의 망연함이 수직으로 추락해 산산이 부서지는 듯하다. 길바닥에 흥건한 감정의 잔해들.

장마 때는 마음의 습도가 높다. 잠깐의 햇살에 마음은 잘 마르지 않아, 마음이 자꾸 서럽고 쓸쓸하다. 어쩔 도리 없이 시인일 수밖에 없는 최승자는 「장마」에서 "내 늑골까지 죽음의 문턱까지/

비가 내린다/ 물의 방에 누워/ 나의 꿈도 떠내려간다"라고 썼다. 시인의 육감이 몇 날 며칠 퍼붓는 빗속에서 삶의 우울을 직관한 것이다. 일상의 변화 앞에서 일상을 그대로 이야기하지 못하는 시인의 숙명은 얼마나 불우한가. 그는 자기 시의 한 구절처럼 "영원한 루머에 지나지 않는" 일생을 살아왔다. 좀처럼 호우경보에서 빠져나오지 못한 채 허우적거리는 삶이 있다.

장마전선은 서로 다른 두 기류의 충돌로 생겨난다. 더운 공기와 차가운 공기가 수증기를 품고 만나 강하고 시끄러운 비구름을 만든다. 그러면 믿음과 불신이 부딪칠 때처럼, 용서와 원망이 맞설 때처럼 오랫동안 비가 이어진다. 그 비가 다 그치고 나면 견디기 힘든 폭염이다. 시련은 쉽게 끝나지 않는다.

*

6시는 오후와 저녁을 구분한다. 새벽과 아침의 경계이기도 하지만, 내게는 오후와 저녁의 구분이 더 각별하다. <오미희의 가요 응접실>이 끝나고 <배철수의 음악캠프>가 시작되던 시각. 일과를 마치고 흔들리는 몸으로 집에 돌아가던 그날들의 그때. 어스름히, 슬프고도 아름다운 황혼. 빛과 어둠이 뒤섞인 6시 무렵에는 저 언덕 너머 실루엣으로 다가오는 짐승이 내가 기르는 개인지 나를 해

치려는 늑대인지 잘 분간되지 않는다. 특히 6월의 6시는 전등을 밝혀야 하나 좀 더 기다려야 하나 머뭇거리기도 하는 때. 희미하고 흐릿해서, 망설이고 서성여서 아름다운 한때.

숫자 7에 관한 생각

*

변변한 지도가 없던 옛날, 밤길을 가는 사람들은 하늘의 별을 보고 방향을 찾았다. 만약 그 길이 망망대해라면 밤하늘의 별은 절대적인 방향 지시등이나 다름없었다. 지구의 자전에 따라 하늘은 24시간에 한 번씩 360도 파노라마를 펼쳐 보인다. 인간의 관점에서 보면, 모든 별은 동쪽에서 떠서 서쪽으로 진다. 자정 무렵 내 머리 위 밤하늘의 중심에는 어떤 별들이 있나. 오늘이 봄밤이라면 단연 북두칠성이 눈에 띌 것이다. 북두칠성이 가장 높이 떠서 뚜렷이 보이는 시절이 봄철이니까. 큰곰자리에서 국자 모양을 이루며 반짝이는 일곱 개의 별은 봄의 밤길을 가는 사람들에게 반드시 필요한 이정표였다. 국자 모양 끝부분의 별 두 개를 일직선으로 연결한 다음 그 길이의 다섯 배 되는 거리를 계산하면 북극성을 찾을 수도 있으니 북두칠성의 효용성은 두말할 나위 없었다.

하지만 인간의 밤하늘에는 별이 뜨지 않는다. 영영 지도 없는 인간의 삶은 환상 방황의 연속일 뿐이다. 어딘가로 나아가려 하고, 무언가를 찾아 헤매지만, 결국 같은 자리에서 주변만 기웃거리며 방황하다 인생은 막을 내린다. 안개가 짙거나 눈보라 휘몰아치는 악천후가 아니더라도 너나없이 방향 감각을 잃고 원을 그리며 맴돌다 제자리를 벗어나지 못한다. 답답한 과거. 캄캄한 현실. 막막한 미래. 삶에는 밤하늘의 별처럼 반짝이는 천상의 길잡이가 보이지 않는다. 그래서 사람들은 짙은 어둠뿐인 인생의 밤하늘을 올려다보며 "별 하나에 추억과/ 별 하나에 사랑과/ 별 하나에 쓸쓸함과/ 별 하나에 동경과/ 별 하나에 시와/ 별 하나에 어머니, 어머니"(윤동주 시, 「별 헤는 밤」)를 노래한다. 별 없는 인생의 밤하늘에서 잠깐, 한순간의 온기를 그리워하는 것이다.

*

하나님이 6일간 천지창조를 한 다음 하루를 쉬었다, 라고 「창세기」는 전한다. 전 세계 인구의 절반 이상이 믿는 크리스트교, 이슬람교, 유대교 등의 종교 문화는 일주일이라는 시간 단위를 일상에 깊이 뿌리내렸다. 일반적으로 7일을 한 단위로 묶은 기원이 고대 바빌로니아에 있다고는 하나, 아브라함계 종교의 주일과 관련된 문화가 일주일을 인류의 보편적 시간 단위로 만들었을 것이다. 각 종교에 따라 주일에 대한 해석이 다르고, 시대가 바뀌면서 휴일의 개념이 달라졌지만 7일을 한 묶음으로 일주일을 나누는 원칙에는 변함이 없다.

그동안 일주일의 시간 단위를 대체하려는 시도가 몇 차례 있기는 했으나 한 번도 성공하지 못했다. 일례로 프랑스 혁명 이후 십진법에 근거해 10일을 한 주로 삼는 정책을 펼쳤지만 얼마 지나지 않아 폐지되고 말았다. 한 미국인이 멋진 시구(詩句)처럼 '아무 요일에도 속하지 않는 요일'이라는 주외일(週外日)을 담아 세계력을 구상하기도 했지만 해프닝에 지나지 않았다.

우리나라에서 7일을 일주일로 하는 시간 단위를 받아들인 것은 갑오개혁 때라고 한다. 일찍이 동양에도 천문학이 있었지만, 아무래도 그 무렵부터 일주일이라는 시간 단위가 이 땅의 일상을 구분하는 데 불변의 기준이 되었다고 봐야 한다. 월요일, 화요일, 수요일, 목요일, 금요일, 토요일, 일요일. 이제 모든 사람은 1년 365일을 7일 단위로 쪼개어 살아가는 생활방식에 익숙해져 있다. 저마다 일주일이라는 틀 안에서 노동과 휴식을 적절히 병행하며 일상의 계획을 실천한다.

현대인의 삶은 더 이상 한 덩어리의 거대한 유기체가 아니다. 우리는 수천 조각의 일주일로 분쇄해놓은 인생을 앞에 두고 어떤 그림으로 맞닥뜨릴지 모를 퍼즐 맞추기에 열중하고 있다. 일주일, 즉 7일은 168시간이고 10,080분이며 604,800초다. 어떻게 나누어

놓든 시간은 거침없이 흘러간다. 째깍, 째깍, 째깍…….

*

어릴 적 마당에서 우연히 마주했던 무지개를 잊지 못한다. 초여름의 빗줄기가 살짝 지나가는 공중에 난생처음 보는 신비한 색의 조합이 떠올랐다. 나는 무지개가 일곱 가지 색이라고 들었던 터라 얼른 경계를 구별해보았다. 빨강, 주황, 노랑, 초록, 파랑, 남색, 보라. 얼핏 색깔이 뚜렷하지 않았으나, 일곱 가지 색이라고 생각하며 살펴보니 과연 일곱 색깔 무지개였다.

옛날이야기에서는 선녀들이 땅으로 내려올 때 무지개다리를 건넌다고 했던가. 무지개가 붙으면 말이 예뻤다. 구름이 햇빛을 받아 무지갯빛으로 물든 무지개구름. 대기 중 수증기가 햇빛이 아닌 달빛을 받아 나타나는 달무지개. 가끔은 무지개가 겹쳐 쌍무지개가 뜨고, 안개 속에 흰무지개가 보이기도 한다. 제목이 '무지개물고기'인 그림책과 '무지개떡'이라는 떡도 있지. 요즘은 반려동물이 죽었을 때 흔히 "무지개다리를 건넜다."라고 표현한다. 이제 사람들은 무지개다리를 천국으로 들어가는 아름다운 길목으로도 여기는 듯하다.

*

가톨릭에서는 칠죄종(七罪宗)을 이야기한다. 모든 죄의 근원이면서 그 자체로 죄인 일곱 가지 죄악. 그것은 '교만, 인색, 음욕, 분노, 질투, 탐욕, 나태'를 가리킨다. 데이비드 핀처 감독은 칠죄종을 모티브로 영화 <세븐>을 연출했다. 감독은 단테의 『신곡』에 등장하는 연옥이 7층으로 이루어져 각각 일곱 가지 죄악을 상징한다는 것에 주목했다. 아뿔싸! 칠죄종을 하나씩 짚으며 나를 돌아보면 섬뜩하지 않나. 나는, 나를 알고 있으니까. 내가 나를 낱낱이 기억하니까.

*

나이 들어가면서 실감하게 되는 삶의 특이성 중 하나가 운칠기삼(運七技三)이다. 인생에 결정적 영향을 끼치는 것이 재능이나 노력보다 운이라니 썩 유쾌한 깨달음은 아니다. 하지만 어쩌겠는가. 운에 따라 삶과 죽음마저 갈리는 것이 인생인 것을. 어쩌면 통밥의 결과로 합격과 불합격이 판가름나는 것이 또다시 인생인 것을. 할 만큼 해도 안 되는 일이 있고, 그만둬야지 싶은데 덜컥 이루어지는 일이 있다. 무력한 인간으로서, 7할의 운이 행운이길 바랄 뿐. 러키세븐(lucky seven)!

숫자 8에 관한 생각

*

나의 첫 아이는 8월에 태어났다. 뜨거운 7월 태생인 아비에 이어 더 뜨거운 때에 자식이 세상의 빛을 본 것이다. 제 몸 하나 제대로 감당 못 해 허정거리면서 이 우주에 새 생명을 내어놓다니. 나는 기쁨과 함께 아이가 앞으로 겪어야 할 희로애락을 떠올렸다. 여름 하늘에서 쏟아져 내리는 경이와 더불어 낯선 연민을 느꼈다.

일요일 새벽, 나는 아내의 순산을 기원하며 후텁지근한 공기가 가득한 병원 복도 구석에 앉아 있었다. 처음 어미가 되려는 여자는 분만실에서 밤새 분투 중이었고, 한 걸음 밖의 남자는 그 고통을 상상하며 자꾸 벽시계를 올려다보았다. 창밖에는 고요뿐이었다. 고요가 겹겹이 쌓여 모든 배경이 정지 화면 같았다. 시곗바늘만 홀로 길 떠난 유랑자의 뒷모습처럼 쉼 없이 걸음을 옮기고 있었다.

어느새 아침이 밝았을까. 마침내 간호사가 분만실 문을 열고 나와 아내의 출산 소식을 알렸다. 산모와 아기 모두 무사했다. 잠시 뒤, 나는 분만실 창문 너머로 아기를 처음 만날 수 있었다. 눈앞의 작은 생명이 나의 평화고 위안이고 순수였다. 그 순간만큼은 염려와 결핍과 불가항력 따위를 잊어도 좋았다. 간호사는 아기의 손과 발까지 펴 보이며 아무런 장애가 없는 것을 확인시켜주었다. 그때만 해도 나는 그것이 대단한 행운인 것을 알지 못했다. 그 후 긴 세월 자식을 키우다보니 무엇보다 몸 건강하고 무탈한 것이 가장 먼저 바라는 최고의 축복이었다.

나는 갓난아이를 품에 안고 생각했다. 이 아이를 위해 좀 더 슬기로운 사람이 되어야겠구나. 내 눈과 귀와 입을 반성해 좀 더 무르익은 사람이 되어야겠구나. 어둠에는 불 밝히고, 돌풍 앞에서는 바람막이가 되고, 천지간이 흔들릴 때는 버팀목이 되어야겠구나. 그러니까 나는 아이 덕분에 좀 더 지혜롭고 성숙하며 이타적인 인격체가 되는 셈이었다. 새 생명이 오래된 생명을 각성하게 만들었다.

*

"산소 같은 여자." 한때 유행했던 광고 카피다. '산소 같은'이라는 수식은 순진하고 청결하면서 더없이 소중한 무엇을 연상하게 한다. 여자 대신 남자나 사람을 넣어도 그렇고, 일이나 집 같은 일상의 단어를 넣어도 마찬가지다. 늘 곁에 있으면서 나를 숨쉬게 하는 무엇. 항상 함께해서 그 존재를 잊고 살지만, 한순간이라도 함께하지 않으면 죽음과 다름없는 무엇. 바로 그런 대상에게 건네는 최고의 찬사가 '산소 같은'일지 모른다. 혹시 산소의 원자 번호가 8인 것을 기억하는지. 고등학교 화학 시간에 주기율표를 외우느라 무척 고생했는데, 아직도 머리에 남은 것이 있다.

*

많은 중국인이 숫자 8을 광적으로 좋아한다. 2008년 베이징올림픽 개막식을 8월 8일 저녁 8시에 한 것만 봐도 알 수 있다. 심지어 쓰촨성의 한 전화국에서 경매에 붙인 전화번호 '8888-8888'은 우리 돈 3억여 원에 낙찰되었다. 엠블럼이 마치 8을 겹쳐 눕혀놓은 듯해 아우디 판매량이 부쩍 늘어났다는 이야기도 들린다.

인간의 생각은 자칫 집착의 함정에 빠지기 쉽다. 그리고 집착이 오랜 시간 단련되면 감정과 견해, 사상으로 세상에 드러난다. 나아가 그것은 어느 집단의 무의식에까지 완전히 뿌리내릴 수 있다. 중국 사람들은 8의 발음이 '돈을 많이 번다'는 뜻을 가진 '파차이[發財]'의 발음에 들어 있어 열광한다는데, 어쨌거나 내가 보기에는 인간의 생각이 집착으로 왜곡된 또 하나의 증거다. 누구든 그와 같은 심리 상태가 굳어지면 좀처럼 헤어나기 어렵다. 그런데 뻔히 그런 줄 알면서 제 발로 그 함정에 들어서는 것이 인간이기도 하다.

*

“팔자(八字)려니 해.” 운명에 순응하라는 말이다. 그래야 마음이 좀 편해지니 절반쯤은 고개가 끄덕여지는데, 나머지 절반은 도저히 받아들이지 못하겠다. 생년월일과 생시에 따라 한 사람의 일평생 운수가 결정된다고? 그럼 뭐 하러 안달복달하고 애면글면 해? 더 큰 문제는 “그게 네 팔자야.”라며 누군가를 무참히 짓밟는 것이다.

*

태양계에는 여덟 개의 행성이 있다. 원래는 아홉 개였는데, 1930년 인류가 발견한 이래 태양계의 막내 행성으로 인정받았던 명왕성이 76년 만에 그 지위를 박탈당했다. 국제천문연맹의 결정은 나 같은 우주 문외한에게도 놀라움을 안겨주었다. 내가 오랫동안 알아온 불변의 정의(定義)가 어떤 변화와 다른 관점에 따라 한순간에 뒤바뀔 수 있다는 것을 새삼 깨달았기 때문이다. 일부 반대 의견도 있었지만, 많은 학자들은 명왕성이 자신만의 지배 영역을 갖지 못한 별이라며 태양계의 행성에서 퇴출시키는 것에 찬성했다. 이제 명왕성은 행성이 아니라 ‘왜소행성’이라고 불리는 신세가 되고 말았다. 하기야 지구인들이 뭐라고 하든지 명왕성은 신경조차 쓰지 않겠지만.

사실 행성이라는 것도 우주의 중심별은 아니다. 일정한 궤도로 중심별의 주위를 맴돌면서, 스스로 빛을 내지 못해 중심별의 빛을 받아 반짝일 따름이다. 태양계가 있는 우리은하의 항성과 행성 수만 해도 4천 억 개가 넘는다던가. 그중 하나인 모래알 같은 지구에 수십억 인류가 발붙이고 살아가는 것이다. 그러니 일부 지구인들이 모여 다른 별을 행성에 포함시킬지 말지 토론하는 모습을 떠올리면 짐짓 우스꽝스럽기도 하다. 지금 어디에선가 한 무리의 개미들이 모여 몇 살의 아이들부터 인간으로 취급할지 고민하고 있을지 모르니까 말이다. 아무튼 인류는 태양계에 여덟 개의 행성이 있다고 새롭게 정의했고, 그것을 다시 학생들에게 교육하는 중이다. 어차피 별의 등급을 나누고 그에 걸맞은 지위를 운운하는 일이 우주의 역할은 아니니까. 또한 계급을 나누고 차별하는 것에 인간만큼 특화된 존재도 없으니까.

*

세상에 태어난 해를 포함해, 대개 여덟 번째 해 봄이 되면 아이는 초등학교에 입학한다. 길고 긴 학창 시절을 시작하는 것이다. 학교에 모여 지식을 습득하고 사회화되는 과정은 인류 문명의 지속과 발전에 꼭 필요하겠지. 그런데 어떤 사람들은 학교가 갈수록 컨베이어벨트처럼 변해간다고 말한다. 아이들이 점점 규격화되고 도구화된다는 걱정이다. 정체불명의 주문자는 더 까다롭게 요구하고, 불량품은 가차 없이 버려진다.

숫자 9에 관한 생각

*

나와 아내는 9월에 둘째 아이를 보았다. 첫 아이가 태어나고 4년이 지났을 때였다. 둘째는 딸아이인데, 내가 여자 형제 없이 자라서 그런지 더없이 신비하고 어여뻤다. 나는 딸아이를 키우면서 남성과 여성이 어떻게 다른지, 또 얼마나 똑같은지 직접 확인할 수 있었다. 여성과 남성 사이에는 엄연한 생물학적 차이가 있었고, 일상 곳곳에 사회적·문화적 차별이 존재했다. 나는 딸아이를 통해 행복의 실체에 공감했을 뿐만 아니라 그동안 몰랐던 생각의 사각(死角)을 깨달았다. 아들딸을 섞어 낳아 키우면서 비로소 알게 되는 균형과 공감이 있었다.

어린 딸아이를 키우던 날들의 에피소드.

다섯 살배기 딸아이가 제일 듣기 싫어하는 말은 "시집보낼 거야."였다. 괜히 떼쓸 때 가끔 그 말을 하면 효과가 직방이었다. "나, 시집 안 가! 절대 안 가!" 딸아이는 울먹거리며 아주 잠깐이나마 제 잘못을 후회하는 듯했다.

딸아이에게 '시집간다는 것'은 설레는 일이 아니었다. 사랑하는 남자를 만나 오순도순 온전히 제 생활을 꾸려가는 일이 아니었다. 딸아이에게 그것은 부모와 이별하는 일이었다. 제 투정과 말썽을 감싸 안아줄 든든한 보호자를 잃는 일이었다. 부모라는 외투를 벗어던진 채 광풍이 휘몰아치는 미지의 세상에 홀로 남겨지는 일이었다. 그저 두렵고 막막한 일이었다.

그러던 어느 날, 딸아이는 "시집보낼 거야."라는 말을 듣고도 울먹거리지 않았다. 기발한 생각이라도 해낸 듯 대뜸 이렇게 소리쳤다. "좋아! 그럼 오빠한테 시집갈 거야!" 딸아이는 하나뿐인 오빠에게 시집가면 가족의 울타리에서 '내쳐지지' 않을 것이라고 판단한 것 같았다. 부모가 떠나도 오빠가 자기를 가족의 이름으로 지켜주겠거니 믿는 것 같았다. 그날부터 딸아이에게 "시집보낼 거야."라는 말은 약발이 다했다.

아, 머지않아 딸아이가 진짜 결혼하면 어릴 적 아비의 엄포에 대한 유쾌한 복수가 되겠지. 그날이 오면 울먹거리는 쪽은 오히려 나일지 모른다.

*

요즘에도 꽤 많은 사람들이 '아홉수'라는 말을 사용한다. 어떤 기록의 뒷자리가 9를 쉽게 넘기지 못하면 아홉수를 들먹이는 식이다. 특히 자기 나이가 9로 끝나면 그해의 불운을 아홉수 탓으로 돌리고는 한다. 숫자 9에 이른바 징크스가 있다는 것인데, 아마도 무엇을 완성하기 직전의 불안감이 반영된 것 아닐까. 다시 말해 사람의 심리가 9보다는 10에서 안도한다는 뜻이다. 가만 돌이켜보니 스물아홉 살의 나는 청춘이 끝난 듯 불안했고, 자주 한 눈금이 모자라 고비를 넘지 못했다.

*

프로 바둑기사가 9단이 되면 '입신(入神)'했다고 표현한다. 말 그대로 신의 경지에 올랐다는 의미다. 우리나라는 그동안 조훈현, 서봉수, 유창혁, 이창호, 이세돌 등 100여 명의 9단을 배출했다.

현재 대한민국에는 적지 않은 수의 바둑 도장이 있다. 일찌감치 바둑으로 인생의 진로를 정한 아이들이 그곳에서 실력을 연마해 일정 수준이 되면 대부분 한국기원 연구생 선발전에 도전한다. 그런데 말이 연구생 선발전이지, 그 관문을 통과하기가 무척 어렵다. 더구나 그것이 프로 입문을 보장하지도 않는다. 진짜 경쟁은 선발전을 통과한 132명의 연구생 사이에서 더욱 치열하게 벌어진다. 그야말로 정글의 법칙이 적용되는데, 1년에 여덟 차례 승강 대국을 벌여 매번 최하위 열 명은 연구생 선발전에서 새로 뽑힌 열

명에게 자신들의 자리를 내줘야 한다. 또한 거기에서 살아남는다고 해도 열아홉 살까지 프로에 입문하지 못하면 똑같이 연구생 신분을 박탈당한다.

그렇게 보통 5년 남짓 지나면 소수의 연구생이 최상위 그룹에 들어갈 만한 실력을 갖추게 된다. 하지만 그들 중에서도 1년에 프로에 입단하는 인원은 두 명뿐이다. 물론 그들은 프로 입문 후에도 300명 안팎인 기존의 프로 기사들과 각종 대회에서 경쟁을 벌여야 한다. 앞서 이야기한 100여 명의 9단 중 상당수가 그런 과정을 거쳐 입신의 자리에 오른 것이다. 모든 일이 그렇듯 바둑 분야에서도 최고 수준에 오르는 길은 바늘귀처럼 좁다. 정말이지, 세상에 만만한 일이 없다.

숫자 10에 관한 생각

*

"열 번 찍어 안 넘어가는 나무 없다."라는 말을 함부로 사용하면 안 된다. 오랜 세월 불굴의 열정과 끈기를 상징해온 속담이지만, 누군가에게는 그것이 폭력으로 느껴지기 때문이다. 만약 이성 간의 일이라면 스토킹 범죄가 될 위험이 있고, 젊은 세대를 향한 기성세대의 말이라면 공허한 잔소리를 넘어 억압으로 변질될 수 있다. 그중 스토킹 범죄는 다행히 사회적 인식이 달라져 법률로써 어느 정도 제어하는 것이 가능해졌다. 하지만 세대 간의 몰이해에서 비롯된 갈등은 옳고 그름의 차원에서 재단하거나 무엇으로 강제할 성질이 아니다. 다만 분명한 사실은, 어른과 아이가 다투면 어른의 책임이 훨씬 크다는 것. 상대적으로 더 가졌고, 더 누렸고, 더 수단 많은 어른이 문제 해결의 의지를 보여야 한다는 것.

너희는 열정과 끈기가 없어, 라고 기성세대가 나무란다. 열정과 끈기를 갖는다고 뭐가 달라지나요, 라고 젊은 세대가 반문한다. 아무리 안간힘 써봤자 흙수저의 삶과 금수저의 삶은 다른 것이 현실이니까. 그런 세상을 만들어놓은 기성세대가 시치미 뚝 뗀 채 채

찍만 치켜들면 몰염치한 노릇이다.

너희는 어째서 우리가 원하는 대답을 하지 않니, 라며 기성세대가 목소리를 높인다. 틀린 질문만 하니까 맞는 대답이 나올 리 없지요, 라며 젊은 세대가 투덜거린다. 청춘의 심정을 대변한 말은 영화 <올드보이>의 대사다. 그렇다. 기성세대가 방향 잘못 잡고 엉뚱한 질문만 해대는데, 아직 세상 경험 많지 않은 젊은 세대가 어떻게 마땅한 대답을 하겠는가. <올드보이>의 분위기를 빌리면, 기성세대는 젊은 세대에게 왜 노력하지 않느냐고 묻는 것이 아니라 왜 노력할 수 없느냐고 물어야 한다. 우선 책임 소재부터 제대로 따져야 충고도 먹힐 것 아닌가.

권투 경기에서 선수가 다운되면 주심이 1부터 10까지 천천히 카운트를 한다. 다운된 선수가 정신 차려 다시 시합할 수 있는 기회를 주는 것이다. 아직 꽃피지 못한 청춘이 쓰러졌을 때 기성세대가 할 말은 "열 번 찍어 안 넘어가는 나무 없다."가 아닐 것이다. 그보다는 1부터 10까지 천천히 카운트하며 기다려주는 편이 청춘의 재생 능력을 북돋는 길이다.

*

스마트폰 산업에서 신제품 출시 주기가 점점 짧아지고 있다. 각

제조사는 한때 1년 남짓한 간격으로 새로운 모델을 시장에 내놓더니, 이제는 6~7개월 만에도 앞다퉈 신제품을 홍보한다. 매번 혁신적인 기술 발전을 보이는 것도 아니면서 왜 그런 일이 벌어질까. 그 이유는 우선 스마트폰 제조 기업들의 치열한 경쟁 때문일 것이다. 그리고 한국인 특유의 신제품 선호 기질도 한몫하겠지. 실제로 우리나라 소비자의 스마트폰 교체 주기는 같은 아시아 문화권에 비해서도 꽤 짧다.

요즘은 "10년이면 강산도 변한다."라는 속담이 별로 공감을 얻지 못한다. 10년이 아니라 몇 달 만에도 강산이 확확 달라지는 탓이다. 속담에서는 10년이 제법 긴 시간이라는 의미로 쓰였지만, 나이 들어갈수록 10년은 쏜살같이 흘러가버리는 시간이 아닌가. 그런데 그 사이에 강산은 말할 것 없고 세상까지 탈바꿈하니 이따금 현기증이 느껴질 지경이다. 내 주머니 속 스마트폰이 금세 구형 취급받는 것은 상관없다 해도, 나의 어제가 순식간에 옛날이야기가 되어버리는 현실은 당혹스러울 때가 있다. 문명이 마치 사람의 감정에 목줄을 매어놓은 것 같은 기분이랄까. 문명의 이기가 이끄는 대로 나의 감정이 밥 먹고, 산책하고, 공을 던지면 덥석 물어 되돌아온다. 어쩌다 문명이 잘했다며 머리라도 쓰다듬어주면, 나는 배를 보이고 발랑 뒤집어져 재롱을 떤다. 분명 내가 주인인데, 개가 된 기분이랄까.

*

크리스트교에는 십계명이 있다. 그와 비슷하게 대승불교에서는 십중계를 이야기한다. 서로 다른 종교인데 계율의 내용은 많이 닮았다. 모두 남을 해치지 말라고, 도둑질하지 말라고, 음란하게 굴지 말라고, 이웃을 모함하거나 비방하지 말라고 가르친다. 각 계율에서 종교를 빼고 나면 도덕이 남는 셈이다. 즉 인간 사회를 지탱하는 가장 기본적인 공통분모는 도덕이다. 요즘 세상이 아무리 실리와 욕망을 좇는다 해도 '도덕적 인간'이라는 평가는 언제까지나 최고의 찬사로 여겨야 한다.

*

학교와 군대에서 쉬는 시간은 대개 10분으로 정해져 있다. 한 시간이 60분이니까, 성인의 경우 50분 동안 교육하고 10분간 휴식하면 적절하다는 판단이겠지.

일상에서 별것 아닌 10분이 쉬는 시간으로 주어지면 특별한 의미를 갖게 된다. 그 사이에 화장실에 다녀오는 것은 말할 것 없고, 학창 시절에는 친구들과 짧고 굵게 뛰어놀 수도 있었으니까. 20세기에 군대 다녀온 남자라면 “10분간 휴식! 담배 일발 장전!”이라는 조교의 절도 있는 고함소리가 익숙할 테고. 그때의 10분은 생활 속의 상대성 이론을 실감하는 시간이기도 해서, 마치 10분이 한 시간처럼 소중하게 느껴졌다. 그와 같은 보편적 체험 탓에 ‘10분간 휴식’이라는 제목으로 노래가 나오고 영화가 나왔겠지. 그 해석은 상황에 따라 조금씩 다르겠지만, 대체로 10분의 휴식은 통제에서 비롯된 체증을 잠시나마 뻥 뚫어주는 자유의 신호탄이었다. 그래서 학생들은 10분의 휴식에 환호성을 내지르고, 군인들은 한숨 돌리며 땅바닥에 털썩 주저앉아 땀방울을 닦아냈던 것이다. 10분의 휴식이 가도 가도 모래산만 반복되는 사막의 오아시스나 마찬가지였다.

*

나는 대한민국 헌법의 여러 조항 가운데 제10조를 더없이 중요하게 생각한다. 그 내용을 옮겨보면 “모든 국민은 인간으로서의 존엄과 가치를 가지며, 행복을 추구할 권리를 가진다. 국가는 개인이 가지는 불가침의 기본적 인권을 확인하고 이를 보장할 의무를 진다.”라는 것이다. 헌법 조항치고 중요하지 않은 내용이 있을까만, 나는 국가의 정체성과 국민의 주권 등을 명시한 부분 못지않게 헌법 제10조의 내용이 반드시 지켜져야 한다고 강조한다. 그 이유는 헌법 제10조에 따라 국민 개개인의 기본권과 아울러 행복추구권 및 자기결정권을 보장받을 수 있기 때문이다.

나는 모든 권력의 순수성을 믿지 않는다. 스스로 정의를 내세우며 인간의 개별성에 주목한다는 권력조차 자신들의 대의명분 앞에서는 슬그머니 '부드러운 독재'의 유혹에 빠져든다고 본다. 자신들은 그런 행위가 정당하다고 판단하니까. 자신들의 판단을 지지하는 군중만 바라보니까. 머지않아 자신들의 바깥에 머무르는 소수는 외면해도 된다고 착각하니까. 자신들이 발췌한 논리와 편집한 여론으로 자신들의 스토리에만 귀기울이니까.

그런데 독재에 '부드러운'이라는 수식이 어울릴 수 있나. 설령 최소한의 절차와 합의를 거친다고 할지언정 민주주의의 기준은 훼손되고 개인은 소외당하기 십상이다. 그러다보면 갈수록 국민 개개인의 기본권이 가볍게 여겨지고 행복추구권과 자기결정권이 보류되는 '이내의 시간'을 맞게 된다. 여기서 이내는 해질녘 푸르스름하고 흐릿한 기운이 도는 때, 그러니까 낮과 밤이 뒤섞인 불분명한 시간을 의미한다. 민주주의이기도 하고 독재이기도 한 시간. 자유이기도 하고 부자유이기도 한 시간. 개인의 목소리가 들리는가 싶다가도 군중의 함성으로 가득한 시간. 한 시대의 지성이었던 이

어령이 어느 인터뷰에서 했던 말을 기억나는 대로 옮겨보면 다음과 같다. "과거의 독재가 '내 말 안 들으면 죽어!'라고 했다면 오늘날의 독재는 '내 말 들으면 산다!'라고 한다." 나는 그의 말에 동의한다. 그래서 모든 권력이 대한민국 헌법 제10조를 머리와 가슴에 화인(火印)처럼 새겨야 한다고 믿는다.

숫자 11에 관한 생각

또다시 달력이 두 장밖에 남지 않았다. 11월이다. 한 해의 태양은 저 너머로 거의 잠겨 겨우 차가운 이마만 보인다. 유구한 우주사(宇宙史)에 한 해의 소멸이 무슨 울림을 가질까만, 어쩔 도리 없이 거리를 뒹구는 낙엽에 마음을 다치고는 한다. 괜히 비어가는 나뭇가지에 눈길을 주다가는 마음이 아주 허물어지기 십상이다. 나이 먹을수록 세월은 빠르고, 세월이 빠를수록 자꾸만 뒤돌아보고. 느리게, 힘겹게, 한 발 한 발 발자국을 떼는 노인들은 사실 얼마나 빠르게 앞으로 나아가는 것인지.

11월의 대기는 얇고 투명한 유리 같다. 그 공기가 내려앉은 창틀이며, 우체통이며, 자전거며, 버스 정류장이며, 마주앉은 사람의 손가락이며 다 예전의 그것처럼 보이지 않는다. 11월에는 모든 것의 속살이 스산해진다. 바람이 휘 불 적마다 나뭇잎은 흩날리고, 새들마저 어디론가 떠나간다. 그리고 11월은 참, 심심하다. 11월에는 어지간해서 눈이 내리지 않는다. 그렇다고 비가 자주 내리지도 않는 마른달[乾月]이다. 한 달 서른 날의 체적이야 1년 열두 달이 같지만, 은밀히 왔다가 슬쩍 사라지기로는 11월을 따를 것이 없다.

11월치 달력은 어느 달보다 단정하다. 이렇다 할 공휴일도 없고 축제도 없다. 당장 보고 싶은 사람이 아니라면 굳이 11월에 만날 약속을 하지도 않는다. 다음달이 쓸쓸하지만 즐거운 12월이니까.

11월에는 겨울이 시작됨을 알리는 입동과 소설이 있을 뿐이다. 그래서 달력에 박혀 있는 '11'이라는 숫자는 아무리 금박을 둘렀다 해도 마냥 소슬하다. 지난여름 화약이 터지고 버려진 두 개의 폭죽 잔해처럼, 11월은 철 지난 바닷가 한쪽에 서럽게 누워 있다. 11월은 10월과 12월 사이에 있지만 찬물에 세수라도 하고 애써 찾지 않으면 보이지 않는다. 11월은 마치 10월과 12월 사이에 놓인 여울의 징검다리 같다. 틀림없이 건너긴 하는데 주목받지 못한 채 금세 저물어간다. 그래서 11월은 행복할 때조차 무작정 행복해하지 못하는 사람들의 인생과 닮았다. 11월 같은 삶. 11월처럼 있는 듯 없는 듯, 그러나 제 인생을 조용히 사랑해야 하리. 크게 상심하지 않고. 어디에도 기대지 않고.

숫자 12에 관한 생각

*

1년은 열두 달이고, 하루는 오전과 오후를 열두 시간씩 나누어 표기한다. 옛날 옛적부터 사람들은 일정하게 반복되는 계절과 달의 모양이 변하는 것을 지켜보며 1년을 12등분하는 놀라운 지력(知力)을 발휘했다. 그와 같은 원칙은 지구의 공전에 대한 개념이 생겨 태양력을 만든 후에도 거의 달라지지 않았다.

시간은 어떤가. 하루를 24시간으로 나눈 것에는 메소포타미아 문명까지 거슬러 올라가는 학설이 있지만, 무엇보다 360도를 15도씩 나누어 24등분하는 것이 가장 편리하기 때문에 여전히 그 기준을 따르는 듯하다. 그리고 낮과 밤이라는 하루의 대칭을 감안해 오전과 오후로 다시 12시간씩 분할했겠지. 어차피 밤에는 잠을 자니까 12시간씩 하루를 이등분해도 일상생활에는 큰 문제가 생기지 않았다.

하지만 시대가 달라지면서 낮 12시와 밤 12시를 구분할 필요가 점점 커졌다. 농경사회에서는 사람들이 밤 12시에 깨어 있을 이유가 별로 없었으나, 지금은 그 시각에도 세상이 불야성을 이루니까. 낮 12시와 밤 12시를 구분하는 단어로는 각각 정오(正午)와 자정(子正)이 있다. 정오와 자정이라는 말에는 낮 12시, 밤 12시에서 느낄 수 없는 묘한 서정이 깃든다. 낮 12시와 밤 12시가 무미건조한 사무적 뉘앙스라면, 정오와 자정은 약간 말랑말랑한 감정에 젖어 있는 것이다. 그래서 '정오의 희망곡' 같은 라디오 프로그램이 있겠지. 홀로 심야 방송을 듣다가 "자정을 알립니다."라는 아나운서 멘트와 함께 '뚜, 뚜, 뚜' 하는 시그널이 들리면 언뜻 종말의 분위기에 잠겨들기도 하겠지. 그때 자정은 24이기도 하고 0이기도 하며, 끝이기도 하고 시작이기도 한 찰나의 마법이다.

*

한 해가 또 문을 닫는다. 12월은 망년(忘年)의 달이다. 요즘은 송년(送年)이라고 하는데, 나는 그 말을 별로 좋아하지 않는다. 세월을 보내다니. 송년회니, 송구영신이니 일컫는 데에는 인간 중심의 교만이 깔려 있다. 세월은 인간이 보내거나 붙들 수 있는 무엇이 아니지 않은가. 그냥 가만히 잊을밖에, 길모퉁이에 기대어 잘 가라며 손을 흔들어줄밖에.

내가 달리 무엇을 할 수 있을까.

*

오랜만의 서점 나들이였다. 활자 매체의 몰락을 공공연히 떠벌이는 시절. 나는 그 예언을 믿지 않고, 혹시라도 그 예언이 현실이 될까 못내 걱정스러운데, 미욱하게도 먹고살기 바쁘다는 핑계로 한동안 서점조차 들락거리지 않았다. 따지고 보면, 나 역시 활자 매체의 몰락에 일조하는 셈.

서점은 그 자리에 그대로 있었다. 아니, 대체 누가 활자 시대의 종말을 운운한단 말인가. 서점은 아무도 찾지 않아 먼지를 뽀얗게 인 누추한 몰골이 아니라, 더 세련되고 더 매혹적인 인테리어로 사람들을 불러들이고 있었다. 책장에 가득한 산더미 같은 책들 대신 일상의 소모품들을 채워놓으면 주말의 쇼핑몰이라 할 만큼 붐비는 곳이 서점이었다. 내가 눈길을 주든 말든 쑥쑥 자라나는 집 근처의 오동나무처럼, 서점도 내가 찾든 말든 제 품을 넓혀 여전히 활자에서 위안을 얻으려는 사람들을 기꺼이 보듬어주고 있었다.

이리저리 책 구경을 하던 나의 발길은 곧 문예지가 꽂혀 있는 잡지 서가로 향했다. 20년 전에도 그랬고 10년 전에도 그랬듯, 잡지 서가의 문예지 코너는 비루하기 짝이 없었으나 그래도 낯익은 제호(題號)의 보석들이 수줍게 반짝이고 있었다. 다른 이가 보기에 평범한 돌멩이가 내 눈에는 보석 같은 경우를 뭐라고 설명할 수 있을까. 한 시절 뭉근한 설렘으로 1년 열두 달의 문을 열던 다채로운 향연의 흔적이 아직 그곳에 남아 있었다. 한때 내 지성의 결핍을 채워주었고, 나의 상처 입은 감성을 어루만져주었던 문예지들이 한눈에 들어왔다. 서가 구석에 꽂혀 있는 『문학사상』도 보였다. 내게는 제법 각별한 추억이 깃든 월간 잡지였다.

시를 쓴답시고 몇 해 동안 끙끙대다가 맨 처음 공모(公募)에 습작품들을 챙겨 보낸 곳이 『문학사상』이었다. 1972년 이어령이 주간을 맡아 창간한 『문학사상』은 문청(文靑)들의 텍스트 중 하나였고, 교양인들의 필독서 목록에도 심심찮게 이름을 올리는 잡지였다. 삼성출판사에서 발행을 시작한 것이 이듬해 문학사상사로 둥지를 옮겼고, 지금까지 50년 남짓 그 명맥을 이어오고 있는 것이다. 당시 문학의 바다에 벌거숭이 맨몸으로 빠져든 문청 치고 『문학사상』을 모르는 이는 없었다. 때로 그 지향이 마음에 들지 않는 사람들은 있었겠지만, 월간 문예지로서 갖춰야 할 성실함과 내실만큼은 누구도 부정하기 어려웠다.

때는 대학 2학년의 서늘한 가을이었다. 나는 등기우편으로 『문학사상』에 습작품들을 보내고 나서 온갖 상념을 떠올렸다.

정확히 말하자면, 그 상념들은 떠올린 것이 아니라 저절로 떠올라 내가 어떻게 해볼 도리가 없는 생각의 파편들이었다. 어떤 것은 파편답게 날카로워 아팠고, 어떤 것은 가슴 깊숙이 파고들어 벅찬 희망을 꿈꾸게 했다.

당선 통보가 오려나? 그렇지 않을 거야, 나는 아직 시인이 되기에 부족한 놈이니까. 등기로 보내기는 했지만 우편물이 제대로 전달됐을까 몰라. 혹시 배달 사고가 났으면 어떡하지? 그래도 가끔은 행운이란 것이 나의 편일 때가 있잖아. 아아, 정말 내가 시인이 될 수 있을까? 만약 당선 통보가 온다면, 내 시들을 최신 워드프로세서 르모3으로 타이핑해준 L에게 술 한잔 화끈하게 사야지. 그래, 문예지 신인 공모의 상금은 술값으로 쓰라고 주는 걸 거야. 왜 이렇게 시간이 안 가지? 당선자에게는 공식 발표일 전에 연락을 할 텐데, 엄마가 안방에서 전화를 받지 못하면 어떡해? 내가 몇 날 며칠 전화기 옆에서 자리를 뜨지 말아야 하나? 덧붙여 이야기할 것 없이, 그때는 핸드폰과 이메일이 없던 시절이었다.

그렇게 여삼추(如三秋)가 지났고, 나는 아무런 연락을 받지 못했다. 그리고 두 달 뒤 새로 나온 『문학사상』에서 쓰린 속을 달래며 공모 결과를 확인했다. 당연히 당선자는 내가 아니었으며, 내가 머릿속으로 몇 번이나 썼다 지웠던 당선 소감은 어디에도 인쇄

되어 있지 않았다. 그런데 심사평을 훑다보니, 지면 한쪽에 내 이름 석 자가 보이지 않는가. 뭐 이런 운명의 장난이 있지. 야속하고 안타까웠다. 최종심에 오른 몇 명의 당선 후보자 가운데 내가 있었던 것이다. 그러니까 고지가 멀지 않아 보일락 말락 하는 문턱에서 보기 좋게 미끄러진 것인데, 사람의 마음이란 것이 아쉬움이 클수록 미련이 더 진하게 남는 듯했다.

그날 이후 나는 며칠 동안 술에 취해 흔들거렸다. 당선되지 못해 상금도 못 받았으니 술값은 온전히 내 주머니에서 나가야 했다. 괜히 죄 없는 L까지 못난 친구 때문에 술값을 추렴했으니, 안 그래도 스산한 가을바람에 청춘의 어깨가 자꾸 움츠러들었다.

그럼에도 문학의 중독은 만만하지 않았다. 당선이라는 영광의 뒷모습만 슬쩍 엿보았을 뿐인데, 시인이 되고 싶은 열망은 더욱 활활 타올랐다. 나는 다시 이런저런 문예지들을 탐독했고, 영민한 시인들의 시를 읽으며 절망의 입맛을 다셨다. 절망은 절망이되 그 밑바닥까지 내려가서 삶의 비애를 들춰본 다음 좀 더 나은 시를 쓰게 되기를 갈망했다. 그렇게 해야만 시가 움틀 것이라 믿었고, 자연히 시인이라는 허울도 내 것이 되리라 즐거운 상상을 했다. 그리고 이듬해 다시 찾아온 가을, 나는 『문학사상』이 아닌 다른 월간 문예지를 통해 등단하게 되었다. 다행히 그 문예지의 상금은

『문학사상』보다 많아 L에게 신세진 빚을 이자까지 쳐서 갚을 수 있었다.

우리나라 풍토에서 공식적으로 등단한다는 것은 문예지로부터 청탁받을 자격을 갖추었다는 의미이기도 하다. 몇 달 후 나는 『문학사상』에서 시를 보내달라는 원고 청탁서를 받게 되었다. 최종심에서 탈락했던 내가 시인이 되어 원고 청탁을 받다니, 감격이었다고까지 말하면 과장일 테고 이런 것이 인간사에 벌어지는 무수한 해프닝 중 하나가 아닐까 싶었다. 정성껏 시를 보내고 나서 다음달에 잡지가 집으로 우송되어 왔을 때 봉투를 뜯는 나의 손이 살짝 떨렸다. 그달에 『문학사상』을 펼쳐볼 사람들이 잠깐이나마 내 시를 가슴에 새기게 되면 얼마나 좋을까 또 다른 열망이 스멀스멀 피어올랐다.

『문학사상』에 얽힌 나의 사연은 그것이 끝이 아니었다. 대학을 졸업한 뒤 편집자로서 두 군데 출판사를 거친 나는 『문학사상』으로 직장을 옮기게 되었다. 그것은 그야말로 우연이었는데, 일 때문에 오가며 안면을 텄던 다른 편집자가 그곳에서 경력 직원을 구한다며 이력서를 내볼 생각 있느냐고 넌지시 의향을 물은 것이다. 그는 내가 시를 쓰니까 『문학사상』이 어울리는 일자리가 될 것이라고 여긴 듯했다. 나는 뜻밖의 말에 두 눈이 동그래졌다.

내심 얼마 전부터 문예지 만드는 일을 해보고 싶었고, 그것이 이래저래 사연 있는 『문학사상』이라서 더욱 마음을 건드렸다. 나는 두말할 것 없이 그렇게 하겠다고 대답했다. 마침 나의 편집자 경력이 그곳에서 찾는 수준에 걸맞아 어렵지 않게 직장을 옮길 수 있었다. 그때 『문학사상』 사무실이 있던 적선동의 고즈넉한 풍경도 더할 나위 없이 만족스러웠다. 하루가 멀다 하고 만나게 되는 사람들이 시인과 소설가요, 일삼아 읽게 되는 글이 그들의 따끈따끈한 신작이었다. 그것이 1년 열두 달을 보내는 나의 새로운 방식이었다.

그렇게 문학 출판사 편집자로서 서너 달이 지났을 무렵이었다. 어느덧 모든 문예지들의 중요 행사 중 하나라고 할 수 있는 신인 공모일이 다가왔다. 나는 새롭게 사고(社告)의 문안을 다듬어 공모 일정을 잡지에 실었다. "밝아오는 21세기 한국 문단을 이끌 빛나는 재목을 기다립니다."라는 마지막 문구에서 나는 쉽게 눈을 떼지 못했다. 문득 몇 해 전 가을날이 떠올랐다. 그때의 설익은 문청은 하루빨리 시인이 되고 싶었다. 그래서 습작품 가운데 그나마 나은 것들을 고르고 골라 『문학사상』에 보냈다. 그 원고는 그 시절 내가 앉아 있던 편집실 책상의 어떤 전임자에게 전해져 숫기 없는 민낯을 내보였겠지. 나보다 먼저 『문학사상』을 편집하던 전임자에게 푸른 심장의 떨림이 어떻게 전해졌을까.

신인 공모 사고가 나간 뒤, 여느 때처럼 전국에서 문청들의 투고 작품이 밀려들었다. 그중에는 열정이 넘치는데 기본이 허술한 원고가 있었고, 어느 것은 허우대만 멀쩡한 채 뜨거움이 부족한 원고도 있었다. 나는 예심을 맡아 명망 높은 본심 심사위원에게 올릴 작품을 선별했다. 그러니까 누가 보아도 수준 미달인 투고 작품을 일차로 걸러내는 일이었는데, 시간이 지날수록 묘한 기분에 사로잡혔다. 그때도 누군가 생사여탈의 권한을 쥐고 나의 시를 읽었겠지. 최종심에 오르기까지 얼마큼 우여곡절이 있었을까. 내가 보낸 우편물을 처음 열어본 전임자도, 예심을 맡았을 누군가와 본심 심사위원도 세월이 흘러 『문학사상』 편집자가 될 운명의 어느 문청을 상상하지는 못했을 것이다. 그렇게 우연과 인연으로 뒤엉키는 인생의 진면목을 나는 새삼 깨달았다. 겨우 한 달에 불과한 짧은 생명력의 월간 잡지가 내게 반짝이는 금언(金言)을 전했다.

나는 오랜만에 서점에 들어서서 잠시 시간 여행을 했다. 한 권의 잡지를 앞에 두고 이제는 희미해져 기억 속에 묻혀 있는 스틸컷 몇 장을 뒤적여보았다. 활자란 그런 것이다. 책이란 그런 것이다. 더구나 잡지는 세월을 일정한 분량으로 나누어놓아 추억을 이야기하기에 안성맞춤이다. 잡지가 인터넷을 뛰어넘어 새로운 재미와 정보를 전달하는 시대는 오지 않겠지만, 아직도 이러저러한 잡지가 삶의 향기를 그윽하게 머금고 있다. 1년을 열두 달로 나누든, 1년을 사계절로 나누든 잡지에는 또 다른 의미의 세월이 숨쉬고 있다. 그것을 담는 그릇은 오래전부터 사용해온 종이일 수도 있고, 손바닥 안에 쏙 들어오는 스마트폰 화면일 수도 있을 것이다.

숫자 13에 관한 생각

*

자꾸 터부가 많아진다. 아마도 살아가면서 생기는 상처 때문일 것이다. 섣부른 믿음이 반사적 배반으로 끝나는 경우가 드물지 않았으니까. 나의 조롱이 부메랑처럼 돌아와 나의 뒤통수를 때리는 일이 종종 벌어졌으니까. 그리워한 만큼 미워지고, 미워하는 만큼 더 미워지며, 그러고 나면 곁에 아무것도 남지 않았으니까.

그래서 나는 갈수록 앞으로의 일에 대해 말을 앞세우는 것이 불안하고, 루틴에서 벗어나는 행동을 망설인다. 그것이 내가 침묵하며 번번이 걸음을 멈추는 이유랄까. 이젠 누구를 섣불리 믿지 않고, 조롱을 쉽게 입 밖에 내지 않으며, 그리움 자체를 경계할 것이다. 나는 그렇게 초자연적 제재와 질서의 파괴를 두려워하는 미개인이 되어가는 셈이다. 나의 상처가 나의 삶을 점점 더 복잡하게 만든다.

*

동아시아 문화권에서 숫자 4를 금기시하듯 서양에서는 13을 불길한 숫자로 여긴다. 그 이유는 멀리 북유럽 신화에서부터 찾을 수 있다. 어느 날 열두 명의 신들이 신전에 모여 잔치를 벌였는데, 그 자리에 초대하지 않은 분쟁과 악의 신 로키가 열세 번째 손님으로 나타나 심각한 음모를 꾸몄다. 그 바람에 심성 착하고 슬기로워 모두에게 사랑받던 기쁨의 신 발더가 목숨을 잃고 말았다. 그 후 예수까지 열세 명이 참석한 최후의 만찬에서 열세 번째로 등장한 가룟 유다의 배신이 일어나고 나서는 숫자 13에 대한 서양 문화의 기피 현상이 더욱 심해졌다. 거기에 가룟 유다의 배반으로 예수가 십자가에 못 박혀 죽임을 당한 날이 금요일이라는 주장이 설득력을 얻으면서 '13일의 금요일'이라는 집단 공포까지 생겨나게 되었다. 1980년대 영화 <13일의 금요일>은 바로 그와 같은 서양인들의 근원적 두려움을 모티브로 제작한 것이다.

숫자 13은 약수의 개수가 여섯 개나 되는 12와 달리 약수가 1과 자신뿐이라 도량형이나 화폐 단위 등으로 쓰기에도 적합하지 않다. 미국의 길이 단위에서 1피트는 12인치와 같은데, 불균형한 13으로는 그처럼 무엇을 규정하기조차 애매하다는 뜻이다. 그것이 12진법은 있어도 13진법이라는 개념이 없는 이유이기도 하다. 자연 현상에 따른 것이기는 하지만 한 해도 열두 달로 구분하지 않나. 게다가 문화적 금기까지 더해진 까닭에 지금도 서양에서는 숫자 13을 가급적 사용하지 않으려고 한다. 이를테면 미국 항공기 좌석에 13번째 열이 없고, 병원에서는 13호 병실을 두지 않으며, 고층 건물도 12층 다음에 14층으로 건너뛰는 식이다. 첨단 기업 애플마저 아이폰13을 신제품으로 내놓으면서 명칭 때문에 고민이 컸다고 하니 서양인들의 뿌리 깊은 터부를 이해할 만하다.

*

세상의 모든 터부를, 나는 연민한다. 그것은 결국 상상의 경험칙이기 때문이다. 상상은 자유롭고 솔직하지만 어쨌거나 모든 것이 실재(實在)는 아니지 않은가. 상상이 너무 많은 인생은 잘 웃지 못한다. 하늘에 둥둥 떠다니는 섬처럼 자주 이해받지 못한다. 그리하여 터부가 깊어지는 삶은 늙은 수사자처럼 외롭다.

숫자 200에 관한 생각

*

사랑하는 이의 발자국 소리에 귀기울여본 적 있는지.

사랑에 빠진 사람의 귀는 산양처럼 예민해진다. 산양은 200미터나 떨어진 곳에서 낙엽 밟는 소리까지 알아챈다던가. 사랑을 하면 발자국 소리가 들린다. 그 무수한 발자국 소리 가운데 단 하나를 구별해낼 줄 안다. 그곳이 어디든 상관없다. 주말의 공원이라도 좋고, 시장통이라도 좋고, 경적 소리 뒤엉킨 도로 옆 작은 찻집이라도 좋다. 세상의 소리는 몸의 귀로 듣고 사랑하는 사람의 발자국 소리는 마음의 귀로 듣는다. 세상천지 온갖 분주(奔走) 속에서도 사랑하는 사람의 발자국 소리를 알아채는 일은 너무나 쉽다.

사랑하는 이의 발자국 소리에 귀기울여본 적 있는지.

약속 시간에 이르기 훨씬 전부터 우리는 사랑하는 사람의 발자국 소리를 듣는다. 그 무수한 발자국 소리 가운데 단 하나를 듣는다. 들뜨고 설레며 곁에 없는 사람을 느낀다. 그것이, 사랑의 위력이다. 인생이 찬란해지는 한때.

*

'내 안의 잠재력을 200퍼센트 끌어올리는 독서 교육', '업무 효율을 200퍼센트 높이는 조직 구성' 같은 문장의 의미는 명확하다. 이것은 모두 신간 도서들의 홍보 문안인데, 여기서 '200퍼센트'를 단순히 100퍼센트의 두 배라는 산술적 수치로만 해석할 필요는 없다. 잠재력을 200퍼센트 끌어올리고, 업무 효율을 200퍼센트 높인다는 문장을 사자성어에 빗대면 괄목상대고 상전벽해일 것이다. 한마디로 이전과는 비교하기조차 어려울 만큼 놀라운 발전을 이룬다는 말로, 완벽 또는 완전을 뜻하는 100퍼센트보다 더 완벽하고 완전하다는 강조의 표현이다.

그런데 그와 같은 일종의 과장이 내 눈에는 못내 거슬린다. 산술적 수치로 200퍼센트의 성장을 의미한다면 정확히 그렇게 써야 하지만, 굳이 강조의 표현으로 그래야 하나 의문이 들기 때문이다. 일상의 여러 일들과 마찬가지로 문장의 과잉 역시 장점 못지않게 단점이 따른다. 그런 문장이 잠깐 이목을 끌 수는 있겠으나, 사람들이 금세 과장된 표현에 익숙해져 결국 아무런 감흥을 주지 못하게 된다. 따라서 내 생각에는 그냥 '100퍼센트'라고 하는 편이 훨씬 더 명료하고, 홍보 문안으로서도 임팩트가 있을 것 같다. 만약 "너를 200퍼센트 사랑해."라고 이야기한다면 오히려 오글거리고 닭

아빠진 수사(修辭)로 받아들여지지 않을까. 사랑도 100퍼센트로 충분하다.

숫자 300에 관한 생각

나는 지금까지 여섯 권의 시집을 썼다. 거기에 실은 시가 모두 400편이 넘는다. 등단하고 나서 30여 년 만이니 대략 5~6년 주기로 새 시집을 내놓은 셈이다. 나는 어떤 문학적 야심이나 낭만주의자의 달큼한 허기로 글을 쓰기 시작한 부류가 아니다. 처음에는 시인이 되려고 시를 쓴 것도 아니어서 오직 시끄러운 내 영혼의 소박한 기록 정도로 가치를 두었을 따름이다. 적지 않은 문청들이 중고등학교 시절 문예부 활동을 하는데 나는 그것과도 거리가 멀었다. 한마디로 어쩌다보니 시가 내게 왔고, 시에 점점 빠져들다보니 시인을 열망했으며, 오랫동안 시가 내 삶의 지향이다보니 시집까지 갖게 됐다고 이야기할 수 있다. 내가 보기에, 시만큼 자존심을 북돋고 자성(自省)의 거울을 반짝이게 하는 삶의 장르도 흔치 않았다. 만약에 내가 시를 만나지 않았더라면 그날들의 무수한 고비를 어떻게 견뎠을까.

오래전 문예창작과 수업 시간에 '사무사(思無邪)'를 배웠다. 『논어』에 나오는 말로, 공자가 『시경』에 있는 300여 편의 시를 정리하고 보니 하나같이 생각에 사악함이 없더라는 것이다. 다시 말해 『시경』의 모든 시에 속되거나 간교하거나 불순한 구석이 조금도 보이지 않았다는 뜻이다. 아마도 공자는 사람들이 좋은 시를 읽음으로써 몸과 마음이 정화되기를 바랐겠지. 그 내용을 강의한 교수는 학생들에게, 너희도 앞으로 300편의 시를 쓰면 사무사의 경지를 느끼게 될 것이라고 웃으며 덧붙였다. 그날 이후 나의 머릿속에서 "시삼백, 일언이폐지 왈 사무사(詩三百, 一言以蔽之曰 思無邪)"라는 문장이 지워지지 않았다. 나는 시가 그런 효능도 가졌으리라 내심 믿어 의심치 않았다.

그런데 이미 400편 넘는 시를 써서 시집에 담아놓은 나는 어떤가. 솔직히 민망하고 부끄러울 따름이다. 사무사는커녕 그때나 지금이나 뻘밭 같은 생각의 구렁에 깊이 빠져 허우적대니까. 나는 여전히 미움을 키우고 협잡을 도모하며 위선을 합리화하고 있으니까. 나는 "내가 나를 기억한다.// 달리 무엇을 할 수 있을까?"라고 시를 쓴 적 있는데, 내가 기억하는 나는 민망하고 부끄럽다 못해 처참할 지경이다. 사무사는 감히 운운하기조차 어려울뿐더러 툭하면 반복하는 미욱함과 무분별이 거듭 자책을 낳기 때문이다. 그런 나를 스스로 못마땅해하며 곱씹을밖에 달리 무엇을 하겠는가. 나는 이따금 여섯 권의 시집을 들춰보며, 시를 따라가지 못하는 시인의 자세에 대해 반성할 수밖에 없는 형편이다. 언제 나의 삶이 사무사의 경지를 맛보기는 할는지. 그리하여 미움과 협잡과 위선 없는 여생을 살아갈 수 있을는지.

3절

1967년에 관한 생각

*

내가 태어났다. 또 하나의 희로애락이 출발했다.

*

오래전에는 보험 설계사들이 회사마다 방문해 직원들을 상대로 영업하는 일이 잦았다. 그들은 사탕 같은 군것질거리와 함께 보험 상품이 설명되어 있는 광고지를 나눠주었다. 또 직원들에게 몇 년 생인지 물은 다음 그해에 일어난 사건을 정리한 출력물을 가져다주기도 했다. 인터넷이 없던 시절이라 호기심을 불러일으키는 판촉 활동이었다. 그 덕분에 나는 1967년의 몇 가지 뉴스에 대해 알게 되었다. 그해 내가 태어나기 나흘 전에 동백림 사건이 터졌다. 그것은 박정희 정권의 대규모 공안 사건 중 하나였다. 가수 배호가 <돌아가는 삼각지>를 불러 크게 히트시킨 해도 그때였다. 또한 그해 1월에는 윤복희가 미니스커트를 입고 김포공항 트랩을 내려와 당시 여성에 대해 보수적이던 한국 사회의 이목을 끌었다.

여느 해처럼 내가 처음 숨통을 튼 1967년에도 세상은 참 소란했다. 내가 없던 어제도, 내가 있는 오늘도, 다시 내가 없을 내일도 세상은 한결같을 것이다.

*

인간은 좀 특별한 존재다. 만물의 영장이라는 소리를 하려는 것이 아니다. 다만 인간의 사유는 그 어느 생명체보다 깊고 넓다. 오늘에 머물면서 내일을 염려하고, 자주 오늘보다 어제에 집착하는 까닭이 여기에 있다. 인간은 살아 있으면서 죽음을 생각하고, 함께하면서 이별을 예감한다. 사자는 그렇지 않다. 고래도 그렇지 않다. 그래서 인간은 자꾸 영원이니 행복이니 하며 세상에 없던 말을 만들어낸다. 그중에서도 어떤 인간은 기쁜데 웃지 않고 슬픈데 울지 않는다. 그 어떤 인간은 기쁨과 슬픔이 쉽게 시들어버리는 것을 분명히 알고 있다.

시집과 시인과 시에 관한 생각

*

1987년, 스물한 살의 내가 종로서적에 들어섰다. 좁은 계단을 올라 다다른 곳은 시집 진열대였다. 나는 이 책 저 책 들춰보다가 민음사에서 출판한 강은교 시집 『풀잎』을 품에 안았다. 1974년에 초판이 나온 시집의 개정판으로 가격은 1,500원이었다. 참고로, 같은 출판사에서 펴낸 세계 시인선은 1,000원이었다. 아마도 국내 시인의 시집은 인세 같은 제작 과정의 비용 때문에 조금 비쌌겠지. 당시 짜장면값이 1,000원 정도였으니 점심 한끼 거르면 시집을 사볼 수 있었다. 밥 대신 시가 달래주던 허기를 뭐라고 설명할까. 그렇게 하나둘 사 모은 시집들에는 차갑고 투명한 청춘의 실루엣이 어른거렸다. 그 후로 시집 가격은 2,000원, 2,500원으로 꾸준히 오르더니 어느새 1만 원 넘는 시집이 드물지 않게 되었다. 1987년이나 지금이나 점심 한끼 거르면 시집 한 권 사볼 수 있다는 점만 달라지지 않았다. 나는 아직도 밥 대신 시를 선택하는 차갑고 투명한 청춘이 어딘가에 있다고 믿는다. 그들은 항상 소수였으므로, 이제는 영 희귀해졌으므로, 눈에 잘 띄지 않을 뿐이다.

*

한창 시에 빠져들던 내가 두근거리는 심장 박동까지 느끼며 새로운 시집을 만났다. 청하출판사에서 나온 『김종삼 전집』. 그 책의 가격은 대부분 1,500원 정도였던 다른 시집보다 비싼 4,000원이었다. 그래도 맹세코 돈이 하나도 아깝지 않았다. 김종삼의 시는 한없이 차갑고 투명하면서, 따뜻하고 아련했다. 「북 치는 소년」에 나오는 구절처럼 "내용 없는 아름다움"이 곳곳에 있었다.

그는 원체 감정이 날것으로 드러나는 언어를 경계했다고 한다. 클래식 음악을 무척 좋아했는데, "느끼는 것이 싫어서" 베토벤이나 바그너보다는 말러와 드뷔시를 즐겨 들었다고 한다. 그러면서 그는 사람들과 어울리기보다 홀로 술 마시는 삶을 살았다고 한다. 폼 잡고 시 낭송하는 시인들을 약장수라고 힐난했으며, 시가 구원이라고 말하는 시인들에게 거부감을 가졌다고 한다. 또 온갖 정치와 허세로 저잣거리와 다름없는 문단을 조용히 혐오했다고 한다. 그는 자신을 '시인 김종삼 씨'라고 하는 소개에도 알레르기 반응을 보였다고 한다. 그 모든 태도는 '진짜' 시인만이 보여줄 수 있는 역설이라고 한 누군가의 말에 나는 전적으로 수긍했다.

김종삼의 시는 인간의 죽음이 뭐냐고 묻는 이에게 "모차르트를 못 듣게 된다고"(「대화」)라고 답했다. 또한 곤궁한 이에게 그의 시는 "살아온 기적이 살아갈 기적이 된다고/ 사노라면/ 많은 기쁨이 있다고"(「어부」)라며 위로했다. 김종삼은 자신의 삶이 "그동안 무엇을 하였느냐는 물음에 대해// 다름 아닌 인간을 찾아다니며 물 몇 통 길어다 준 일밖에 없다고"(「물통」)라고 시를 통해 이야기했다. 그의 겸양은 "누군가 나에게 물었다. 시가 뭐냐고/ 나는 시인이 못 됨으로 잘 모른다고 대답하였다."(「누군가 나에게 물었다」)라는 시 구절로 이어졌다.

김종삼의 시를 처음 읽었던 20대 초반의 나는 어느덧 그의 말년을 살아가고 있다. "나이가 쉰 살이 넘으니까 이제 모든 게 다 재미없어요."라고 말했다던 그의 심정에 격하게 공감하는 중이다. 나는 오랜만에 김종삼의 시집을 꺼내 읽으면서 가만히 그의 삶을 재생해본다. 그는 순수하여 생활에 무능하고, 삶에 무기력하며, 세상에 무관심한 사람이었다. 그의 자폐와 결벽은 무엇에 버려졌기 때문이 아니라 무엇을 버렸기 때문에 드러나는 습성이었다. 나는 그의 시의 쓸쓸한 여백들을 이해했고, 날이 갈수록 이해가 깊어진다. "물 먹는 소 목덜미에/ 할머니 손이 얹혀졌다./ 이 하루도/ 함께 지났다고,/ 서로 발잔등이 부었다고,/ 서로 적막하다고,"(「묵화」 전문). 이렇게 다정한 사람이 시인으로 살다 갔다.

*

해부학은 생명체의 내부 구조와 각 기관의 연관 관계를 연구하는 학문이다. 무릇 몸에 관한 철저한 관찰과 탐구가 질병 치료의 첫걸음이다.

그렇다면 시를 읽는 시간은 정신의 해부학 시간이 아닌가. 정신의 해부학은 인간의 개념, 관념, 의식, 무의식, 인식, 기억, 상상, 감정, 감상 등을 연구하는 학문이다. 몸의 해부학과 다른 점은 정신의 해부학, 그러니까 시를 읽는 시간은 타인이 아니라 자신의 질병을 스스로 진단하고 치료하는 데 도움이 된다는 것이다.

나의 시에 관한 생각

*

서울특별시 종로구 화동. 버스를 타고 정주영의 현대 사옥을 지나 종로경찰서 맞은편 어디쯤에 내리면 그곳이 있었다. 그곳에 내가 있었다. 당시는 안국역이 개통되기 전이었다. 1982년 5월의 어느 날 이른 아침, 풍문여고 돌담을 따라 걸어 올라가면 아카시꽃이 지천이었다. 아카시꽃은 언뜻 수줍어 보였지만 농염한 향기로 봄날을 적셨다. 누군가 풍문여고에 강수연이 다닌다고 했던 말이 떠올랐다. 나는 아카시꽃과 강수연의 관계가 어떤 것인지 알지 못했다. 열여섯 살 소년의 상상(想像)과 연상(聯想)이 말로 설명되지 않았다.

빔 벤더스의 영화 <베를린 천사의 시>에서 도서관은 몹시 시끄러운 장소다. 온갖 소음이 끊이지 않는다. 눈동자에 흐르는 글자와 머릿속 상념에 스피커를 달아놓는다면 정말 그렇겠구나, 영화를 보며 공감했다. 그때, 그곳의, 내가 그랬으니까. 나의 침묵 속에서 일일이 이름조차 댈 수 없는 물고기들이 소란스럽게 헤엄쳐 다녔으니까. 영어와 수학은 따분했다. 시험이 걱정되었지만 벼락치기의 효능을 믿었다. 중요한 건 어쨌거나 결과였다. 참고서를 덮고 연습장을 펼쳤다. 봄날의 나른한 햇살이 백지에 문장을 적었다. 어떤 문장은 봄바람이 휘갈겨 썼다. 그러자 문득 열여섯 살의 가벼운 우울이 문장을 더했다. 시였거나 아니었거나, 돌이켜보면 그것이 나의 첫 발자국이었다. 야릇한 허기가 느껴졌다. 30원짜리 우동 국물에 식은 도시락밥을 말아먹으며, 나는 오래도록 그 문장들을 우물거렸다.

*

보석이라도 조명이 있어야 반짝인다. 이른바 돈이며 명예며 권력이 조명을 좇는 까닭은 스스로 발광(發光)하는 재주가 없기 때문이다. 하지만 청춘의 빛은 자생한다. 청춘은 스스로 반짝이는 재능이 있다. 아무리 칠흑 같은 어둠일지언정, 남루한 현실일지언정, 반짝반짝 빛날 수 있으므로 청춘이다. 청춘의 빛은 때로 어처구니없게 눈부시지만, 그러니까 청춘이다.

그곳의 가을은 은행나무가 장관이었다. 은행나무 아래에 두어 시간만 머물면 무엇이든 노랗게 물들었다. 노랗게 물들어 있던 승용차들이 떠날 적마다 가을의 허공에 은행잎들이 흩날렸다. 이따금 은행잎들 위로 비가 내렸고, 빗물을 바라보며 청춘들은 술에 젖었다. 그리고 끊이지 않는 청춘의 단층(斷層)을 문장으로 고백했다. 훗날 나는 "그것은 선택하는 것이라기보다 선택되는 것이다."라는 폴 오스터의 글을 읽으며 그 시절을 회상했다.

그곳에는 말년의 박두진 시인이 있었다. 그의 체구는 수숫대 같았고, 목소리는 딱 속삭임이라 할 만했다. 그의 '시창작 A반' 강의에 수강생은 일곱 명뿐이었다. 그나마 모든 학생이 수업에 들어오는 날은 거의 없었다. 세월이 흐르고, 나는 그에게 무엇을 배웠는지 다 잊었다. 그가 세상을 떠났다는 소식을 접하고 나 홀로 잠시 추념(追念)했던 것이 인연의 마지막이었다. 그래도 그는 분명, 나의 몇 안 되는 선생이었다. 선생이라는 말은 아무 선생한테나 쓰는 호칭이 아니다. 내가 그를 선생으로 여긴 이유는 분노 때문이었다. 칠순의 나이에도 잦아들지 않은 그의 분노가 나를 달뜨게 했다. 그는 수업 중에 종종 주먹을 쥐었다. 나는 그의 눈과 입 대신 주먹을 바라보았다. 문학을 이야기하다가, 사람을 이야기하다가, 그는 분노했다. 그것은 화가 아니었다. 화가 아닌 분노는 각성하는 지성의 상징이었다. 노년에 불끈 움켜쥔 깡마른 주먹은 아름다웠다. 들은 말로, 그의 삶이 원체 결곡했다고 한다. 나는 그런 시인이 되고 싶었다.

*

후텁지근한 여름날의 오후였다. 무슨 악몽에 시달리며 낮잠을 자고 있었다. 잠결에 전화벨 소리를 들었고, 엄마가 나를 찾았다. 수화기 저편에서 "문학정신, 박덕규 주간입니다."라는 인사가 들려왔다. 귀가 번쩍 뜨였다. 땀방울들이 일제히 땀구멍 속으로 다시 기어들어가는 듯했다. 당선이었다. 나쁜 일만 예기치 않게 찾아오는 것이 아니었다. 마침내 제도 안의 시인이 되었다. 무릇 제도는 구속이지만, 인간은 스스로 구속을 바라기도 하는 나약한 존재였다. 구속을 자청하며 나는 한동안 절박했다. 돌이켜보면 그다지 서두를 일이 아니었으나, 그때는 왠지 마음이 바빴다. 그리고 무척, 기뻤다.

며칠 후 나는 『문학정신』을 펴내는 열음사로 갔다. 열음사가 있는 동숭동은 오후의 햇살이 어울리는 동네였다. 장석남 편집장의 사진기 앞에서 어색한 포즈를 취했고, 난생처음 원고료를 받았다. 20만 원이었다. 많지도 않고 적지도 않았다. 시인이 되었지만 부유하는 나의 생활은 달라지지 않았다. 그해 초겨울 문예회관에서 시상식이 열렸고, 설치미술가 최정화가 솜씨를 발휘한 신촌의 락카페 올로올로에서 뒤풀이가 있었다. 나는 당시만 해도 그냥 시인이라고 불리는 게 어울리던 하재봉의 춤 실력에 눈을 떼지 못했다. 일찍이 굴레방다리에서 보지 못한 문학이 여기저기에서 불콰하게 취하고 있었다.

그 무렵 나의 머릿속에는 이상(李箱)의 아포리즘이 자꾸 맴돌았다. "절망이 기교를 낳는다." "절망이 기교를 낳는다." "절망이 기교를 낳는다." 그랬다, 내게 있어 시는 절망의 기교였다. 손재주나 잔머리가 낳는 작위(作爲)가 아니라, 진정 절망이 낳는 기교가 되기를 바랐다. 시에서 싸구려 화장품 냄새가 나서는 안 된다고 믿었다. 절망이 시를 낳으면 시는 또다시 절망을 가져왔다. 등단을 하고 한 해 넘게 나는 여전히 학생이었다. 그러나 청춘의 싱그러움이 가득한 교정에 나는 없었다. 나의 거처는 외지고 어두운 습지였다. 손수건만 한 창문으로 은밀히 세상을 내다볼 뿐이었다. 나의 자발적 유폐는 결코 행복하지 않았다. 나를 찾는 사람이 드물었다. 몇 년이 지나지 않아 『문학정신』과 자매지 『외국문학』이 폐간되었다.

*

방송으로 울트라마라톤을 보았다. 울트라마라톤은 시간주와 거리주로 구분한다. 주어진 시간 동안 얼마나 멀리 가는가를 따지는 것이 시간주, 일정한 거리를 얼마나 빨리 달리는가를 따지는 것이 거리주다. 얼마나 멀리 가든 얼마나 빨리 가든 울트라마라톤은 인생과 닮았다. 그냥 인생이 아니라 극기의 인생사라 할 만하다. 그날은 100킬로미터 거리주였다. 제대로 먹지 않고 쉬지 않으며 달린다는 것에는 어떤 매력이 있는 것일까. 기꺼이 불편과 고통을 받아들이기도 하는 인간의 심사에는 어떤 비밀이 있는 것일까. 울트라마라톤은 순위가 중요하지 않은 시합이었다. 하마터면 꼴찌로 들어온 완주자 때문에 눈물을 쏟을 뻔했다. 그의 몸은 피로와 물집으로 엉망이었으나, 그의 입가에는 미소가 보였다. 그는 가까스로 숨을 고르자마자 또다시 달릴 것이라고 말했다.

울트라마라톤이 은유하듯 인생은 독주(獨走)다. 독주(獨奏)라도 좋고 독주(獨酒)라고 해도 상관없다. 인생은 홀로 달리는 것이고, 홀로 연주하는 것이고, 홀로 독한 술을 마시는 것이다. 인생이 그럴진대 시라고 다르지 않다. 시는 레크리에이션이 아니다. 시는 교향악이 아니다. 시는 사교 모임에서 홀짝거리는 샴페인이 아니다. 울트라마라톤을 시로 써보려고 했는데 잘되지 않았다. 어쩌면 차마 시로 이야기할 수 없는 것이 인생인가 싶었다. 가벼우면서 무겁고 뜨거우면서 차갑고 무료하면서 시끄러운 것. 도무지 종잡을 수 없는 것. 미워할 수 없는 것. 사랑할 수 없는 것. 인생이 그렇고, 시가 그렇다.

*

김수영의 시는 신파(新派)다. "졸렬과 수치가 그들 자신을 반성하지 않는 것처럼/ 바람은 딴 데에서 오고/ 구원은 예기치 않은 순간에 오고/ 절망은 끝까지 그 자신을 반성하지 않는다"라고 한 그의 「절망」은 신파다. "두 개의 바위틈을 지나 청춘을 찾은 뱀과 같이/ 눈을 뜨고 한 잔의 술을 마셔야 한다/ 인생은 외롭지도 않고/ 그저 잡지의 표지처럼 통속하거늘"이라고 한 박인환만 신파가 아니다. 따지자면 농도의 차이가 있을 뿐 이것도 신파고 저것도 신파다. 김소월, 한용운, 윤동주, 임화, 백석, 김종삼을 비롯해 황 모, 최 모, 이 모, 함 모, 장 모, 박 모, 김 모, 송 모, 정 모 등등 내 머릿속의 모든 시인이 전부 신파다. 나는 그들의 시에서 신파를 찾아 읽는다. 누가 신파에서 자유로울 수 있단 말인가. 신파는 지나간 시대의 유물이 아니다. 신파는 뽕짝에만 있는 것이 아니다. 신파는 락과 랩에도 깃들어 있다. 애초에 신파는 새로 생긴 갈래였고 새로운 형식이었다. 여전히 신파는 새로울 수 있다. 문제는 어떻게 신파를 이야기하고 연주하느냐, 라는 것이다. 신파는 감동의 급소다. 제대로 때리면 누구든 엎어져 운다. 죽인다, 죽여. 시인이라면 솔직히 그런 시 한 편 쓰고 싶지 않은가. 신파는 우습게 여기며 천대할 무엇이 아니다. 신파는 인간 칠정(七情)의 베이스캠프다.

나의 시, 이를테면 「근황」 역시 신파다. "어떻게 살아요// 그냥,/ 많은 것/ 포기하면서 잊으면서,/ 쏜살같이,/ 차갑게,/ 해묵으면서 시큰해지면서,/ 세상의 모든 굴욕에 연민을 느껴/ 8월의 저녁에/ 눈이 나리고 눈이 나리고/ 눈사람이 되어가면서,// 그래요/ 어떻게든 살겠죠/ 묻는 당신도"라니 끝내 신파가 싫은 사람은 두 번 읽고 싶어 하지 않을 시다. 소품(素品)이다. 그래도 나는 이 시가 좋다. 자위다. 시집을 묶다보면 다 내가 썼어도 잘난 것 못난 것이 분별된다. 그중 제일 먼저 내 가슴속 감동의 급소를 건드리는 시도 있다. 좀 미욱하더라도 속 깊고 인정 많은 자식 같은 시가 있다는 말이다. 그럴 수 있다면, 되도록 그런 시를 쓰고 싶다. 물론 어떤 자식을 잉태할지 알 수 없듯 어떤 시가 될지 예측하기 어렵다. 시는 시뮬레이션이 되지 않는다. 적어도 나는 그렇다. 다만 내가 나에게 거짓이 없을 때, 감정이 풍파를 거치고 잦아들 때, 나 아닌 것을 용서할 수 있을 때 괜찮은 신파의 이미지를 기다릴 따름이다.

*

시는 이미지다. 직관이다. 한 컷의 관념이다. 어느 면에서 사진이 꼭 그렇다. 시는 사진과 닮았다. 둘 다 행간이 있다. 둘 다 아침 10시 30분에 구워지는 빵처럼 상상력을 부풀린다. 사진을 찍는 것은 결국 손목의 기술이다. 손목이 부드러워야 사진이 흔들리지 않는다. 좋은 각도가 나온다. 시를 쓰려면 손목을 풀어야 한다. 손목이 부드러워야 시가 똥폼을 잡지 않는다. 무슨 말인지 알고 지껄인다. 시든 사진이든 손목이 부드러워야 순간을 잡는다. 순간의 집합이 인생이다. 손목을 능숙하게 움직이려면 우선 어깨의 힘을 빼야 한다. 어깨를 달래야 힘 대신 기(氣)를 쓴다. 솜씨 좋은 나무꾼은 힘으로 도끼질하지 않는다. 부드러운 손목을 통해 기가 뿜어져 나온다. 부드러운 손목은 프로페셔널하다. 부드러운 손목은 경험과 공부와 열정의 증거다. 손목의 스냅으로 해내는 일은 집중력이 있고 능란함이 있다.

그런데 요즘은 손목의 시대가 아니다. 손목의 스냅은 더 이상 중요한 기술로 평가받지 못한다. 이제는 무엇보다 손가락을 잘 써야 한다. 사람들은 이미 필름을 버렸다. 디지털카메라는 이렇다 할 집중력이 필요 없다. 뭐든 손가락으로 가볍게 찍어 간단히 추려내면 그만이다. 곧바로 판단하고 망설임 없이 행동한다. 디지털카메라는 남다른 능란함이 필요 없다. 경험과 공부와 열정 없이 손가락의 재주를 빌려 피사체를 모사한다. 디지털카메라는 굳이 영혼 같은 필름을 장전하라고 요구하지 않는다. 시라고 다르지 않다. 시는 어느 면에서 사진과 꼭 닮았다. 요설(妖說)을 두고 미덕이라고 주장하는 시가 부쩍 늘었다. 손가락으로 자판을 두드리면 시가 출력된다. 당장 나의 재능으로 내 한 몸 지탱하기 힘겨운 처지지만, 문득 부드러운 손목의 전성기가 그립다. 누가 뭐래도 부드러운 손목을 갖고 싶다. 부드러운 손목이 시큰해질 때까지 도끼질을 하고 싶다.

*

태어나서 지금껏 서울을 떠나본 적 없다. 정확히 말해, 서울의 북동 지역 변두리 동네를 전전하며 수십 년을 살았다. 서울은 이른바 나의 고향이다. 서울의 변두리 뒷골목에 나의 유년이 있고, 북아현동과 종로 거리에 나의 젊은 날이 있다. 안국동, 신설동, 양재동, 적선동, 합정동 등등 먹고살자고 지나온 길은 또 얼마나 다채로운가. 그 세월 동안 서울은 내게 질투와 굴욕과 욕망을 가르쳤다. 타협과 쾌락과 권태를 가르쳤다. 이해와 연민과 사랑을 가르쳤다. 밥 먹여주고 잠재워주고 이따금 술을 따라주었다. 서울의 어두운 담벼락에 기대어 앉기도 했고, 떠나버린 서울의 막차에 마음을 다치기도 했다.

그런 서울의 우여곡절이 시를 쓰게 했다. 어느 날 버스를 타고 가다 돌연 이문동 골목길이 떠오르면 시를 쓰고 싶었다. 상계동이라는 말만 들어도 애증의 고교 시절이 떠올라 시를 쓰고 싶었다. 일없이 안국동에서 광장시장까지 걷다보면 시가 쓰고 싶었다. 야근을 마치고 허정거리던 적선동에서 시를 쓰고 싶었다. 여의도를 지나다보면 그가 생각나 시를 쓰고 싶었다. 어린 자식들과 사과 한 접시를 놓고 둘러앉은 공릉동의 아랫목에서 시를 쓰고 싶었다. 고궁에서 지하철에서 백화점에서 시를 쓰고 싶었다.

널리 알려진 대로 사람은 환경의 영향에서 자유로울 수 없다. 결국 사람은 자기가 보고 들은 대로 말하며 살아온 대로 행동한다. 흔히 바닷가 태생이 생선 요리를 즐겨 먹고, 산골 태생이 나물의 쓴맛을 안다. 그것이 원체험(原體驗)의 위력이다. 아울러 도시 생활자와 촌락 생활자는 사용하는 언어가 다르다. 한국어라고 똑같은 한국어가 아니다. 수준 차이 이전에 분야의 차이가 있다. 그것이 생활의 위력이다. 그러므로 나의 상상력과 문장이 서울에 진 빚을 부정할 수 없다. 어떤 측면으로든 인간은 거의 변하지 않는다.

*

오랫동안 시인들의 첫 시집을 좋아했다. 얼핏 어설픈 포즈가 보일지언정 첫 시집에서는 원양의 비린내가 났다. 맨주먹으로 정글을 어슬렁거리는 야성이 느껴졌다. 그런데 이상하게 시집을 거듭

펴낼수록 비린내와 야성이 사라져갔다. 기껏 수족관의 비린내를 풍겼고, 시인들이 마치 사파리 투어를 즐기는 여행객 같았다. 거칠지만 무엇과도 바꿔서는 안 될 패기가 보이지 않았다. 시인들은 점점 말쑥해졌고 노회했다. 별것 아닌 것을 별것처럼 포장해 진열하는 상술을 깨우쳐갔다.

나는 첫 시집을 끝으로 절필하는 것도 절개를 지키는 한 방법이라고 생각했다. 그와 같은 낭만적 편견은 지금도 크게 달라지지 않았다.

그러나 세월이 사람을 순하게 만드는지, 화해하고 용서하는 것이 나이 들어가는 변화의 순리인지. 나는 슬그머니 첫 번째 시집 이후를 긍정했다.

청춘이 지나갔다고 해서 시를 생각하지 않을 만큼 행복한 것은 아니니까. 이것도 일종의 중독이니까. 비린내와 야성 말고 또 무엇이 있을 테니까. 아직 인생은 끝나지 않았으니까. 여전히 바람이 불고 자주 안개가 내리니까.

나 역시, 번번이 시집을 펴냈다. 비난은 자유다(2023년 여름, 나는 놀랍게도 여섯 번째 시집 『나는 참 어려운 나』를 세상에 내놓았다).

*

세상의 모든 길은 길이 될 수 있다. 그러므로 길을 찾는 자는 하수다. 길이라고 떠드는 자는 바보다. 세상의 모든 말은 답이 될 수 있다. 그러므로 고수는 씽긋, 웃어주면 그만이다. 그 웃음의 의미를 찾는 것은 타인과 시간의 몫이다. "흙을 빚어 그릇을 만들지만, 그릇의 쓸모는 그 속의 빈 공간에 있다." 『도덕경』의 한 구절이다. 시인의 수고는 흙을 빚어 그릇을 만드는 것으로 그쳐야 한다. 동서고금 사리(事理)에 밝은 사람은 꿋꿋이 제 길을 걸어갈 뿐이다. ……알고 있다, 알고 있다. 하지만 말처럼 쉽지 않은 일이다.

굴레방다리에서 문학을 가르쳤던 어느 교수는 아무것도 분명히 말하지 않는 것을 일컬어 기교라고 했다. 세상의 입은 그런 작품에 주목한다고 했다. 제멋대로 떠들어도 되니까. 시치미 떼기 좋으니까. 쌈박하게 포장해 흥정할 수 있으니까. 그 교수는 절망이 기교를 낳는다는 식으로 말하지 않았다. 그 교수는 평소 자기 문학의 흥행을 위해 사교 생활을 마다하지 않는 사람이었다. 자발적 고립이나 자기모멸 따위는 아예 개나 줘버리는 성격이었다. 그러므로 나의 삶은, 절대 그 교수의 삶에 닿을 일이 없기를 바랐다. 아무리 세상 살기 힘들어도 그건 아니라는 강팍한 믿음 때문이었다. ……홀로 걸어가는 궁벽한 길에, 신의 가호가 함께하기를.

따뜻한 차 한 잔에 관한 생각

*

어떤 이의 죽음 앞에서 산 자들의 레토릭은 자주 가식적이다. 아직 살아 있는 사람들은 이미 죽음을 맞은 이에게 한없이 관대할 수 있다. "그 사람은 법 없이도 살 만큼 착했어요."라거나 "그는 유능하고 성실했으며, 어려움을 겪는 사람들을 보면 절대로 그냥 지나치지 않았어요." 같은 자의적 평가들이 그렇다. "고인은 우리 사회의 어둠을 밝히는 등불이었다."라거나 "당신은 대한민국의 영웅이었습니다." 같은 과장된 극찬은 말할 것 없다. 그런데, 그와 같은 미사여구가 죽은 이에게 무슨 의미를 가질까. 그런 헌사로 죽은 이의 삶은 얼마나 찬란해지는 것일까.

얼마 전에 젊은 시인이 죽었다. 그의 재능이 그대로 사라지는 것을 안타까워한 몇몇 문인들이 여기저기 흩어져 있던 작품을 모아 유고집을 출판했다. 그해 겨울 출판기념회가 열리자, 여러 문인들과 더불어 요절한 시인을 추모하는 독자들까지 잔뜩 몰려들었다. 젊은 시인의 삶에 비추어 예상 밖의 성황이었다. 그 자리의 열기를 바라보며 나이 지긋한 한 시인이 탄식했다. "오늘 이 많은 사람들이 모여, 네가 살았을 적 따뜻한 차 한 잔 건네는 것만도 못한 찬사를 보내는구나." 정말이지 그것은 때늦은 격려였다. 죽은 이를 향한 뒤늦은 찬사는 죽은 이에게 한 줌의 온기도 전하지 못했다. 생전의 젊은 시인은 몹시 외로웠다. 그에게는 마주앉아 따뜻한 차 한 잔 나눌 사람도 거의 없었다. 그러니 그날은 뒤늦은 소란일 뿐이었다.

*

나는 똑같은 책을 열흘도 지나지 않아 다시 산 적이 있다. 앞서 사 읽은 책의 내용이 너무 좋아 실컷 밑줄을 긋다가, 깨끗하게 보관해둘 작정으로 한 권 더 사게 된 것이다. 포르투갈 시인 페르난두 페소아가 쓴 산문집 『불안의 서』. 그 책은 시인이 틈틈이 기록한 481개의 매혹적인 단상(斷想)으로 구성되었다. 그의 글은, 글 안에 얼비치는 그의 삶은 순식간에 나를 달뜨게 했다. 47년의 생애를 살고 간 페소아는 평생 고독했고, 어떤 집단에도 마음을 정착한 적이 없었다. 그는 대학에 입학하자마자 자퇴한 뒤 도서관에 틀어박혀 홀로 공부했으며, 포르투갈어뿐만 아니라 영어와 프랑스어로도 끊임없이 글을 썼다. 하지만 세상은 그에게 주목하지 않아 생전에 출간한 책은 네 권의 시집뿐이었다. 그나마 일부는 자기가 만든 출판사에서 직접 펴내야 했다. 페소아가 심혈을 기울였던 『불안의 서』 역시 생전에 출간의 뜻을 이루지 못해 죽음을 맞고 다시 47년이 지나서야 세상의 빛을 보게 되었다.

나는 몇 날 며칠 『불안의 서』에 몰두했다. "추위는 뼛속에서 생겨나 몸을 떨게 한다.", "나는 사람들이 내 모습을 잘못 알고 있기를, 나를 알 수 없는 대상으로 여기며 예의바르고 흔연스럽게 대하기를.", "우리가 현실이라고 부르는 상상의 에피소드.", "견해는 천박하다. 심지어 진정성이 없을 때조차도 천박하다.", "모든 것은 아무것도 아닌 것들이 엉킨 혼돈." 같은 구절에서 오랫동안 눈을 떼지 못했다. 481개의 심상찮은 단상에 일일이 빠져들어 나를 자위하며 쾌락했다. 나아가 그의 시들을 찾아 읽으면서 "내게는 야망도 욕망도 없다./ 시인이 되는 건 나의 야망이 아니다./ 그건 내가 홀로 있는 방식."(「양 떼를 지키는 사람」) 같은 순결한 자백에 열렬히 반응했다. 그러면서 세상이 너무 무심해 더 고독했을 그의 삶에 심심한 위로를 전했다. 나는 아직 살아 있고 그는 이미 죽어 결코 전하지 못할 위로였겠으나, 나는 잠시 그의 앞에 앉아 따뜻한 차 한 잔을 마시는 기분이었다. 단둘이 나누는 침묵이었다.

1974년에 관한 생각

*

내가 초등학교에 입학한 해였다. 그때는 1학년 학생들이 상의 왼쪽 가슴에 한동안 하얀 손수건을 달고 다녀야 했다. 정확한 이유는 모르겠다. 그 무렵에는 코를 흘리고 다니는 아이들이 많았으니 청결을 위해 그랬을까. 그렇다고 해도 굳이 옷에다가 손수건을 달고 다닐 필요까지는 없었을 텐데 말이다. 어린아이들이 옷핀을 풀어 손수건을 사용한 다음 가지런히 접어 제자리에 다시 매달기도 불편했겠지. 아마도 그 손수건은 콧물을 닦아내는 실용성보다 신입생인 것을 알리는 상징적 용도로 쓰였을 확률이 높다. 이 아이는 갓 초등학생이 됐으니 어른들이 각별히 보살펴줘야 한다는 무언의 약속이었다고나 할까. 아무튼 나는 왼쪽 가슴에 하얀 손수건을 달고 이문동 집에서 회기동의 학교까지 꽤 먼 거리를 씩씩하게 걸어 다녔다.

내가 입학한 초등학교에 가려면 한국외대 정문 앞을 지나가야 했다. 지금 가보면 자그마한 대학인데 그때의 어린 눈에는 건물들이 무척 커 보였다. 주변에 변변한 상가가 없었으니 더 그랬겠지.

대학생들도 전부 어른처럼 보였을 테고. 그런데 이따금 어른 같은 대학생들이 정문 안에서 서로 어깨동무를 하고 큰 소리로 무슨 구호를 외쳐댔다. 그런 날에는 경찰들이 길을 막는 바람에 반대편 골목길을 빙 돌아 등교해야 했다. 하루는 대학생들이 잔뜩 모여 "하나, 둘! 하나, 둘!" 소리치면서 자기 학교 담벼락을 허물어뜨리는 광경을 먼발치에서 지켜보기도 했으니 초등학생의 눈에 세상이 마냥 놀라울 따름이었다. 경찰들이 정문 밖으로 나가는 것을 막아서니까 아예 학교 담벼락을 무너뜨리는 청춘의 눈물겨운 열망이라니. 그때의 어른들은 그와 같은 대학의 분위기가 1990년대까지 이어질 줄 꿈에도 몰랐겠지.

*

그해 8월 15일에는 종로선이라는 이름으로 서울 지하철 1호선이 개통되었다. 초등학교 1학년 아이에게 땅 밑으로 기차가 다닌다는 것은 만화 영화에서나 일어날 법한 사건이었다. 사람이 거대한 두더지도 아니고 어떻게 땅속을 막 파내 기차가 다니게 한단 말인가. 어린아이만 그 뉴스가 신기한 것이 아니었다. 청량리역에서 서울역까지 겨우 아홉 개 역일 뿐이었는데도 온 나라가 떠들썩했다. 그로부터 한동안 시골에서 노인들이 지하철 구경을 하겠다며 관광 삼아 서울로 올라오는 일까지 벌어졌다.

그런 판국에 호기심 많은 초등학교 신입생이 가만있을 수 있나. 나는 그 여름의 어느 날 가까이 사는 사촌과 함께 청량리역으로 향했다. 그리고 표를 끊어 드디어 지하철이라는 공상 과학 같은 문명에 처음 발을 들여놓았다. 아직도 내 머릿속 그날의 기억에는 지하철 안을 가득 메웠던 아저씨, 아줌마들과 적삼 차림 노인들이 환하게 웃고 있다. 그 어른들도 나처럼 일없이 지하철을 탔겠지. 선풍기조차 없는 후끈한 지하철에서도 짜증이 나기는커녕 모든 것이 신기했겠지. 창밖의 캄캄한 풍경이, 버스에 비해 흔들리지 않는 편안함이, 무엇보다 쏜살같이 내달리는 날랜 속도가 놀랍고 또 놀라웠겠지.

나는 그때의 지하철만 떠올려도 인간의 변덕이 얼마나 심한지 새삼 깨닫는다. 이제는 땅 밑으로만 다니는 지하철이 지겨워 일부러 버스를 타기도 하니까. 별것 아닌 흔들림에, 더 빠르지 못한 속도에, 나와 상관없는 잦은 정차에 시큰둥한 표정으로 핸드폰만 내려다보니까. 인간은 무릇 변덕 때문에 소중한 것을 잃는다. 어제 신비롭던 물건이 오늘은 시시하고, 어제 사랑했던 사람이 오늘은 성가시고, 어제 뜨거웠던 무엇이 오늘은 싸늘하다. 그렇게 인간은 소중한 것을 잃고 나서야 뒤늦은 후회에 빠지지 않나. 오래전에 나를 빠져나간 설렘이 그리울 때가 있다. 가끔은 지나가버린 불편을 추억으로 재생하기도 한다. 또 다른 변덕이 옛날의 통증을 잊고 잠시 말랑한 감상을 꺼내 들기도 한다.

*

어릴 적 살았던 이문동 골목길을 수십 년 만에 찾아가봤다. 서울의 여느 옛 동네들이 그렇듯 대부분 다세대 주택으로 바뀌었고 한쪽에 아파트까지 들어섰지만, 한참 발품 팔아 유적 같은 기억 속의 그 집을 용케 발견했다. 아니, 어쩌면 어릴 적 내가 살았던 그 집이 아닐 수도 있겠으나 작은 창이며 가겟방이며 대문 너머 더께 앉은 마당이 수십 년 전 필름을 섬광처럼 풀어냈다. 그때 나는 저 담벼락 밑에서 구슬치기며 딱지치기를 하지 않았던가. 아침 일찍부터 녹슨 세발자전거를 타고 다니며 어른들의 단잠을 깨우지 않았던가. 어스름이면 젊은 나의 엄마가 대문 앞에 나와 그만 놀고 들어오라며 손짓하지 않았던가.

어릴 적 내가 살았던 집의 대문 문지방 주변에는 아직도 타일이 발라져 있었다. 그때는 그랬던 것 같다. 그게 유행이었는지, 부엌에도 변소에도 수돗가에도 작은 사각형 타일을 잇대어 붙인 집이 흔했다. 그 타일은 곳곳이 닳고 깨지면서 오랜 세월 대문 문지방을 넘나들던 무수한 사연들을 지켜봤겠지. 대문 옆에는 집주인의 문패가 붙어 있었고 마당 한쪽에서는 발바리가 컹컹 짖어댔지, 아마. 대문 밖에 나무 궤짝을 두어 상추며 쪽파며 푸성귀를 심어 먹었고, 겨울이면 다 타버린 하얀 연탄재를 쌓아놓았더랬지. 이 집 저 집 대문을 열고 살아도 이상할 것 없는 시절이었다. 대문 하나에도 셋집이 여럿이니 그게 편했을 테고, 인심도 요즘만큼 팍팍하지는 않았겠지. 별안간 사나운 발바리가 뛰쳐나와 길 가는 어린아이의 종아리를 깨물면, 그 개의 털을 한 움큼 뽑아 불로 그슬린 다음 상처에 붙여야 빨리 낫는다고 믿던 옛날이었다.

너무 회고적이지 않나 스스로 우려했으나, 다시 돌아가지 못할 세월이 거기에 있었다. 나의 옛날이, 아득했다.

열여섯 살에 관한 생각

*

1982년 미국 라스베이거스에서 WBA 라이트급 타이틀전이 열렸다. 레이 맨시니가 챔피언이었고, 한국에서 온 도전자는 김득구였다. 중학생이었던 나는 텔레비전 중계방송을 지켜보았다. 전문가들의 예상과 달리 도전자는 잘 싸웠다. 그러나 챔피언의 강펀치가 누적되더니, 14라운드가 시작되면서 턱을 맞고 쓰러졌다. 도전자는 다시 일어나지 못한 채 목숨을 잃었다. 김득구의 죽음은 다른 참극으로 이어졌다. 그의 어머니와 그 경기의 주심이 몇 달 만에 잇달아 자살하고 말았다. 맨시니도 죄책감에 권투를 그만둔 뒤 여러 번 자살을 시도했다. 권투계에서는 몇 가지 변화를 결단했다. 우선 15라운드 시합을 12라운드로 줄였다. 라운드 사이의 휴식 시간도 늘렸고, 스탠딩다운 제도를 도입했다. 당시 미국에서 이루어진 김득구의 대수술과 뇌사 소식이 뉴스로 전해졌다. 많은 국민이 울었고, 어린 나도 슬펐다.

나는 지금도 가끔 비장했던 그의 근육이, 반드시 챔피언이 되어 가난을 벗으려던 그의 뜨거운 눈빛이 생각난다. 그는 목숨 걸고 싸운다는 말을 실천했다.

*

이몽룡과 성춘향이 만나 사랑을 나눈 나이가 이팔청춘 열여섯 살(지난날의 한국식 나이)이었다. 아마 18~19세기 일이었을 텐데, 20세기 후반을 살아가던 그 나이의 나는 단지 중학교 3학년일 뿐이었다. 옛날에 비해 평균 수명이 훨씬 늘어났으나 어른 구실을 하는 나이는 점점 늦춰져온 것이 아닌지. 21세기인 지금은 보통 이십대 중후반까지 학교에 다니고 서른 살이 성큼 지나서야 가정을 꾸리니, 인생의 3분의 1 넘게 어른을 준비하는 시간으로 보내는 것과 다름없다. 삶의 겉모습만으로 진짜 어른이 되는 것은 아니지만.

나는 열여섯 살 때 고등학교 입학을 위한 연합고사 시험일을 기다리면서 친구들과 틈틈이 공놀이나 하던 철부지였다. 그 무렵부터 슬슬 학교 담장 너머로 눈길을 주었으나, 그렇다고 어떤 파격을 좇을 만큼 심지가 여물지는 못했다. 집에서나 학교에서나 여전히 어린아이였고, 마음 깊은 곳에서만 몰래 일탈의 꿈을 키우던 순진한 시기였다. 나는 그저 홀로 허공을 바라보거나 그때의 상념을 아포리즘에 불과한 글귀로 공책에 내려 적을 따름이었다. 교지(校誌)에 짧은 소설 한 편을 써내 채택되기도 했지만, 훗날 내가 시인이니 작가니 불리게 될 줄은 짐작도 하지 못했다. 그때의 나는 시인이나 작가가 되기 위해 글을 쓴 것이 아니니까. 나는 오직 열여섯 살만큼의 결핍과 혼란에 대한 해답을 스스로 활자 속에서 찾기 시작했을 뿐이다. 누구도 내게 권유하지 않았고 아무도 눈치채지 못했던 은밀한 변화였다.

1982년 12월에 치러진 연합고사는 체력장 점수 20점을 포함해 200점 만점의 시험이었다. 나와 같은 나이대의 중학교 3학년 아이들이 거의 모두 그 시험을 통해 고등학교에 진학했다. 세상에 태어나고 10여 년 만에 겪은 또 하나의 통과의례였다. 그것은 이전과 다른 본격적인 경쟁의 서막이었다. 나는 연합고사의 커트라인을 무난히 넘기고 나서 상계동에 있는 인문계 고등학교에 배정되었다. 당시만 해도 상계동은 숱한 도시 빈민이 모여드는 가난한 동네였다. 행정 구역상으로는 틀림없이 서울이었으나 주변에는 한 줌밖에 안 되는 낡은 집들이 보였고, 큰길 양쪽으로는 흙먼지 날리는 벽돌 공장이 줄지어 있었다. 나는 그곳에서 이몽룡과 성춘향의 로맨스는 꿈도 꾸지 못한 채 어른으로 가는 징검다리를 건넜다. 이따금 거센 물살에 휘청대기는 했어도 영 주저앉지는 않아 다행인 날들이었다.

고등학교 시절에 관한 생각

*

내가 다녔던 고등학교는 한 학년의 전체 인원이 700명 안팎이었다. 그 아이들을 대략 70명씩 문과 다섯 개 반과 이과 다섯 개 반으로 나누었다. 그리고 문과와 이과 모두 제2외국어로 독일어를 선택한 두 개 반과 일본어를 선택한 세 개 반으로 구분했다.

문과와 이과는 물론이고 제2외국어도 학생들 개개인의 선택을 따르는 것이 원칙이었다. 하지만 편차가 심하면 학교에서 임의로 연합고사 성적에 따라 일부 아이들을 재편성했다. 나의 경우도 처음에 문과 일본어반을 원했는데 문과 독일어반으로 바뀌게 되었다. 그와 같이 타의에서 비롯된 운명은 한 사람의 삶에 생각보다 큰 변화를 가져오지 않나. 많은 사람이 그렇듯 나 역시 고등학교 때 같은 반이었던 몇몇 친구들과 내내 만나 왔으므로, 만약 내가 일본어반으로 갔으면 친구들의 면면이 달라졌을 것이다. 지금의 친구들에게도 나는 별 인연 없는 남이었을 테고.

학교에서는 문과 독일어반을 매 학년 앞 반에 배치했다. 따라서 나는 졸업 때까지 항상 1반 아니면 2반이었다. 그러니까 140명 정도의 아이들이 매년 이래저래 섞여 대부분 같은 반 친구처럼 지냈던 것이다. 그중에는 3년 동안 한 번도 같은 학급이 아니었던 탓에 서먹한 아이들도 있었지만, 그렇더라도 문과 독일어반이라는 동질감을 갖기에는 충분했다. 한 시절 같은 학교에서 '아, 베, 체, 데'를 따라 읽은 것이 특별할 것도 없는데 아이들은 그만한 인연에도 각별한 소속감을 느꼈다.

스스로 만들었거나 우연히 소속됐거나, 인간에게는 어떤 범주(category) 안에서 안도감을 갖는 본능이 있다. 어쩌면 인간에게 개인은 위태롭고 집단은 안전하다는 무의식이 있지 않을까. 숱한 사람들이 친구와 이웃과 동료를 사귀는 데 그토록 열중하는 것을 보면 괜한 억측은 아닐 것이다. 그런데 인간의 그와 같은 본능에는 관계를 맺는다는 긍정적 요소가 있는 반면에, 자기 울타리 밖의 것과 갈등하는 부정적인 면도 깃들게 마련이다. 나아가 어느 울타리에도 들어가 있지 않은 개인을 만만히 보아 폭력적 언행을 서슴지 않는 악행을 저지르기도 한다. 무리에 속하지 않는 개인은 함부로 짓밟아도 저항할 힘이 없다고 여기니까. 단지 같은 동아리, 같은 학교, 같은 고향뿐만 아니라 종교와 이념과 국가도 그렇지 않나. 학교에서 이루어지는 사회화 과정은 '우리'와 '너희'의 구별을 배우는 시간이기도 했다.

아직도 기억에 선명한 고등학교 3학년 시절, 나는 '3-2'라는 팻말이 달린 교실에서 하루 중 대부분의 시간을 보냈다. 매일 도시락을 두 개씩 싸 갖고 다니며 밤 10시까지 야간 자율 학습에 참여해야 했기 때문이다. 지금도 별로 다를 것 없지만, 세상에는 자율의 허울로 포장한 강제와 억압이 적지 않았다. 그 시절에도 몇몇 훌륭한 선생님이 있었으나 목소리를 낼 수 없었고, 각자도생이라는 삶의 철칙은 오늘날 못지않게 뿌리가 깊었다. 엄혹한 시대에 학교라고 예외일 수는 없는 법. 몇몇 선생님을 제외한 상당수 교사는 툭하면 몽둥이를 휘둘렀고 자기 분에 못 이겨 주먹을 날리기까지 했다. 남학교라서 더 그랬는지 몰라도, 청소 도구로 교실에 두었던 대걸레 자루가 부러져나가고 아이들의 뺨이 벌겋게 부어올라도 누구 하나 문제 삼는 어른이 없었다. 그때는 교사에게 맞은 일을 부모에게 알리기도 어려웠다. 가방끈 짧은 부모에게 학교는 신성불가침의 영역이나 다름없었으니까. 그것을 잘 아는 일부 악질 교사는 자기의 신경질을 아무 고민 없이 아이들에게 배설해버렸다. 하루에도 수십 명의 아이들을 구타하거나 전근대적 군대식 기합으로 무참히 통제했던 것이다. 언제나 국가와 민족을 앞세우는 정치권력과 성공과 발전만을 이야기하는 사회 분위기 속에 아이들을 걱정하는 눈길은 찾아볼 수 없었다.

정말로, 나는 요즘 한 세대 만에 크게 달라진 대한민국의 모습이 놀라울 때가 있다. 어떤 변화는 기적같이 느껴지기도 한다. 지금도 진심 담아 선생님이라고 부를 만한 인격이 흔하지는 않은 듯하나, 적어도 아이들을 샌드백으로 대하지는 않으니까. 그랬다가는 21세기 우리의 법질서가 가만있지 않을 테니까. 그뿐인가. 아이들은 이제 식어빠진 차가운 양은 도시락을 들고 다니는 대신 학교에서 준비한 따뜻한 급식을 먹게 되었다. 당연히 부모가 낸 세금으로 주는 것이기는 하지만 따로 밥값을 내지도 않는다. 옛날에 엄마들이 여러 자녀의 도시락을 날마다 대여섯 개씩 싸느라 고생했던 것을 떠올리면 그 변화가 감격스러울 정도다. 또한 자율 아닌 자율학습에 대한 강제도 부쩍 완화되어 개인의 학습 방식을 존중하는 쪽으로 달라지고 있다. 경제적 형편을 이유로 학업을 포기하지 않게 교육의 공공성도 대폭 확대되었다. 불과 한 세대 전만 해도 아이들의 건강과 미래를 그처럼 세심히 신경 쓰는 일은 없었다. 나아가 학생이 학교 운영에까지 참여한다는 발상은 가당치도 않았다.

그럼에도 나는 한편으로 오늘날의 변화에서 여전히 변하지 않은 것을 발견할 때가 있다. 이를테면 아이들에게 가해진 신체적 폭력은 사라졌으나 정신적 폭력은 더욱 정교해진 것을 목격하는 것이다. 얼핏 사회가 무척 다원화된 듯한데, 자세히 살펴보면 오히려 옛날보다 평균치의 삶에 대한 집착은 더 심해졌다. 남들이 사는 안락한 주거 환경, 남들이 이용하는 편리한 생활용품, 남들이 누리는 일상의 여유까지 자기도 다 가져야 패배 의식에 사로잡히지 않는다. 가정과 학교에서 그런 평균치의 실리만을 강조하니 아이들의 스트레스가 심각할 수밖에 없다. 삶의 가치도 획일화될 수밖에 없다. 그런 것이 정신적 폭력이 아니고 뭔가. 좋은 대학에 가고 안정적인 직업을 얻어야 하는 이유가 결국 '누구 못지않게 사는 것'일 뿐이다.

더불어 나는 우리 사회의 작동 원리 역시 본질적으로 달라진 것이 없다고 회의한다. 예를 들어 국가와 민족을 앞세우는 정치권력은 사라졌으나, 국가와 민족 대신 공동체를 내세우는 정치권력이 등장했다고 보는 것이다. 모든 정치권력의 본색은 개인보다 집단을 우선시하는 탓에 공동체라는 아름다운 관념마저 자신들의 지향을 실현하기 위해 손쉽게 더럽히고 만다. 한때의 정치권력이 국가와 민족을 위해 개인의 자유를 희생시켰다면, 이제는 공동체를 생각해 개인의 자기결정권마저 보류해달라고 은근슬쩍 압박하는 식이다. 거기에 덧붙여 과거보다 훨씬 비대해진 경제 만능 논리와 미디어의 선동은 개인의 삶을 더욱 각박하게 만들고 있다.

끊임없이 나를 남과 비교하게 하고, 우리 편과 우리의 적을 서슴없이 갈라 분란을 일으키는 것이다. 그래야 정치권력에 뒤처지지 않게 경제 주체와 미디어 리더가 이익을 얻게 되니까. 자신들의 영향력을 계속 유지하고 키워갈 수 있으니까. 그런 까닭에 나는 아직도 오래전 3학년 2반의 남루한 교실에서 하루하루를 살고 있는 것 같은 착각에 빠지고는 한다. 내가 고등학교에 다녔던 1980년대는 말할 것 없고, 어쩌면 『우리들의 일그러진 영웅』에서 엄석대가 왕 노릇을 하던 시골 초등학교의 모습이 우리 사회의 변함없는 본색이 아닐까 의심하는 것이다.

*

어느 날 낯선 번호로 전화가 왔다. 고등학교 동창이었다. 졸업하고 나서 한 번도 연락하지 않던 사이라, 나는 처음에 목소리만 듣고는 그가 누군지 전혀 알아채지 못했다. 그쪽에서 먼저 내 이름을 확인한 뒤 자기 이름을 밝히고 나서야 비로소 나의 기억 회로가 고등학교 시절을 호출했다. 아, 너구나. 우리 3학년 2반이었잖아. 그래, 문과 독일어반. 정말 오랜만이다. 어떻게 지내. 뭐, 그냥 그렇지. 그렇게 몇 마디 대화가 오가고 나서 그가 어림잡아 30년 만에 뜬금없이 전화한 이유를 꺼냈다. 네이버에 밴드를 만들어놓았으니 너도 들어와 동창끼리 소식이나 주고받으며 지내자는 이야기였다. 내 전화번호는 이미 밴드에 가입한 다른 친구를 통해 알았다는 말도 덧붙였다.

나는 전화를 끊고 나서 망설였다. 원체 이런저런 모임을 멀리하며 행동반경 좁게 살아온 터라 동창의 갑작스런 제안에 조금 어색한 기분이 들었다. 오래전 인연을 되새겨 반갑기는 했으나, 무미건조해서 평화로운 내 일상의 리듬에 예상치 않았던 진동이 일었기 때문이다. 나는 때로 극단적인 낯가림을 하는 성격이라 편치 않은 환경에서 신경이 곤두서는 것을 불편하게 여겨왔다. 그 바람에 지금껏 미욱한 삶을 살아오고 있지만, 생활의 방식을 바꾸는 일은 간단치 않았다. 분명 내 인생이지만 내 맘대로 제어되지 않는 것이 인생 아닌가. 어느 면에서는, 수십 년째 그렇게 살다보니 나를 세상에 어울리게 하기보다 나한테 세상을 짜맞춰도 어쩔 수 없지 않나 하는 만용이 들썩이기도 했다.

그런데 평소와 달리 나는 고민 끝에 동창의 권유를 따르기로 했다. 누가 보면 그런 일에 왜 머뭇댈까 싶겠지만, 원래 인간의 고민이란 것이 지극히 사적이면서 내밀하지 않나. 곧 그가 초대한 링크에 연결해보니, 과연 30여 년 전 상계동에서 함께 공부하고 뛰놀았던 아이들이 60명 남짓 모여 있었다. 저마다의 프로필 사진에는 열아홉 살의 얼굴에 덧칠된 세월이 보였다. 나는 그 아이들이 밴드에 남겨놓은 글과 서로 주고받은 인사를 되짚어 읽으며 순식간에 타임머신을 탔다. 거의 잊고 살았던 감정인데, 다른 사람들과 격의 없이 즐기며 잠시나마 유쾌하게 생동하고 싶다는 기대가 꿈틀대기도 했다. 그 시절의 나 역시 사교성이 영 형편없었지만, 그래도 몇몇 이름에는 코끝이 찡했다. 나는 그때까지 겨우 두세 명의 고등학교 친구들하고만 연락해왔으므로 오랫동안 잊고 지냈다가 새삼 추억을 되새기게 된 얼굴이 여럿이었다. 문득 심장이 열아홉 살처럼 두근거렸다.

왜일까. 내 성격에 만약 초등학교나 중학교 동창이었다면 전화를 끊자마자 없던 일로 넘겼을지 모르겠다. 그때의 필름은 워낙 낡아 누가 누군지, 뭐가 무엇인지 잘 분별할 수 없으니까. 실은 고등학생에 비해 몇 살밖에 적지 않아도 초등학생이나 중학생이라면 어린아이에 불과했으니까. 그랬다. 고등학생 때는 아이도 아니고 어른도 아닌 미묘한 시기였다. 몸은 어지간히 익었는데 정신은 풋내가 가시지 않은 미완성의 열매였다. 식물인가 하면 동물 같고 동물인가 하면 식물 같은 계통 불명의 생명체였다. 스스로 질풍노도이면서 바람 앞의 촛불 같기도 한 동전의 양면이었다. 어른처럼 졸렬했으나 아직 아이같이 순수했고, 어른처럼 욕망했으나 아직 아이같이 소박했던 야누스의 자손이었다. 그래서 지나고 보면 여느 학창 시절보다 그때의 새파란 날들이 각별하게 떠오르는 것 같았다.

밴드의 새 멤버가 된 나에게 금세 환영 메시지가 업로드되었다. 너, 뭐 하고 사니. 결혼은. 애들은. 우리 언제 한번 보자. 그중에는 어디서 들었는지 너, 시인이라며 하고 묻는 동창도 있었다. 이래서 사람들이 관계에 집착하는구나, 나는 잠깐 나의 오래된 생활방식이 못마땅했다.

그해 12월, 고등학교 동창 중 하나가 운영하는 식당에서 드디어 오프라인 모임이 열렸다. 문과 독일어반 반창회이자 망년회였다. 나중에 알고 보니 이전에도 몇 차례 그런 모임이 있었지만 나는 졸업 후 처음 그 자리에 참석했다. 서로 반갑게 악수하며 서로의 안부를 물었다. 몇몇은 명함을 주고받았고, 몇몇은 주는 명함을 받기만 했다. 나는 명함을 받을 적마다 가만히 웃음을 건넸다. 너는 하나도 안 변했네. 한 아이가 내게 말했다. 그럴 리가 있나. 내가 미소 지으며 대꾸했다. 너는 학교 다닐 때 있는 듯 없는 듯 늘 조용했잖아. 또 누군가 내게 이야기했다. 나는 다시 미소 지으며 말없이 고개를 끄덕였다. 그날은 술이 달았다. 꽤 마셨는데 마신 만큼 취하지는 않는 듯했다. 무릇 인간의 몸이 분위기를 타면 제

깜냥 이상의 능력치를 발휘하는 법. 밤이 깊도록 옛날의 아이들이 어른으로 돌아오지 않았다.

이튿날, 나는 당연히 찾아오고야 만 숙취에 시달리며 주머니 속 동창들의 명함을 정리했다. 거기에는 자그마한 무역 회사 사장도 있고, 대기업 부장도 있고, 은행 지점장도 있었다. 회계사도 있고, 엔터테인먼트 회사 이사도 있고, 자기 점포를 여러 개 가진 자영업자도 있었다. 다들 나이에 어울리게 잘 먹고 잘 사는 중이었다. 그날 참석하지 않은 아이들 가운데는 목사도 있고, 승려도 있었다. 한 시절 가난하기 짝이 없던 상계동 바닥에서 서로 지지고 볶던 아이들이 제 나름의 몫을 차고 앉아 꿋꿋이 삶을 이어가고 있었다. 나는 방바닥에 팔베개를 하고 누워 그 자리에 참석하지 않았던 아이들과 차마 참석하지 못했을 아이들을 떠올려보았다. 문과 독일어반 140여 명 중에서 밴드에 가입한 동창은 절반이 되지 않았다. 아마도 밴드 밖의 동창들은 명함이 없거나, 아주 작은 회사 직원이거나, 만날 파리만 날리는 구멍가게 주인인지 모른다. 어쩌면 신용 불량자거나, 양아치거나, 재기 불능의 낙오자인지도 모른다. 단 하나 분명한 것은 그들도 어디에선가 제 몫의 삶을 처연히 살아가고 있으리라는 명백한 사실뿐이었다. 내가 지리멸렬한 시인의 길에 서 있는 것처럼. 그날은 하루 종일 옛날이 떠올랐다.

1988년에 관한 생각

서울올림픽이 열리는 해였다. 정부에서는 올림픽 개최가 대한민국을 선진국 대열로 끌어올리는 기회가 될 것이라며 국민을 독려했다. 국제적으로도 이념 대립 탓에 반쪽 대회로 전락했던 1980년 모스크바올림픽, 1984년 LA올림픽과 달리 서울올림픽에는 IOC 회원국 대부분이 참가해 냉전 종식의 의미가 컸다. 서울올림픽은 당시 군사 정부의 정통성 확보에 이용된 면도 있으나, 그 후 실제로 대한민국은 사회 전 분야가 빠르게 발전했다.

그런데 내게는 서울올림픽과 관련해 또 하나의 추억이 있다. 1984년 9월에 있었던 서울올림픽주경기장 개장식에 참여했기 때문이다. 나는 그때 고등학교 2학년이었는데, 내가 다니던 학교가 고싸움 행사에 동원되었다. 그 밖에도 여러 행사를 학생들이 떠맡았지만 참여 학교들 중 인문계 고등학교는 우리가 유일했다. 그 무렵에도 인문계 고등학교는 대학 진학이라는 목적이 있어 국가 행사라고는 해도 웬만해서 학생들을 참여시키기 쉽지 않았다. 실업계 고등학교 역시 취업 준비에 바빴겠으나 국가 행사 앞에서 그런 사정이 통하지 않던 시절이었다. 소문에, 강남의 한 인문계 고등학교도 행사 참여를 지시받았지만 학부모들의 반발이 너무 심해 취소했다는 말이 들렸다. 그래서 학부모들이 만날 먹고사느라 정신없고 학교 일이라면 껌뻑 죽는 상계동의 우리 학교로 바뀌었다는 풍문이었다.

고싸움 연습은 여름 내내 계속됐다. 처음에는 주로 자율학습 시간에 학생들을 불러 모으더니 개장 행사가 임박해서는 수업까지 빼먹기 일쑤였다. 종일 내리쬐는 땡볕 아래 아이들은 반복된 동작으로 연신 땀을 뺐다. 도시락을 싸 갖고 다니던 때니 아이들에게 식사는 고사하고 구멍가게에서 파는 빵과 우유 한 팩이 간식으로 지급될 뿐이었다. 나중에는 먼저 개장한 잠실야구장에서 실전 연습을 하느라 상계동에서 강남까지 몇 번이나 관광버스를 타고 줄지어 이동해야 했다. 학교 밖으로 나가는 것이 내심 신나기도 했으나 시간이 흐를수록 아이들은 지쳐 말문을 닫았다.

돌이켜보면 어처구니없는 일이었다. 어디 그때뿐이었나. 사회 곳곳에 뿌리내린 정체불명의 권력은 툭하면 학생들을 집합시켜 길가에서 태극기를 흔들게 했고, 변두리 아이들을 여의도까지 데려가 궐기 대회를 열었다. 누구 하나 당차게 나서서 시시비비를 따지지 못했으니 수상했던 시절 탓을 할밖에. 아무튼 서울올림픽주경기장 개장 행사는 성대하게 마무리되었고, 아이들은 아무 일 없었던 듯 학교로 돌아와 책상 앞에 앉았다. 나는 지금도 그때를 추억하면 아이들이 커다란 고를 메고 내달릴 적마다 운동장에 피어오르던 뽀얀 흙먼지가 떠오른다. 서울올림픽의 역사에는 땀 젖은 얼굴에 누렇게 흙먼지 내려앉은 그때의 순박했던 아이들도 있다.

지능 지수에 관한 생각

고등학교 때 IQ 검사를 했다. 전교생 700여 명 가운데 IQ 150 넘는 애들이 세 명이나 나왔다. 가까운 친구도 그중 하나였다. 그런데 나는 평소 그 친구에게서 어떠한 천재적 면모도 발견하지 못했다. 친구의 중학교 성적이 뛰어나기는 했지만 역시 천재 소리를 들을 정도는 아니었다. 아이들 사이에는 IQ 검사에 수학적 사고력이 제일 중요하다는 후일담이 돌았는데, 그 친구가 수학에 관한 이해력이 제법 좋기는 했다. 그에 비해 국어와 영어 같은 과목에는 영 흥미가 없었다. 그때의 입시 제도는 전 과목 성적이 두루 우수해야 상위권 대학에 갈 수 있었기에, 수학에만 빼어난 재능을 가졌던 친구는 결국 썩 만족할 만한 대학에 진학하지 못했다.

나는 당시 IQ 검사 결과에 거품이 좀 있다고 생각했다. 내 머리로 정규분포니 표준편차니 일일이 따지기는 쉽지 않지만 700여 명 가운데 세 명이나 IQ 150 이상으로 평가받은 것은 예상 밖이었다. 그 정도 지능 지수면 흔히 천재에 가깝다고 하지 않나. 나는 대부분 도시 빈민 가정의 아이들이 다니던 학교에, 내 주위에, 그처럼 남다른 인재가 여럿 있다는 것이 선뜻 믿어지지 않았다. 또한 지능 지수가 후천적 교육에 큰 영향을 받는다는 학설을 감안하면 조기 교육은 엄두도 내지 못한 그 동네 아이들이 IQ 검사에서 높은 결과지를 받아들기 어렵다고 판단했다. 그리고 결정적으로 내 IQ가 132가 나온 것을 보고는 고개를 갸우뚱할 수밖에 없었다. 150에 비할 바는 아니지만 그만 해도 꽤 높은 수치였으니까. 반면에 IQ가 100 이하인 아이들도 적지 않았다. 그 사실은 몇몇 아이들의 유쾌한 자백과, 집단 IQ 검사는 평가 그래프가 대칭을 이루는 상대적 수치라는 담임선생님의 설명으로 짐작할 수 있었다. 즉 이론적으로 전체 아이들 중 IQ 100 이하가 대략 절반쯤 된다는 이야기였다.

나는 학창 시절을 보내면서 "쟤는 머리는 좋은데 공부를 안 해." 같은 말을 들은 적이 없다. 한때는 나름 책임감을 가져 관성으로 열심히 시험공부를 했고, 나중에 학교 공부보다 학교 밖 공부에 열중할 때는 그냥 내 역량만큼 조용히 허우적거렸다. 그러므로 내가 믿거나 말거나, 남들보다 넘치거나 부족하거나 그날 이후 IQ 132의 결과지는 나의 삶에 아무런 제재(題材)가 되지 못했다. 더구나 인생에는 그깟 지능 지수로 해결할 수 없는 난제가 수두룩하지 않나. IQ 150인 친구가 그저 그런 대학, 그것도 오직 성적 때문에 야간 학부에 진학한 것처럼 고등학교 시절 IQ 검사에서 높은 결과지를 받았던 대다수 아이들이 평범한 삶을 살아가는 것으로 알고 있다. 그러니 나같이 애매모호한 인간이 좌충우돌하다 이름조차 낯선 대학에 가 허정대는 시인이 된 것은 이야깃거리도 아니겠지. 대학을 들먹이지 않더라도, 진짜 천재가 아닌 한 IQ가 개인의 삶에 절대적인 영향을 끼친 사례를 나는 보지 못했다. 오히려 오랫동안 성실하게, 뜨겁게 집념을 불태운 이들이 나보다 저만치 앞에 서 있지 않나. 나보다 선량하고 나보다 용기 있는 이들이 나보다 삶의 긍지를 느끼며 살아가고 있지 않나.

내 생각에, 설령 지능 지수와 재능을 연관 짓는다 해도 더 눈여겨봐야 할 점은 IQ 수치 자체보다 그것의 세부 항목별 평가다. 현재 세계에서 가장 많이 쓰이는 지능 검사는 언어 이해, 지각 추론, 작업 기억, 처리 속도를 본다고 한다. 그러므로 만약 작가가 되고 싶은 사람이라면 전체적인 IQ보다 언어 이해 항목의 평가가 중요하지 않겠느냐는 말이다. 음악가를 희망한다면, 어쩌면 네 개 항목 모두 그다지 중요하지 않다고도 이야기할 수 있다. 음악가의 재능은 언어와 수리 능력 중심의 기존 IQ 검사로 판별하는 것이 불가능할 테니까. 따라서 IQ 검사에 구태여 어떤 의미를 부여한다면, 나는 IQ 132의 결과지가 어느 한쪽으로 편중되어 있기를 바란다. 어차피 글밥을 먹으며 살고 있으니 이왕이면 언어 이해가 탁월하기를 바란다는 뜻이다. 그러면 나보다 지능 지수 높은 사람들보다 글만큼은 더 잘 쓸 가능성이 생길 테니까. 과거와 달리 지금은 두루 고만고만한 대신 뭐 하나라도 특출나야 주목받는 시대다. 특정 분야의 재능이란 면에서는 IQ 150보다 IQ 100이 더 우수할 수 있다.

나의 아들딸에 관한 생각

*

1997년 8월 10일. 내가 '아버지'가 된 날이다. 생물학적으로 그랬고, 사회적으로도 그랬다. 내가 생각하는 아버지는 관계만으로 정의되지 않지만, 어쨌거나 나는 한 아이의 아버지로 불리기 시작했다. 그날 이후 나는 보호의 객체에서 보호의 주체가 되었고, 유일(唯一)한 존재에서 유이(唯二)한 존재로 확장되었다. 순전히 나의 의지로 세상에 태어난 생명이기에 나에게 무한 책임이 있다고 다짐했다. 나는 아이에게 '부모의 은혜'를 가르치는 대신 '자식의 축복'을 이야기해주고 싶었다. 부모의 본능적 애정이나 효도의 당위 따위를 말하기보다 이해 깊고 따뜻한 '사랑'의 가치를 느끼게 하고 싶었다. 굳이 따진다면, 자식이 부모에게 받는 것보다 부모가 자식에게 받는 것이 훨씬 더 컸다. 어미는 새끼의 오물과 상처를 핥아주지만 새끼는 어미의 영혼을 핥아주니까. 그래서 해마다 8월 10일이 되면 온 정성을 다해 아이의 생일을 축하해주리라 마음먹었다. 너의 생일, 고마워!

*

"얼음과 눈으로 벽을 짜 올린/ 여기는/ 지상./ 연민한 삶의 길이여./ 내 신발은 십구 문 반.// 아랫목에 모인/ 아홉 마리의 강아지야,/ 강아지 같은 것들아./ 굴욕과 굶주림과 치욕의 길을 걸어/ 내가 왔다./ 아버지가 왔다./ 아니 십구 문 반의 신발이 왔다./ 아니 지상에는/ 아버지라는 어설픈 것이/ 존재한다./ 미소하는/ 내 얼굴을 보아라."

박목월 시 「가정」의 일부분이다. '문'은 옛날에 길이를 나타내던 단위로 1문은 대략 2.4센티미터 정도다. 그러니 십구 문 반이라면 무려 45센티미터에 달하는 길이. 그것이 실제 발의 크기일 리는 없고, 가장이 짊어진 충만한 책임감의 크기일 것이다.

살아보니 이 시를 알겠다. 허술한 가장이 되어 발바닥에 굳은살이 배겨보니 이 시의 행간에 마음이 척 휘감긴다. 아버지들의 발은 왜 점점 못생겨지는지. 그 발이 실은 어떤 아름다움을 품고 있는지. 그리고 연민한 삶에 강아지 같은 자식들로부터 얼마나 큰 위안을 얻는지. 어설픈 내가 어떻게 미소하며 살아갈 수 있는지.

*

한 중년 남자가 이런 질문을 받았다. "당신은 무슨 일을 하시

나요?" 그가 대답했다. "한 여자의 남편이며 두 아이의 아버지입니다." 질문한 사람이 어리둥절해하면서 다시 물었다. "제 말을 잘못 알아들으셨군요. 어떤 일을 해서 생계를 꾸리시느냐고 물은 겁니다. 직업 말이에요." 하지만 그는 질문을 잘못 알아들은 것이 아니었다. 남자는 여전히 밝은 미소를 지으며 이렇게 다시 대답했다. "제가 가장 공들여 하는 일은 한 여자의 남편이자 두 아이의 아버지 역할입니다. 다만 각종 공과금 청구서를 해결하기 위해 음식점을 운영하고 있지요."

이것은 미국에서 발행된 작은 월간지에 실린 사연이다. 이 이야기에서 '한 여자의 남편이자 두 아이의 아버지 역할'이란 대체 무엇일까. 두말할 필요 없이, 가족을 성심껏 사랑하는 것이겠지.

*

2001년 9월 27일. 내가 딸을 낳았다. 뱃속의 아이를 열 달이나 키운 것은 전적으로 아내의 수고였지만, 나 역시 산고를 마친 어미처럼 기쁨과 안도가 밀려왔다. 솜털뭉치 같은 한 줌의 영혼에 나의 숨결이 들어 있구나, 요 어린 것이 다름 아닌 나의 심장이구나. 저녁 하늘에서는 잘 익은 과일 향기가 났다. 가을 공기가 나를 맑게 헹구었다.

딸아이는 출산 예정일을 열흘이나 넘겨 세상에 나왔다. 어미의 뱃속이 어느 곳보다 따뜻하다는 걸 알았을까. 엄마가 분만 촉진제를 맞고 나서야 자궁 밖으로 나온 아이는 세상의 빛 없이도 몸이 훌쩍 자라 있었다. 그러니 굳이 서두르지 않았겠지. 한 번 떠나면 영영 되돌아갈 수 없는 어미의 뱃속에서 늘어지게 단꿈을 꾸었겠지.

*

딸은 아들과 달랐고, 남자와 달랐으며, 여자와도 달랐다. 딸아이는 일찍이 마주한 적 없는 단 하나의 생명이었다. 나의 딸은 걸음마를 떼면서부터 부모 손을 잡고 걷는 것을 좋아했다. 그래서 인간의 손이 두 개인 걸까. 한쪽으로는 엄마의 손을, 다른 한쪽으로는 아빠의 손을 맞잡으라는 삶의 은유일까. 엄마와 아빠에게 두 손을, 그래서 몸과 마음을 기댄 딸아이는 자주 웃었다. 아빠와 엄마는 그런 아이를 바라보며 사랑의 기쁨을 만끽했다.

딸아이는 부모 손을 잡는 버릇을 스무 살이 되어서도 버리지 않았다. 오히려 철들어가면서 마치 나의 엄마처럼 나를 보살피려는 모습을 보이기도 했다. 이따금 나는 세상 떠난 엄마의 손길 대신 아이의 손길에서 모정을 느꼈다. 그런 성격이 나중에라도 딸아이를 피곤하게 만들까봐 마냥 반갑지는 않았으나, 그래도 딸의 마음씀씀이를 보며 아비보다는 나은 연민과 자비를 가졌구나 싶었다. 나는 평소 부모가 자식에게 주는 것보다 자식이 부모에게 주는 것이 더 많다고 믿는 쪽인데, 딸아이의 성장을 지켜보며 그 생각이 확신으로 깊어졌다.

*

아직 이십 대 초반인 딸에게도 가끔 풍파가 닥쳤다. 아이가 병원에 갔다가 만만치 않은 진단을 받으면, 내가 이 아이를 삶의 광야에 내몰았다는 자책이 밀려왔다. 지난날, 외국어 공부를 좋아해 그쪽 고등학교로 진학했던 아이가 자퇴를 결심했을 때는 어쩔 수 없는 아비의 허영이 미안했다. 아비를 빼닮지 않기 바라면서 언제나 아비의 말로 자식을 길잡이하려는 나의 편견과 무능이 부끄러웠다. 내가 그랬듯, 딸아이는 점점 외로운 시간이 늘어가겠지. 저 홀로 실컷 머뭇대고 서성이겠지. 그러다가 아이는 문득 알게 되리라. 인간의 삶이 원체 벼랑인 것을.

*

오래전, 억수같이 비 쏟아지던 날 어린 딸아이에게 커다란 우산을 씌워 초등학교 앞까지 데려다준 적이 있다. 학교 정문에 이르자 아이는 제 우산을 펼치더니 장화를 첨벙거리며, 몇 번이나 뒤돌아 내게 손을 흔들며 교실로 달려갔다. 그 모습을 지켜보던 아비의 울컥한 마음이 그날 시를 쓰게 했다. "보석은 반짝이지 않는다/ 다이아몬드와 사파이어/ 루비와 에메랄드와 황금 따위는/ 한낱 돌멩이와 다를 바 없는 것/ 글썽이게 하는 것이/ 신비한 몇 방울의 애틋함/ 넘칠 듯 찰랑거리게 하는 것이/ 진짜 보석." 그 시의 일부를 옮겨보았다.

716호실에 관한 생각

암 진단을 받은 엄마는 S병원에 입원했다. 자식들이 입원을 권유했을 때 "그렇게 하자. 모든 일은 나중에 너희들한테 후회가 남지 않게 결정하렴."이라고 엄마가 말했다. 엄마는 죽음 앞에서도 엄마였다. 엄마는 당신의 두려움보다 나중에 있을지 모를 자식들의 자책을 염려했다. 엄마는 투병 중에도 끝내 버리지 못하는 습관처럼 자식들을 애달파했고, 혼자 남겨질 남편의 밥상을 신경썼다. 그 사랑이 손자들로 이어지면 더 각별해 초췌한 얼굴에 눈물이 그렁하기 일쑤였다.

엄마가 환자복을 입자마자 처음 한 일은 링거 줄을 꽂고 다섯 개나 되는 커다란 주사기 배럴에 피를 가득 뽑는 일이었다. 그것이 신호탄이었다. 곧 여러 검사가 실행됐고, 엄마는 한 달 사이에 두 번의 수술을 받아야 했다. 첫 수술 후 뭐가 잘못됐는지 식사도 하지 못한 채 극심한 통증을 호소했기 때문이다. "수술은 잘 됐습니다."라고 큰 소리로 말했던 의사는 자꾸만 고개를 갸웃거렸다. 더구나 첫 수술 전날부터 시작한 엄마의 금식이 한 달 넘게 계속되는 중이었다. 그동안 엄마의 위장은 텅 비어 주삿바늘이 영양분을 공급했다. 엄마가 고사목처럼 메말라갔다. 극심한 통증 자체가 죽음의 원인은 될 수 없는 까닭에 엄마의 희미한 생명이 점점 더 몸서리치며 괴로워했다. 결국 남편과 자식들은 실낱같은 희망을 뒤로한 채 엄마를 S병원에서 데리고 나올 수밖에 없었다. 그 후 엄마는 잠시 항암 치료에 매달렸지만 그마저 포기한 채 집에서 지내다가 가까운 병원에 다시 입원하게 되었다. 병세가 나빠져 고통이 너무 심했기 때문이다. 모두 병을 진단받고 나서 겨우 8개월 만에 벌어진 일이었다.

S병원에 입원할 때는 그래도 내심 엄마가 회복할 수 있으리라는 기대가 있었다. 하지만 뒤이어 찾게 된 E병원은 입원의 목적이 달랐다. 나는 그곳 의사에게 환자가 가능한 한 고통 받지 않게 해달라고 당부했고, 의사는 흔쾌히 고개를 끄덕였다. 엄마가 다시 환자복으로 갈아입은 병실은 E병원 716호실이었다. 5인실이었던 탓에 햇살이 드는 창가 자리에는 이미 다른 환자들이 누워 있었다. 엄마는 병실 안 화장실 옆 침대에 까무룩 꺼져가는 몸을 뉘었다. 담당 의사는 회진 때마다 진통제를 처방했고, 날이 갈수록 강도가 세졌다. 그 병실에서 엄마는 잠을 자는 시간이 부쩍 늘어갔다.

돌이켜보면, 이승을 떠나기 위한 잠깐의 기착이었을까. 엄마에게는 매 순간이 절체절명이었으나 병실 창밖의 세상은 평화로웠다. 어디든 마냥 평화로울까만 그때의 내 눈은 엄마의 까마득한 절망과 비교할 수밖에 없었다. 병실에 드나드는 의사와 간호사들에게도 엄마는 일상의 한 부분일 뿐이었다. 그들의 손길은 차가웠고 말투는 사무적이었다. 하기야 그들의 자세가 주민센터 공무원이나 택시 기사와 달라야 할 이유는 없었다. 그럼에도 환자와 그 가족 입장에서는 조금 다른 공감과 친절을 번번이 바라게 되는 딜레마가 있었다.

의료진에게 병원이 단지 직장이듯, 일부 환자와 보호자들에게도 병실은 여느 생활공간과 다름없는 장소였다. 오죽하면 716호 병실이 얼핏 아파트 716호거나 리조트 716호실로 느껴질 정도였다. 당시 각 병실에는 텔레비전이 설치되어 있었는데, 그들은 아침마다 일일 드라마나 뉴스에서 시선을 떼지 못했다. 대개 여자 병실에서는 드라마에, 남자 병실에서는 뉴스에 채널을 맞출 때가 많았다. 그 사람들은 자기 집에서 그러하듯 텔레비전 볼륨을 키운 채 드라마 스토리에 한껏 빠져들어 웃거나 혀를 찼다. 뉴스를 보면서는 저마다의 편견에 따라 금세 패를 나누기도 했다. 그 모습이 그렇고 그런 일상의 풍경이 아니고 뭘까.

상대적으로 병세가 가볍거나 사교적인 이들은 더더욱 행동에 거침이 없었다. 그들은 자주 군것질거리로 냄새를 피우거나 병실에서 처음 만난 옆 병상 사람들과 말을 섞어 소란스러웠다. 그것이 다 병원에서 지내는 시간이 지루해 그랬겠지만, 나는 하루가 다르게 사위어가는 엄마를 내려다보며 마음이 편치 않았다. 따지고 보면 꼭 그들을 탓할 일도 아니어서 호스피스 병동을 알아보기도 했으나 그마저 여의치 않았다. 엄마는 그렇게 또 하나의 생활공간이나 다름없던 716호 병실에서 17일을 보낸 뒤 상태가 더 나빠져 중환자실로 병상을 옮겼다. 그리고 그곳에서 일주일 만에 삶의 끈을 완전히 놓아버렸다. 나는 그 후 E병원 근처를 지날 때마다 716호 병실의 창을 올려다보고는 한다. 그 안에 한때 엄마의 삶이 머물렀다. 여전히 엄마의 낮은 숨소리가 들리는 것 같은 착각에 빠질 때가 있다.

생애에 관한 생각

엄마는 지난날의 우리식 나이로 예순여섯 살에 생을 마감했다. 삶을 마쳤다, 라거나 죽음을 맞이했다, 라고 할 수도 있겠지. 이승을 떠났다, 라고 말할 수도 있겠고. 그런데 그와 같은 표현이 과연 적절한지 의문이다. 인간의 마지막이 그렇게 자기 주도적일 수 있을까. 자살이라면 모를까 모든 생명의 죽음은 능동이 아니라 수동의 형식으로 이루어진다. 스스로 마감하고, 마치고, 맞이하고, 떠나는 것이 아니라는 뜻이다. 우리는 그 순간 목숨을 빼앗기고, 죽임을 당하며, 여기에서 내팽개쳐진다. 도무지 정체를 알 수 없는 누군가의 손이 우리를 솎아내고, 우리를 지우고, 우리를 불태워 재로 만드는 것이다. 그러니까 엄마는 예순여섯 살에 생이 끝났다, 라고 말하는 편이 옳겠다. 엄마는 조금 더 자식들 곁에 머무르고 싶어 했으나 미지의 누군가가 그 소망을 무참히 꺾어버렸다. 엄마가 얼마나 속상했을까. 나는 사랑하는 이의 죽음의 과정을 지켜보며 그것이 '끝내는' 것이 아니라 '끝나는' 것임을 뼈저리게 절감했다.

엄마는 이 땅에서 66년을 살았다. 정확히 따지면 65년 4개월 29일이다. 세월이 흐를수록 내 삶의 햇수가 엄마의 생애와 가까워지다보니 새삼 시간의 상대성을 깨닫는다. 엄마의 66년을 기준으로 하면 내 여명이 얼마인가. 누구는 66년만 살아도 더 바랄 나위 없다고 하겠으나, 요즘의 평균 수명으로 보면 그다지 긴 시간이라고 말할 수 없다. 한국은 여성의 경우 이미 평균 수명이 85세를 넘어섰으니, 나의 엄마처럼 그 전에 사망하는 사람을 감안하면 다수가 90년 이상 생명을 유지한다는 뜻이다. 그래서일까, 근래 들어서는 주변에서 아흔 살 넘은 노인을 보는 일이 어렵지 않게 되었다. <인간극장> 같은 텔레비전 프로그램에도 백수에 가까운 노인이 심심찮게 등장하니 백세 시대라는 표현이 영 허황한 허세는 아닌 듯하다.

그런데 세태가 그럴수록 나의 마음 한구석에는 아쉬움이 커진다. 상대적으로 짧았던 엄마의 삶이 자꾸 떠오르기 때문이다. 나의 아버지만 해도 팔십 대에 접어든 지 오래라, 엄마보다 다섯 살 연상인 것까지 계산하면 20년가량 더 많은 수명을 누리고 있다. 엄마의 형제들도 아직 66년보다 긴 인생을 살아가는 중이다. 엄마의 생애가 좀 더 이어져 오늘의 햇살을 함께 거닐 수 있다면 얼마나 좋을까. 그러고 보면 어느 면에서나 사람들 사이에 평등은 존재하지 않는 것 같다. 세상에 엉뚱한 행운과 이해되지 않는 불운이 흔한 것을 보면 삶의 태도가 중요하다는 충고에도 전적으로 동의하기는 쉽지 않다.

나는 엄마의 삶이 66년보다는 좀 더 길었어도 마땅하다고 믿는다. 나의 엄마로서가 아니라, 하나의 인격체로서 충분히 그럴 만한 자격이 있다고 생각한다. 물론 인간에 대한 궁극적 심판이 인간의 몫은 아니겠지만, 나의 객관적 판단과 지극한 바람이 그러하다는 말이다. 또 한편으로는 90년을 거뜬히 살아내는 다른 엄마들을 보면서 솔직히 샘이 나는 까닭이기도 하다. 왜 내가 어느 때부터 텔레비전에 나이 많은 노인이 나오면 채널을 돌리게 되는지. 나는 그 나이가 된 엄마의 모습을 보지 못했다. 오래 사는 것이 무작정 축복일 리 없겠으나, 나는 엄마가 살아보지 못한 세월을 사는 노인이 부럽다 못해 심통이 나기도 하는 것이다.

인간 수명의 법칙을 누가 알까만 나는 그것이 못내 궁금할 때가 있다. 대기업 회장이 일흔 살 언저리에 죽음을 맞던 날, 내가 사는 동네의 한 노인은 여전히 종이 박스를 주워 팔고 있었다. 노인의 나이는 적어도 여든 살을 훌쩍 넘겼을 것이다. 대기업 회장이 호텔에서 최고급 한정식으로 식사할 때 그 노인은 남루한 방구석에 앉아 김치찌개에 식은 밥을 적셔 먹었겠지. 대기업 회장이 최고의 명의에게 건강 검진을 받고 온갖 보약으로 몸을 아낄 때 그 노인은 해진 이불 속에 누워 하루의 피로를 풀었겠지. 대기업 회장이 필드에서 골프채를 휘두를 때 그 노인은 종일 리어카를 끌었고, 대기업 회장이 프리미엄 와인을 음미할 때 그 노인은 연신 소주잔을 비우며 취했겠지.

한데 어째서 대기업 회장이 만날 종이 박스나 줍는 노인만큼도 오래 살지 못했을까. 전부 그런 것은 아닐 테지만, 왜 그런 일이 드물지 않게 일어날까. 내가 보기에는 스트레스의 경중을 따지는 것도 무의미하다. 인생의 희로애락이라면 누구에게나 있게 마련이고, 누구에게나 자신의 스트레스가 가장 심각한 법이니까. 아, 인간이 세상에 온 것만큼 오리무중인 것이 인간의 죽음 아닌가. 그러니 나의 엄마 역시 누구도 알 수 없는 섭리로 66년을 살다 홀연히 떠났겠지. 그저 안타까울 뿐, 나의 얄팍한 주제로는 달리 생각해볼 도리가 없다. 나에게는 미처 몰랐던 그리움만 남았다.

대중가요에 관한 생각

*

대중가요가 죄 사랑 타령이라는 말은 어제오늘 나온 것이 아니다. 상당수 노래가 "사랑 없인 못 살아요."나 "사랑밖에 난 몰라." 하는 식이다. "사랑하니까 보내줄게."였던 가사 내용이 "죽어도 못 보내."를 거쳐 "날 떠나면 가만두지 않겠어." 정도로 달라졌을 뿐이다. 대중을 상대로 하는 다른 문화 콘텐츠에도 남녀 간의 사랑은 시공간을 초월한 보편적 소재다. 매번 반복해도 늘 새로운 관심의 초점이다.

남녀의 사랑이 왜 그렇게 중요한가. 동물적 본능을 빼고 말하면, 정신과 육체의 합일 때문이지 않을까 싶다. 인간은 타인에게 보호받고 이해받으려는 욕망이 있다. 그러려면 몸과 마음을 함께 소통하는 것이 최선이다. 혼연일체까지는 아니더라도, 자신의 정신과 육체를 믿고 의지할 만한 대상이 필요한 것이다. 불특정 다수에게 "여러분, 사랑해요!"라고 소리치는 사랑 과잉의 시대가 됐지만, 사람들이 여전히 사랑 타령을 하는 이유가 거기에 있다.

*

대중가요만큼 세대 차가 극명하게 드러나는 것도 없다. 부모와 자식이 듣는 유행가가 다른 것 못지않게 열 살 남짓 나이 차만 나도 좋아하는 노래가 다르다. 그뿐 아니라 같은 또래 안에서도 선호하는 장르에 따라 호불호가 갈린다. 누구는 죽으나 사나 로큰롤 스피릿을 외치고, 누구는 힙합으로 그루브를 타며, 누구는 알앤비 감성에서 헤어나지 못하는 식이다. 저마다 달달한 발라드에 빠져들거나 아이돌의 후크송에 열광하기도 한다. 절묘하게 꺾어대는 트로트 가락도 다시 인기를 끈다.

그럼에도 대중가요가 공통적으로 갖는 최고의 미덕이 있으니, 단연히 감정 이입이라고 할 만하다. 사람들은 노래를 들으면서 자신의 정서를 어루만지고 소박한 격려를 얻는다. 생활의 에너지를 북돋고 삶의 용기를 충전하기도 한다. 장르가 중요한 것은 아니다. 로큰롤, 힙합, 알앤비, 발라드, 트로트, 무엇이든 상관없다. 어차피 모든 음표는 흑백이고, 모든 희로애락을 애오라지 오선지 안에 그릴 뿐이니까. 취향보다 중요한 것은 나를 감정 이입하게 만드는 음악, 나를 계속 살아가게 하는 인생 그 자체다.

*

지난날, 음반을 사면 마지막에 건전가요라는 것이 들어 있었다. 국가에서 지향하는 바를 국민의 머릿속에 강제로 주입할 수 있다고 믿던 시절이었다. 군사 반란으로 권력을 잡았기에 그런 발상이 가능했겠지. 군인들이 군가를 부르면서 단결하고 용기를 북돋듯, 이 땅의 국민도 건전가요로 '사상 개조'를 하고 싶었을 것이다.

1970년대에는 <새마을 노래>, <잘 살아보세>를 비롯해 <멸공의 횃불> 같은 군가까지 음반에 들어 있었다. 그리고 1980년대 들어서는 <서로 믿는 우리 마음>, <시장에 가면> 등이 새로 포함됐다. 정수라가 불러 히트한 <아! 대한민국>도 원래 건전가요였다. 그 무렵 내가 산 음반, 정확히 말해 카세트테이프에서는 <시장에 가면>을 가장 많이 들었다. 그 노래는 혜은이가 부르기도 했는데 재생 시간이 짧고 노랫말이 그나마 덜 강압적이었다.

나는 지금도 시장에 가면 언뜻 <시장에 가면>의 멜로디가 떠오르고는 한다. 그만큼 세뇌가 무섭다. 그 가사에 나오는 "만들자, 밝고 따뜻한 사회"는 아직 멀었건만.

*

내가 고등학생이던 어느 날, 친구들과 함께 갔던 음악다방에서 낯선 노래를 들었다. 일찍이 들어보지 못한 리듬과 멜로디였다. 틀림없이 우리말로 노래를 부르는데도 독특한 발성 때문에 마치 팝송 같은 느낌이 들었다. 한 친구가 미간을 찡그리며 노래를 따라 불렀다. 그러면서 친구는 "좋지? 들국화야."라고 말해주었다. 그날부터 들국화는 내가 가장 애정하는 밴드가 되었다. 그 전에 귀가 닳도록 듣던 김현식과는 결이 다를 뿐 우열을 가릴 수 없었다. 둘 다 노래가 아니었다. 나조차 나를 이해하지 못했던 열여덟 살 무렵, 김현식과 들국화는 마른 땅을 적시는 빗물이었다. 일없이 달뜬 몸을 식히는 한 줄기 바람이었다.

그러나 곧 들국화는 해체했고, 김현식은 세상을 떠났다. 지속 가능한 것은 진짜 재능이 아니라는 듯. 그 후로도 오랫동안 나는 김현식과 들국화를 들었다. 3분 남짓한 짧은 몰입마다 차가운 것과 뜨거운 것이 만나 벼락을 번쩍였고 천둥을 쳤다. 그리고 21세기가 뉘엿하던 어느 해, 나는 김현식과 들국화 못지않은 또 하나의 매혹에 빠져들었다. 김광석이 노래로 시를 썼다.

변화에 관한 생각

*

나의 중고등학교 시절 소풍 장소는 단연 왕릉이었다. 왕과 왕비의 주검을 모신 왕릉에서 아이들은 김밥을 먹고 보물찾기를 하고 춤을 췄다. 왕릉 이곳저곳을 막 뛰어다녀도 그러려니 하던 시절이었다. 그 후에도 왕릉은 도시 서민들의 주요 휴식처였다. 부모들이 어린 아들딸을 데리고 놀러 가서 돗자리를 깔고 음식을 먹었다. 회사나 교회에서 단체로 와 간단한 행사를 열기도 했다. 사람들은 그곳을 무덤이라며 불길하게 생각하기는커녕 삶의 추억을 쌓는 아름답고 고즈넉한 장소로 여겼다.

그런데 요즘 왕릉에서는 돗자리를 깔거나 음식을 먹을 수 없다. 거기서 게임을 하며 뛰어노는 것은 옛날이야기가 되어버렸다. 아마도 조선 시대 왕릉이 세계문화유산이 되고 나서 더욱 엄격해진 듯하다. 잘된 일이다. 그동안 우리는 왕릉을 너무 함부로 대했다. 그럼에도, 머리로는 그렇게 이해하는데, 마음 한구석이 좀 서운하기는 하다. 이제 왕릉이 우리의 삶과는 상관없는 장소가 된 것 같기 때문이다.

*

인터넷은 오랫동안 견고했던 학교의 권위를 무너뜨렸다. 학교는 점점 내용을 잃고 형식만 남을 것이다. 이를테면 서울대학교는 대한민국 최고의 교육 기관이 아니라 대한민국 최고의 학벌일 뿐이다. 인터넷의 지성을 서울대학교가, 옥스퍼드와 하버드가 이겨낼 수 없다. 이제 교육 기관은 유능한 지식 생산 기지로 생존해야 한다. 지식 공급자로서 항상 소비자의 요구에 민감해야 살아남는다. 머지않아 아무도 그곳의 문을 열고 들어가 스승 앞에 머리를 조아리지 않을 테니 말이다. 그러니 앞으로는 학교가 겸손할밖에. 학생들을 일제히 불러 모아 강의하고 훈육하는 시절은 저물어가니 학교가 권위를 버리고 스스로 갱신할밖에.

극단적 주장일 수 있지만, 인터넷이 인류의 오래된 교육 체계를 뒤흔든 것은 분명한 사실이다. 선생님한테, 어른한테, 전문가한테 묻던 것을 인터넷이 대답해주고 있지 않나. 나는 인터넷을 검색하다 깜짝 놀랄 때가 한두 번이 아니다. 조만간 인간의 위로를 넘어 신의 구원도 인터넷으로 갈구하게 될지 모를 일이다.

*

소주 도수가 점점 낮아진다. 내가 소주를 즐겨 마실 때만 해도

23~25도이던 것이 2000년대 들어 빠르게 바뀌어 이제는 16도 안팎이 대세가 되었다. 1960년대에 30도짜리 소주를 마신 어른들이 보기에 지금의 소주는 소주가 아니다. 말장난 좀 하자면, '쐬주'가 '소주'가 되더니 어느덧 부드러운 '소오쥬'의 시대로 변했다.

밤늦도록 독한 소주 마시고 이튿날까지 술 냄새 풀풀 풍기던 과거의 음주 문화는 달라져야 마땅하다. 집에서 간단히 혼술 하거나, 마음 맞는 사람들끼리 오붓하게 마시는 요즘 세태에 긍정적인 면이 더 많다. 하지만 술이 순해진다고 해서 모두 술주정 없이 적당히 취하는 걸까? 그것은 소주 도수의 변화와 별개의 문제다. 순한 소주 여러 병 마시면 독한 소주 한 병 마시는 것과 다를 바 없으니까. 주정(酒精)을 줄이고 물을 많이 타 소주 회사의 이윤만 올려줄 테니까.

분명, 우리 사회가 살 만해져 소주 도수가 낮아지는 것은 아니다. 여전히 곳곳에 널브러진 허다한 병폐가 사람들을 취하게 만든다. 정말이지, 술 마시려는 괜한 핑계가 아니다.

*

한 세대를 상징하는 공간이 있다. 한때 클래식 감상실과 포크 음악 공연장이 그 시대의 청춘을 불러 모았다. 그다음에는 DJ가

팝송과 대중가요를 신청받아 LP로 들려주는 음악다방이 유행했다. 고고장, 디스코텍, 나이트클럽과 락카페로 이어지는 계보도 있다. 그 사이 어디쯤에 롤러장도 끼워 넣을 만하다. 그리고 요즘 세대 청춘의 공간이라면 피씨방, 멀티플렉스, 클럽 등을 이야기할 수 있겠지.

그럼 내가 속한 세대의 청춘을 대변하는 공간은 어디일까? 개인적 경험으로 말한다면 단연코 음악다방이다. 당구장은 남성 중심 놀이터였고, 왠지 음침한 기운이 감돌던 동시상영 영화관은 소수의 공간이었기 때문이다. 그때의 나는 툭하면 음악다방에 틀어박혀 인스턴트커피를 마시며 시간을 탕진했다. 자꾸 쓸쓸한 음악을 신청해 들으며 청춘의 적막에 깊이 잠겼더랬다. 대개 음악다방은 건물 지하에 있어, 나는 세상이 어떤 계절인지 잘 몰랐다.

*

분꽃과 사루비아. 내가 어렸을 적에 가장 흔하게 보았던 식물이다. 사루비아는 샐비어라고 해야 올바른 표기지만 그래서는 옛날에 보았던 그 꽃의 맛이 살지 않는다. 왠지 샐비어라고 하면 그때 어린아이들이 기다란 꽃술 뽑아 꽁지 쪽으로 꿀을 빨아먹던 그 꽃이 아닌 것 같다. 어쨌든 당시에는 아카시나무, 명아주, 해바라기, 코스모스, 맨드라미 같은 식물이 야산이나 공터에 지천이었는데 분꽃과 사루비아만큼 내 기억 속에 흐드러져 있지는 않다. 분꽃과 사루비아는 씨를 받기 쉽고 생명력이 강해 학교 화단이며, 집 마당이며, 골목 어귀 곳곳에서 볼 수 있었다.

그런데 요즘은 주변에서 분꽃과 사루비아를 찾아보기 어렵다. 과거와 달리 지금은 꽃과 나무의 씨앗이 어디에서 날아와 자연스럽게 자라기보다 인공적으로 조경을 하는 탓이겠지. 그러니 분꽃과 사루비아보다 더 예쁘고 관리하기 편한 식물을 가지런히 심어 놓겠지. 분꽃과 사루비아에 추억이 있는 나는 또 하나의 지나가버린 풍경이 못내 아쉽다.

*

동네 공원에 주인과 함께 산책 나온 반려견이 자주 눈에 띈다. 대부분의 주인은 자신의 반려견에게서 한시도 애정 어린 시선을 거두지 않는다. 다정히 이름을 부르고 기꺼이 배설물을 치울 뿐만 아니라, 마치 아기처럼 유아차에 태우고 다니는 모습까지 보인다. 언젠가부터 애완견 대신 반려견이라고 하는 것만 봐도, 이제 개는 단지 귀여운 애완동물을 넘어 어엿한 가족의 일원으로 의미가 확장되었다.

우리 속담에 "개팔자가 상팔자"라는 말이 있지만, 과거의 견생은 요즘과 비교조차 불가능할 만큼 모질었다. 개한테 가족이라니. 옛날 개들은 일생 동안 목줄을 벗지 못한 채 한겨울에도 마당 구석에서 사람들이 남긴 음식 찌꺼기나 처리하며 살아야 했다. 반려는커녕 애완의 대상도 아니어서 결국 여느 가축처럼 고깃덩어리 취급을 받을 뿐이었다. 그래서 나는 공원을 걷다보면, 불현듯 이 땅에서 살다 간 옛날 개들이 몹시 불쌍하다. 사람이나 개나 시대를 잘못 만나면 팔자가 사나운 법이다.

*

셰프, 헤어디자이너, 파티셰. 이전에는 보통 조리장, 미용사, 제과제빵사라고 부르던 직업이다. 언젠가부터 우리 사회에 영어나 프랑스어 등으로 직업을 가리키는 문화가 뿌리내렸다. 이제 그쪽 분야 전문가를 우리말로 부르면 실례가 되는 듯한 분위기다. 새삼 한글 사용을 권장하려고 이야기를 꺼낸 것이 아니다. 공공 기관 명칭까지 외국어를 내세우는 마당에 특정 직업을 우리말로 일컫지 않는다고 해서 시빗거리가 될 리 없다.

그런데 셰프, 헤어디자이너, 파티셰처럼 근래 들어 외국어로 부르는 호칭에는 아직 완전히 사라지지 않은 우리 사회의 직업 차별의식이 내재되어 있다. 의사를 닥터라고 하는 경우는 가끔 있지만 검사, 변호사, 교사, 군인, 과학자, 건축가, 배우, 공무원 등은 그냥 우리말을 사용하지 않나. 사람들이 아무 근거 없이 만만히 볼 가능성이 있는 직업일수록 호칭에 변화가 생기는 듯하다. 지난날 기술자를 우습게 여길 때 엔지니어가 등장했던 것처럼.

*

남태평양에 작은 섬나라 투발루가 있다. 이 나라는 아홉 개의 섬으로 이루어졌는데, 지구 온난화 때문에 이미 두 개의 섬이 바다 속으로 가라앉았다. 수십 년이 더 지나면 나머지 섬들도 물에 잠길 것이라고 한다. 나는 언젠가 투발루 외무장관의 퍼포먼스를 보고 그 나라의 안타까운 현실을 알게 됐다. 당시 그는 한때 육지였으나 바다가 되어버린 곳에서 무릎까지 물에 잠긴 채 기후위기를 강력히 경고했다. 이미 제노사이드(genocide)에 빗대어 에코사이드(ecocide)라는 신조어까지 생겨나지 않았나. 나는 대규모 자연 파괴 행위가 인종이나 이념이 다르다는 이유로 특정 집단을 절멸시키는 악행만큼 심각한 결과를 불러온다는 데 동의한다.

지구가 갈수록 더워지니까 빙하가 녹고 북극곰이 운다. 얼음이 녹아 큰일이라며 펭귄도 운다. 북극곰과 펭귄의 눈물이 쌓이면 바닷물이 높아져 그다음에는 사람의 집들이 사라진다. 나같이 보잘것없는 인간이 보기에도 호모사피엔스의 횡포가 심상치 않으니 큰일은 큰일이다.

*

그 맛을 모를 때는 산나물도 쓰고 커피도 쓰고 술도 쓰다. 아이들은 이런 걸 왜 먹어요, 하고 묻는다. 아이들 입은 산나물과 커피와 술에서 아무런 감칠맛 없이 쓴맛만 느낀다. 쓴맛도 익숙해지면 단맛이 나는 비밀을 아이들이 알기는 어렵다. 어쩌면, 쓴맛에 길들여지는 것이 인생이겠지. 아이들은 자라면서 하나둘 쓴맛의 진미(眞味)를 깨우쳐간다. 쓴맛이 아무렇지 않고, 나아가 쓴맛이 달고 고소해지면 아이들은 비로소 어른이 된다.

쓴맛의 또 다른 묘미는 중독성이다. 쓴맛은 한두 번 맛보고 끝나는 것이 아니라 두고두고 맛보아 새로운 경지에 이른다. 쓴맛의 중독성은 삶의 중독에 견줄 만하다. 그렇게 쓴맛을 보면서도 우리는 계속 살아오지 않았나. 앞으로 삼켜야 할 삶의 쓴맛이, 그 속에 깃든 오묘한 진미(珍味)가 우리를 좀 더 살아가게 하지 않겠나. 그러다가 어느 날, 오직 쓴맛으로만 느껴지는 쓴맛이 우리를 주저앉힐 수는 있겠다.

*

나잇살은 노화 현상이다. 신체 기능이 저하되면서 기초 대사량이 감소해 평소와 같은 양의 음식을 먹어도 에너지로 다 쓰이지 않고 군살이 된다. 한번 찐 나잇살은 운동을 해도 여간해서 빠지지 않는다.

여기까지는 과학의 설명이다. 인류사에 끼친 과학의 영향력이 대단하지만, 과학으로는 잘 설명할 수 없는 미지의 영역도 있다. 나는 나잇살이 그중 하나라고 생각한다. 나잇살은 음식으로 찌는 살이 아니다. 나이만 먹어도 팍팍 찌는, 딱히 뭘 많이 먹지 않아도 자꾸 찌는 생기 없는 살이다. 나잇살의 원인은 걱정이다. 나이를 먹는 것이 걱정이 늘어가는 것이라고도 정의할 수 있지 않을까. 집 걱정, 회사 걱정, 뭐니 뭐니 해도 자식 걱정. 몸 걱정, 체면 걱정, 뭐니 뭐니 해도 돈 걱정. 오늘 걱정, 내일 걱정, 뭐니 뭐니 해도 여생 걱정. 그런 걱정 끊이지 않아 나잇살이 찌는 것이다. 주름살이 그렇듯.

*

세상 참 많이 변했다. 나의 부모 세대는 집에서 장까지 담갔는

데 이제는 다양한 밀키트 제품이 나와 간단히 가열만 해 먹을 수 있다. 온라인과 키오스크 시스템은 낯선 타인과 일일이 대면할 필요조차 없게 만들었다. 일상생활 못지않게 사회 구성원들의 가치관도 변했다. 민주주의가 정치 제도를 넘어 어느덧 개개인의 삶에 깊이 뿌리내린 덕분이다. 모든 인간은 평등하고 모든 인간이 자유를 누리는 바람직한 변화가, 현실은 아닐지언정 적어도 우리 사회가 지향해야 할 가치로 자리 잡았다. 법률에 따라 갈등을 조율하고 여러 가지 사회 안전망이 갖춰진 점 역시 크나큰 변화 중 하나다.

하지만, 그럼에도, 세상은 달라지지 않았다. 노동의 해방은 또 다른 노동의 구속으로 이어졌고, 생활의 효율과 편리는 개인의 고립을 낳았다. 모두의 자유와 평등이 모두의 양심과 도덕 대신 모두의 욕망을 부추긴 것도 부정하기 어렵다. 적자생존의 원칙은 더욱 심화돼 약육강식과 승자독식을 실현했다. 그래서 예나 지금이나, 사람들은 변함없이 고단하다.

*

사람들은 시작과 끝에 의미를 부여한다. 그래서 생일, 장례식, 결혼식, 송년회, 시무식 같은 것이 생겨났다. 그중에 입학식과 졸업식을 빼놓을 수 없다. 사람들은 이제 인생의 4분의 1에 가까운 시간을 학교 교육에 할애하므로 입학식과 졸업식만큼 특별한 의미를 갖는 행사도 흔치 않다. 내가 마지막으로 대학교 교문을 나서던 날과 아이들이 처음 초등학교 문턱을 넘던 순간을 어떻게 잊을까. 그날 이후 나는 실제의 사회에 발을 내딛었고, 아이들은 본격적으로 사회화의 길에 들어섰다.

입학식과 졸업식의 꽃다발에는 향기가 가득하다. 새로운 환경 안으로 들어서거나 한동안 머무르던 자리에서 밖으로 나가거나 설렘이 깃들기 때문이다. 낯선 얼굴들과 만나거나 익숙한 얼굴들과 헤어지거나 감정의 강물에 다시 윤슬이 일렁이기 때문이다. 또 하나의 문을 열고 닫는 것은 찬란한 기쁨. 어제에 오늘이 있고 오늘에 내일이 있다. 한 사람의 일생에 영원히 머물 시간을 차곡차곡 사진에 담으며 빛나는 시작과 끝이 행복을 부른다.

*

우리가 실감하지 못해도 지구는 돈다. 태양도 돌고 은하도 돈다. 그와 마찬가지로 우리의 인생 역시 끊임없이 돌고 돈다.

한때 친구와 동료들의 청첩장이 날아들었다. 곧 그들이 아이를 낳아 백일과 돌잔치를 알려왔다. 그리고 얼마 후에는 그들 부모의 부고가 하나둘 전해졌다. 나는 축하의 말에 이어 애도의 말을 해야 했고, 나 또한 그들로부터 똑같은 인사를 받았다. 그로부터 세월이 좀 더 흐르자, 이번에는 친구와 동료들의 자식이 성인이 돼 결혼 청첩장이 오기 시작했다. 그다음에는 애석하게, 아직까지는 드물게, 학교 졸업하고 나서 얼굴 몇 번 보지 못했던 친구와 먼발치에서 소식만 듣던 직장 동료의 부고가 들려왔다.

이제 나는 머지않아 가까운 사람들에게 내 아이의 결혼 소식을 알리게 되겠지. 그러면 내 아이의 아이들이 태어날 것이고, 그 사이 나는 누군가의 결혼식과 장례식에 참석하겠지. 그다음에 언젠가는 내가 직접 부고의 주인공이 되겠지.

마라톤에 관한 생각

*

1992년 바르셀로나올림픽 마라톤 경기에서 황영조는 일본의 모리시타 고이치와 앞서거니 뒤서거니 치열한 레이스를 펼쳤다. 그는 40킬로미터 지점인 몬주익 언덕에 이르자 자신의 계획대로 승부수를 띄워 전력을 다해 내달렸다. 작전은 대성공이었다. 황영조가 가장 먼저 올림픽 주경기장에 들어섰다. 2시간 13분 23초의 기록으로 우승. 손기정이 일장기를 단 채 베를린올림픽을 제패한 이래 우리나라 마라톤이 두 번째로 이룬 쾌거였다. 결승선을 향해 트랙을 도는 황영조의 얼굴은 몹시 힘겨워 보였지만 한없이 감격스러운 표정이었다.

그때 나는 한 식당에서 늦은 아침 식사를 하며 텔레비전으로 마라톤 중계를 지켜보았다. 나 역시 황영조의 역주에 적잖이 흥분했던 기억이 난다. 그날 이후 황영조에게는 '몬주익의 영웅'이라는 수식어가 따라붙었고, 고향인 강원도 삼척시에 황영조기념공원이 만들어졌다. 황영조는 2년 뒤 열린 히로시마아시안게임에서도 금메달을 땄으며, 같은 해 보스톤마라톤대회에서는 한국 최고 기록을 수립했다.

그런데 황영조에 관해 이야기할 때마다 자주 함께 언급되는 이름이 있다. 다름 아닌 이봉주다. 그는 한동안 방송 활동을 하다가 갑자기 병마에 시달리는 바람에 세간의 이목을 끌었다. 사실 이봉주는 한국 마라톤에서 황영조 못지않게 뛰어난 업적을 남긴 선수였다. 그는 황영조와 다른 지역에서 성장했지만 나이가 동갑이라 이래저래 닮은 점이 많은 마라톤 인생을 살았다. 때로는 경쟁자로, 때로는 동료로.

이봉주의 수상 실적 역시 황영조 못지않게 화려했다. 스무 살 때 처음 풀코스를 완주한 이래 1996년 애틀랜타올림픽 은메달, 1998년 방콕아시안게임 금메달, 2000년 한국 최고 기록 수립, 2001년 보스턴마라톤대회 우승, 2002년 부산아시안게임 금메달 등 일일이 나열하기 어려울 정도다. 그럼에도 이봉주는 마라톤을 하면서 반드시 이루고 싶은 꿈 하나를 꿈으로만 간직했다. 그것은 바로 올림픽 우승이었다. 이봉주는 부상 때문에 황영조가 금메달을 딴 바르셀로나올림픽에는 출전조차 하지 못했다. 자신과 달리 올림픽에서 금메달을 따 단박에 국민적 영웅으로 떠오른 황영조를 바라보는 심정이 오죽했을까. 이봉주는 4년 뒤 열린 애틀랜타올림픽에서 최선을 다해 은메달을 목에 걸었지만 마음 한구석이 허전한 것은 어쩔 도리가 없었다. 그래서 이봉주는 다시 달렸다. 올림픽 금메달이 그가 달리는 이유의 전부는 아니었으나, 한 번은 꼭 올림픽에서 승리의 월계관을 쓰고 싶었다. 그에게는 그럴 만한 재능이 있었고, 재능에 앞서 한결같은 성실함이 있었다.

하지만 안타깝게도 운명의 여신은 끝내 이봉주에게 올림픽 금메달을 허락하지 않았다. 그의 성적은 2000년 시드니올림픽 24위, 2004년 아테네올림픽 14위에 그쳤다. 사람들은 점점 그가 한물갔다고 이야기하기 시작했다. 이봉주는 누구보다 자신에게 실망했다. 주위에서는 공공연히 은퇴를 들먹이기까지 했다. 그러나 이봉주는 올림픽 금메달을, 마라톤을 포기하지 않았다. 그는 2008년 베이징올림픽을 향해 다시 달렸다. 이미 서른아홉 살이 된 그에게 그것은 마지막 기회였다. 그렇다고 승부의 세계가 누구의 사정에 일일이 귀기울일 리는 없는 법. 아프리카 선수들을 비롯한 경쟁자들은 더욱 빨라졌고, 그의 성적은 28위였다. 베이징올림픽 대표 선수들이 귀국하는 날 이봉주는 아무런 스포트라이트도 받지 못했다. 사람들은 별로 기대도 하지 않았다는 듯 그에게 무관심했다. 그동안 세상은 혹독한 훈련으로 일그러진 그의 발에 열광한 것이 아니었다. 세상은 언제나 반짝이는 그의 메달에 환호하며 금세 시들어버리는 꽃다발을 안겨주었을 뿐이다.

나는 이봉주에 관한 기사를 볼 적마다 안토니오 살리에리를 떠올렸다. 잘 알려져 있다시피 살리에리는 볼프강 아마데우스 모차르트와 동시대에 활동한 음악가로, 영화 <아마데우스>에서 천부적인 재능을 타고난 모차르트에게 지독한 열등감을 느끼는 인물로 그려졌다. 영화 속에서 살리에리는 "욕망을 갖게 했으면 재능을 주셨어야지."라며 신을 원망하기도 한다. <아마데우스>의 인물 묘사 때문에 이후 '살리에리 증후군'이라는 용어가 생겨나기도 했다. 그것은 주변의 탁월한 1인자에게 2인자가 열등감과 무력감, 시기심 등을 갖는 현상을 의미한다. 2인자 또한 대단한 성과인데도 자신에게 만족하기보다 1인자를 끊임없이 질투하며 자기모멸에 빠지는 것이다. 나는 이봉주의 가슴 깊은 곳에 그와 같은 살리에리 증후군이 자리 잡고 있지 않을까 생각해보았다. 인간에게는 자기가 이룬 것보다 자기가 이루지 못한 것에 대한 선망이 있게 마련이니까. 자기가 미처 이루지 못한 것을 가까이 있는 누가 거뜬히 이루면 마음에 돌풍이 일지 않을 리 없으니까. 아예 자신이 범접할 수 없는 경지라면 모를까, 조금만 더 손을 뻗으면 될 듯한데 끝내 닿지 못하는 현실은 뼈저린 고통을 안겨주는 삶의 실연일 것이다.

이봉주는 베이징올림픽까지 모두 서른아홉 번 마라톤 풀코스를 완주했다고 한다. 대회를 앞두고 훈련하면서 매일 30킬로미터씩 달린 것을 더하면 그 거리가 무려 16만 킬로미터에 이른다. 지구 한 바퀴를 약 4만 킬로미터로 계산하면 네 바퀴를 달린 셈이다. 정말 입이 쩍 벌어지게 감탄할밖에. 참고로 바르셀로나올림픽 금메달리스트인 황영조는 공식 대회 마라톤 풀코스를 단 여덟 번 완주했을 뿐이다. 그사이 그는 올림픽 제패와 한국 최고 기록 수립 등 세 번의 우승과 두 번의 준우승을 차지했다. 마라톤 천재라는 수식어가 전혀 어색하지 않은 놀라운 기록이다.

하지만 그렇다고 해서, 나는 황영조가 이봉주보다 전적으로 훌륭한 선수라는 데 동의하지 않는다. 개인 최고 기록도 2시간 8분 9초의 황영조보다 2시간 7분 20초의 이봉주가 앞선다. 단지 이봉주는 황영조가 가진 올림픽 금메달이 없을 뿐이다. 올림픽 금메달이 마라톤의 유일한 가치는 아니지 않은가. 두 마라토너의 재능은 종잇장 한 장 차이인데, 한 사람의 재능이 가장 찬란한 조명 아래 반짝였을 뿐이다. 앞서 이야기한 살리에리는 베토벤과 슈베르트 등을 제자로 키워내 서양 음악사에 끼친 영향이 어느 면에서는 모차르트보다 더 컸다. 모차르트의 작품이 위대한 만큼 살리에리도 창작자로서나 교육자로서나 최고의 재능을 발휘했던 것이다. 더구나 괴팍한 성격 탓에 사고뭉치 취급을 받던 모차르트에 비해 살리에리는 성품이 부드럽고 타인에 대한 배려심도 깊었다는 것이 일반적인 평가다. 따라서 <아마데우스>의 인물 묘사는 상당 부분 사실이 아닌 것으로 밝혀졌다.

만약 드라마 소재를 찾는다면 이봉주보다 황영조의 삶이 더 눈길을 끌겠지. 하지만 보통의 인생에 드라마틱한 영광은 없다. 우리는 저마다 가진 약간의 재능으로 부단히 노력하며 하루하루 자신의 삶을 꾸려갈 따름이다. 보통의 우리는 천재가 아닐뿐더러 2인자도, 3인자도 되기 어렵다. 그러므로 마라톤 천재 황영조보다 집념의 인간 이봉주에게 마음이 끌리는 것이 인지상정 아닐까. 자신의 재능을 믿고 황소걸음으로 묵묵히 걸어가는 꾸준한 열정이 보통의 삶의 방식으로 훨씬 잘 어울린다. 영웅은 멋지지만, 집념의 인간은 아름답지 않은가. 내가 생각하는 이봉주는 재능과 노력이 누구보다 절묘하게 어우러진 최고의 마라토너였다.

*

프랑스어로 사랑(amour)의 어원은 '죽음에 대한 저항(anti+morte)'이라고 한다. 죽음에 대한 저항이란 한마디로 살아 있으려는 몸부림이다. 다시 말해 사랑이 삶을 지속가능하게 하는 원동력이라는 뜻이다. 사랑의 대상은 이성(異性) 같은 유정명사일 수 있고, 일이나 취미 같은 무정명사일 수도 있다. 이를테면 내게는 나의 가족과 시가 사랑의 대상이겠지. 그 사랑으로 오늘도 나는 죽음에 저항하며 끈질기게 인생을 살아가고 있다. 아무것도 사랑하지 않는 삶은 아무것도 살아 있지 않은 폐허와 다름없음을 명심하며.

나는 마라톤을 보면서 죽음에 대한 저항을 떠올리고는 한다. 이미 닳고 닳은 비유지만, 인생이 마라톤과 비슷하다고 하지 않나. 어느 스포츠 종목보다도 마라톤은 그것을 사랑하지 않는 한 계속 달릴 수 없는 운동이다. 곡절 많은 42.195킬로미터의 길은 저마다의 삶을 상징하는 긴 여정이다.

마라톤이 그렇듯 삶의 첫 번째 의미는 뭐니 뭐니 해도 완주에 있는지 모른다. 누구는 금메달을 따고 누구는 꼴찌로 골인 지점에 다다르겠지만, 마라톤이 그렇듯 모든 완주자는 박수받아 마땅하다. 그들 모두 사랑을 잃지 않았기에 달릴 수 있었으니까. 최선을 다해 죽음에 저항하며 살아 있으려고 안간힘을 썼으니까. 마라톤 경기가 전쟁터에서 기원했다는 사실도 우연은 아닐 것이다. 인생과 마라톤의 스토리텔링에는 닮은 점이 적지 않다.

*

2023년 10월, 케냐의 켈빈 키프텀 선수가 남자 마라톤 세계 최고 기록을 수립했다. 2시간 00분 35초. 100미터를 계속해서 18초 남짓한 시간에 달린 셈이다. 그것은 어지간한 사람의 전속력이 아닌가.

흔히 마라톤을 '자기 자신과 벌이는 싸움'이라고 이야기한다. 극기의 싸움은 맹렬하고 처절한 것. 인생에도 전속력으로 달려야 이룰 수 있는 일이 있다. 그런 일일수록 다른 사람과 견주기 전에 자기 자신에게 전념하는 몰입의 시간이 필요하다. 마라톤에서는 페이스메이커를 두기도 하지만 인생은 처음부터 끝까지, 오로지 홀로, 자기 자신과 벌이는 싸움일 뿐이다. 결국 나의 곁에서는 나만 달린다. 내가 다다르는 그곳에 나만 남는다.

부끄러움에 관한 생각

부끄럽지만, 나는 여태껏 살아오면서 기부라는 것을 해본 적이 없다. 물론 어릴 때 학교에서 불우이웃돕기 성금을 걷으면 약간의 돈이나 쌀 같은 현물을 가져가기는 했다. 그 밖에 크리스마스 씰을 서너 번 샀고, 연말에 아이와 함께 길 가다가 구세군 모금함에 천 원짜리 몇 장을 넣기는 했다. 돌이켜보면, 구걸하는 걸인에게 동전을 건넨 것도 제법 오래된 일이다. 오, 이렇게 야박할 수가. 적선(積善) 없이 강복(降福)만 바라는 도둑놈 심보라니.

그런데 곰곰이 생각해보니, 내 딴에는 큰맘 먹고 얼추 기부 같은 것을 한 적이 딱 한 번 있다. 대략 25년 전 다일공동체 계좌에 5만 원을 입금했던 것이다. 당시 회사에서 기대하지 않았던 성과급이 조금 나왔는데, 나는 처음 받아보는 그런 명목의 돈을 몽땅 내 주머니에 넣기가 망설여졌다. 왠지 그것이 요행수 같아, 내 욕심만 채우다가는 호사다마의 쓴맛을 보게 될지 모른다는 불길한 예감이 들었다고나 할까. 실은 그 나이만 해도 내게 순진한 구석이 남아 있어 간만에 선행을 실천하고 싶기도 했고.

때마침 내 머릿속에 다일공동체가 떠올랐다. 그 무렵 그곳에서는 노숙자 등 소외계층을 위해 다일천사병원 건립을 추진하는 중이었다. 처음에는 청량리 사창가 여성들과 주민들이 성금을 모았고, 이어 사회 각 분야 인사 1,004명이 100만 원씩 기부하는 천사운동이 일어났다. 그리고 지속적인 병원 운영에 더 많은 돈이 필요해 일반 국민을 상대로 하는 모금 운동으로 이어졌다. 바로 그때 다일천사병원 건립 후원 계좌번호가 내 눈에 띄었던 것이다. 나는 그날 당장 다일공동체에 5만 원을 보내고 나서 적어도 50만 원 정도의 보람을 느꼈다. 그렇게 단 한 번, 입에 올리기도 민망한 기부를 경험했던 것이다.

요즘 나는 텔레비전 채널을 돌리다가 유니세프나 세이브더칠드런 같은 곳에서 모금 활동하는 광고를 보면 마음 깊이 묻혀 있던 이타심이 일렁이고는 한다. 잠깐이나마 내 안의 선이 내 안의 악을 압도하는 순간이랄까. 인간을 향한 긍정이 인간을 향한 부정을 잠시 따뜻하게 끌어안는 순간이랄까.

그런데 나 역시 누구 못지않은 속물이다보니 가난한 나라의 현실을 돈으로 환산해야 그 고통을 실감한다. 최빈국에서는 우리 돈 200원이면 한끼 식사를 해결할 수 있다, 1천 원이면 결핵에 걸린 아이에게 일주일 치 치료제를 줄 수 있다, 3천 원 정도면 한 달 치 초등학교 교육비로 충분하다 같은 말들. 『어린 왕자』에 다음과 같은 구절이 나온다. "그들은 코끼리를 삼킨 보아뱀을 이해하지 못한다. 그들에게는 '2만 달러짜리 집을 보았어요.'라고 이야기해야 한다. 그러면 그들은 '야, 참 좋은 집이구나!' 하며 소리를 지른다." 그렇다, 내 수준이 꼭 그렇다. 나는 "아프리카 남수단에서는 우리 돈 1만 원 정도면 다섯 식구가 보름 동안 먹을 옥수수를 살 수 있습니다."와 같은 내레이션을 들어야 바싹 말라붙어 있던 이타심에 살짝 물기가 돈다. 그러다가 제풀에 잦아들어 전화는 한 번도 걸지 않았지만 말이다.

가끔 미디어들이 나 같은 부류와는 다르게 존경받을 만한 인격체의 미담을 기부 천사라는 수식으로 전하고는 한다. 아마도 그들은 가난의 현실을 돈으로 환산해야만 겨우 이해하는 속물이 아니겠지. 그래서 그들은 자신의 형편을 따지기보다 타인의 고통을 먼저 헤아리겠지. 나는 이 글을 '부끄럽지만'이라고 시작했는데 끝맺음도 같을 수밖에 없는 처지다. 가만히 따져보니, 나는 이 나이가 되도록 나 아닌 사람들에게 별로 눈길을 주지 않았다. 더더욱 나 아닌 사람들의 아픔을 제대로 보듬어줬던 기억이 없다. 오로지 상처투성이인 내 발등만 핥느라 긴 시간을 흘려보냈다. 언제나 나는 가깝고 타인은 멀었다. 부끄럽다.

마음가짐에 관한 생각

*

불교 경전 중 하나인 『화엄경』의 중심 사상은 일체유심조(一切唯心造), 즉 "모든 것은 마음이 지어낸다."라고 이야기할 수 있다. 나는 중학교 다닐 적에 이 문장을 처음 접하고 곧장 마음에 새겼다. 신라 고승 원효 대사의 일화까지 곁들여 알게 됐으니, 막 삶의 비의(秘意)에 관심 갖기 시작한 십 대 소년의 눈길을 끌 만했다.

그 후 세상을 살아가면서, 나는 일체유심조라는 말이 얼마나 심오한지 새삼 깨닫는 순간이 많았다. 깨끗한 것과 더러운 것이 마음의 구별일 뿐이라고? 행복과 불행이 마음에서 만들어낸 것이라고? 그런데 모든 것이 마음먹기에 달렸다고 마음먹는 것이 몹시 어려웠다. 내 마음의 주인이 번번이 내가 아니었다. 그러니 일체유심조는 얼마나 높은 경지인가. 그게 다 나의 마음과 생각이 지어낸 허위인 줄 알면서, 나는 변함없이 집착했고 외면했다. 아무것도 아니라고 생각하면 아무것도 아니야, 하면서 지금껏 아무것도 자유롭지 못했다.

*

우물쭈물하고 얼렁뚱땅하는 인생이다. 단 두 개의 부사어로 나의 삶을 정의할 수 있다. 왜 나는 좀 더 단호하게 행동하지 못할까. 왜 나는 좀 더 치밀하게 몰입하지 못할까. 극작가 조지 버나드 쇼의 묘비에 "우물쭈물하다가 내 이럴 줄 알았다."라고 적혀 있다지. 얼렁뚱땅 살다가 얼렁뚱땅 가버린 인생도 적지 않을 것이다.

흔히 실패보다 안타까운 것이 시도조차 해보지 않는 것이라고 한다. 일단 화살을 날려야 과녁에 명중할지 빗나갈지 알 수 있지 않나. 활시위 붙잡고 우물쭈물하면 사냥감이 멀리 달아난다. 인생도 쏜살같이 지나간다. 또 무엇을 하기로 마음먹었다면 자기 능력의 최대치를 발휘해야 한다. 대충 얼버무리는 말이나 눈 가리고 아웅 하는 솜씨로 해낼 일은 많지 않다. 뭐든 건성하면 금방 밑천이 드러난다. 얼렁뚱땅 잔재주나 부려서는 곧 감당하기 힘든 사고가 터지게 마련이다. 내가 나에게, 또다시 잔소리를 쏟는다.

*

정치는 괜찮다. 문제는 정치'적'이다. 사무는 필요한데 사무'적'이 문제고, 형식은 중요한데 형식'적'이 문제다.

인간의 정치 행위는 민주주의 체제를 유지하는 필수불가결한 요소 중 하나다. 그러나 정치적인 인간은 제 잇속을 챙기는 모략과 작당에 능할 뿐이다. 사무는 자신이 맡은 일을 책임감 있게 처리하는 것이다. 하지만 사무적으로 일처리를 하면 진심과 성의가 없어 기계적인 결과만 빚어낼 뿐이다. "사무적으로 대한다."라는 말에는 냉정하다는 의미가 담겨 있지 않나. 형식과 형식적도 마찬가지다. 흔히 형식보다 내용이 중요하다지만, 내용만큼 중요한 것이 형식이다. 내용을 분명하게 하고 돋보이게 하는 것이 형식이니까. 그런데 형식적이 되면 이야기가 달라진다. 형식적은 가식적이고, 도식적이며, 피상적일 수 있기 때문이다.

*

때로 사람들은 가치 판단보다 자신의 포지션을 중요시하는 듯하다. 옳고 그름의 기준을 객관성과 합리성 대신 자신이 어디에 속해 있느냐에 따라 임의로 정한다는 말이다. 그것을 정치 영역에서는 진영논리라고 하는데 학연, 지연, 혈연 등도 다 거기에서 비롯되는 셈이다.

그런데 더 심각한 문제는 포지션마저 자신의 처지와 손익에 따라 손바닥 뒤집듯 바꾸는 데 있다. 학연, 지연, 혈연은 쉽게 어쩔 수 없다 하더라도 선택과 신념에 관해서는 편의를 좇아 입장을 돌

변하기 일쑤다. 가치 판단에 근거하기는커녕 오직 포지션의 변화에 맞춰 옳고 그름을 다르게 주장하는 것이다.

그와 같은 성향일수록 스스로 포지션을 바꾸고 나서는 한때 자신이 속해 있던 쪽을 경멸하고 압박하기 십상이다. 그런 사람은 자기가 운전자인 경우와 보행자인 경우에 따라 저마다 달리 옳고 그름의 목소리를 낸다. 차 안에서는 잘못 없는 보행자에게 경적을 울리고 길 위에서는 운전자에게 함부로 손가락질하는 식이다. 언제 자신이 그쪽에 있었느냐는 듯. 교통 법규는 아예 무시한 채.

*

"내가 분명히 들었잖아." 또는 "내가 틀림없이 봤어."라는 말은 얼마나 신뢰할 수 있을까. 분명히 듣고 틀림없이 봤으니까 그렇게 얘기하겠으나, 직접 보고 들은 것은 항상 확실한지 의문이 든다.

인간의 눈은 이따금 착시 현상을 일으킨다. 똑같은 직선도 그 끝을 화살표 모양으로 오므렸는지, 그와 반대 모양으로 벌렸는지에 따라 다른 길이로 보이지 않나. 똑같은 원도 주위를 작은 원들로 둘러쌀 때와 커다란 원들로 둘러쌀 때가 다른 크기인 것처럼 보인다. 또한 인간의 청각은 감각 신경으로 그치는 것이 아니라 뇌의 해석과 판단 과정을 거친다. 그러므로 똑같은 말을 들어도 의미를 다르게 이해할 수 있는 것이다. 더구나 사람이 보고 들은 내용은 시간이 흐르거나 상황이 달라지면서 첨삭되고 왜곡되어 진실과 멀어질 가능성이 있다. 따라서 분명히 듣고 틀림없이 본 것이라 해도 한번쯤 회의(懷疑)하는 습관을 가져야 한다.

*

다 그렇지는 않겠으나, 무얼 준 쪽은 오랫동안 기억하는데 받은 쪽은 금방 잊어버리고 만다. 그래서 서운한 마음이 들고, 사이가 더 틀어지면 인연을 끊는 일까지 벌어진다. 그런데 가만 생각해보면 양쪽 모두 그럴 만하지 않나. 인간에게는 너나없이 자기중심적 성향이 있으니까 말이다. 자신의 공과 남의 허물은 실제보다 크게 드러내고, 타인의 호의와 자신의 무례는 실제보다 작게 여기는 것이 인간의 본능이다. 인간이 본능에 빠져 허우적대지 않으려면 부단히 자신을 경계할밖에.

그러므로 내가 남에게 무엇을 베풀면서 되돌려받겠다고 기대하면 실망하기 십상이다. 내 인격이 고상해서가 아니라, 내가 스트레스 받지 않고 살기 위해 그런 바람은 갖지 않는 것이 낫다. 내가 100을 줬다고? 그러면 50만 받으면 그만이다. 50이나마 갚기는커녕 고마움조차 모르는 상대라면 그 관계부터 되짚어봐야 한다.

그런데 아무리 애써도 본전 생각이 떠나지 않는다면, 차라리 "주지도 말고 받지도 말자."라는 어떤 캠페인을 명심하는 편이 정신건강에 좋다.

*

불끈 화가 솟구쳐 얼굴이 달아오를 때가 있다. 무슨 말이 목구멍까지 치밀어 당장 쏟아붓고 싶을 때도 있다. 버럭 소리를 내지르거나 금방 주워 담고 싶을 말을 내뱉어 후회가 밀려들고는 한다. 나는 왜 참지 못할까. 내가 젊었을 적에 그런 모습을 보이면 가방끈 짧은 엄마가 "참을 인(忍) 자 셋이면 살인도 면한다."라는 격언을 들려주었다. 나는 엄마보다 조금 더 배웠지만 인간으로서 반토막밖에 되지 않았다.

아마도 나 정도의 인격이라면 죽는 날까지 불끈 화내고 후회하는 일을 반복하겠지. 그러다가 때로는 되로 주고 말로 받는 참사를 겪겠지. 돌이키지 못할 상황을 만들어 모자란 놈, 나쁜 놈, 버릇없는 놈이라며 손가락질당할 수도 있겠지. 진짜 용맹한 사람은 버럭 소리 지르지 않는다. 진짜 슬기로운 사람은 입을 닫아야 하는 순간을 안다. 오래전 베스트셀러 『조금만 비겁하면 인생이 즐겁다』를 패러디해, 조금만 참으면 인생이 즐겁겠지. '그때 잘 참

았어.' 하는 생각이 들어야 나잇값도 할 수 있다.

*

포털 앱 카테고리에서 뉴스를 삭제했다. 텔레비전을 볼 때도 의식적으로 뉴스를 피하려고 했다. 어느 날 문득, 내가 뉴스에 과민하게 반응하는 것이 싫었기 때문이다. 요즘은 뉴스가 워낙 과잉 공급되다보니, 나 역시 툭하면 정치가 어떻고 사회가 어떻고 같잖은 소견을 드러내며 평정심을 잃기 일쑤였다.

오래전, 나는 섬에 들어가 며칠 지낸 적이 있다. 굳이 신문과 텔레비전에 눈길 줄 필요가 없었던 그때, 나는 머릿속이 굉장히 청명해지는 느낌이 들었다. 그저 주위 사람들과 잡담하고 바다만 즐기면 그만이었으니까. 하지만 도시로 돌아오자마자 나는 다시 쏟아지는 뉴스에 버릇처럼 의견을 보탰고, 나의 편견으로 옳고 그름을 판가름했다. 물론 세상에 대한 관심이 구성원들의 자유와 평화와 권리를 지킨다는 점을 모르지 않는다. 그럼에도 나는 뉴스를 멀리해 나의 만용과 경솔함을 치유하고 싶은 생각이 더 컸다. 그것도 잠시라서 금세 뉴스를 기웃대고 말았지만, 그 다짐만큼은 때때로 되새긴다.

*

법정 스님은 열반하면서 자신의 이름으로 펴낸 모든 책을 더는 출판하지 말아달라고 유언했다. 일생을 살면서 풀어놓은 '말빚'을 지고 가고 싶지 않다는 것이 이유였다. 나는 법정 스님이 남긴 문장들보다, 그와 같은 법정 스님의 성찰에 감동했다. 자기가 살면서 쏟아내는 말에 미안함과 부끄러움을 갖기는커녕 별 가치도 없는 말로 목소리를 높이는 사람이 얼마나 많은가. 무엇으로든 죽어서까지 자신의 흔적을 새겨놓으려는 것이 중생의 어리석음 아닌가.

예로부터 고승들은 묵언정진을 실현해왔다. 말이 가볍게 생각을 드러내고, 그것으로 분별과 시비가 일어나는 부작용을 경계했기 때문이다. 말이 생각의 깊이를 허물어 설익은 판단으로 타인을 현혹할까 두려워했기 때문이다. 법정 스님의 결심도 그런 마음에서 비롯되었을 것이다. 아무리 따뜻하고 아름다운 말도 누군가에게는 허황한 공염불일 수 있으니까. 그러니 나의 말은 그 빚이 얼마나 큰가.

*

딸아이가 오래전부터 애지중지하는 강아지 인형이 있다. 견종이 요크셔테리어라 애칭 그대로 요키라고 부른다. 지금 같으면 더

근사한 이름을 지어줬을 법한데, 대여섯 살 무렵에 사줬던 인형이라 아이의 상상력이 그 정도였다.

딸아이에게 요키는 무생물이 아니다. 마치 살아 있는 강아지를 대하듯 뽀뽀하고 쓰다듬고 밥 먹이는 시늉을 하며 저녁에 잠자리에 들 때는 이불도 덮어준다. 이제는 딸아이도 어지간히 자라 이전만큼은 아니지만 여전히 평범한 봉제 인형에 다양한 감정 이입을 한다. 그때마다 나는 판타지처럼 말로 설명할 수 없는 어떤 조화가 일어나, 갑자기 그 강아지 인형이 숨을 쉴 것 같기도 하다.

세상에는 살아 있는 생명을 함부로 대하는 사람이 있고, 딸아이처럼 생명 없는 인형조차 극진히 아끼는 사람이 있다. 사람이 무엇을 진심으로 소중하게 생각하면 그 대상이 강아지 인형이라도 대화가 통하는 듯하다. 정들었는데 낡고 망가졌다고 내다버리면 의리가 아닌 것을 딸아이에게 배운다.

*

진정한 사랑에는 의무만 있고 권리는 없다, 라고 한다면 그것은 사랑이 아니라 희생이다. 사랑과 희생을 비교하면 사랑이 희생보다 더 넓은 의미의 개념이다. 희생은 사랑으로 완성할 수 있지만, 희생만으로 사랑을 완성할 수는 없다.

아직도 우리의 정서에는 끊임없이 희생하는 것에 대한 향수가 있다. 꼬부랑 할머니가 된 엄마가 무심한 자식에게 자꾸 뭔가를 베푸는 모성을 드러내 툭하면 눈물샘을 터뜨리는 식이다. 그것은 <인간극장> 류의 다큐멘터리 프로그램이 시청률을 끌어올리는 오래된 공식이다. 하지만 나는 모성에도 권리가 있다고 믿는다. 지극한 모성이 오직 희생의 의무만으로 실현되는 것은 아니다.

권리 없는 의무로 지속하는 희생은 자기 최면일 수 있다. 진정한 사랑은 사랑받을 권리를 포함한다. 내가 생각하는 진정한 사랑의 첫걸음은 상대를 이해하는 것이다. 상대를 이해하지 못하면서 무작정 희생하는 것은 사랑한다는 착각일 수 있다. 서로를 이해해야 진정으로 사랑하고, 그 사랑은 권리와 의무를 함께 갖는다.

*

인간은 무엇을 소망하며 더없이 간절할 때가 있다. 자신의 모든 것을 바쳐서라도, 어떠한 고난을 겪더라도 꼭 이루고 싶은 바람을 갖는다. 따지고 보면 다 욕망의 범주이겠으나, 그렇다고 해서 그것이 부귀영화나 입신양명만을 의미하지는 않는다. 누구는 깊은 산으로 들어가 땅을 일구고, 누구는 골방에서 홀로 기도하며, 누구는 아무도 멈춰 서지 않는 거리에서 노래를 부르니 말이다.

티베트 라싸에 불교 성지 조캉사원이 있다. 많은 티베트인들이 평생 한 번은 가보고 싶어 하는 곳이라는데, 독실한 신자들은 오체투지(五體投地)로 순례에 나선다. 말 그대로 신체의 다섯 부분을 땅에 내던지듯 하며 앞으로 나아가는 고행이다. 그들은 네댓 걸음마다, 먼저 두 무릎에 이어 두 팔을 땅에 댄 다음 이마까지 닿게 해 절을 올린다. 그렇게 몇 달 동안 수백 킬로미터를 걸어 사원에 다다른 뒤에는 다시 불상 앞에서 수천 배, 수만 배를 한다. 그들의 소망은 단 하나, 이생에서 범한 죄를 씻어 다음생의 구원을 바라는 것이다. 더없이 간절한 마음은 극한의 고난마저 기꺼이 받아들인다.

*

기형도 시인이 시 「질투는 나의 힘」을 쓴 이후 같은 제목의 영화와 연극이 나와 인기를 끌었다. "내 희망의 내용은 질투뿐이었구나"라는 구절을 담은 「질투는 나의 힘」은 그 제목에서부터 상당한 흡인력을 발휘한다. 실제 우리의 인생을 이끌어가는 중요한 감정 중 하나가 질투라고 할 수 있으니 말이다. 그러면, 그것을 흉내 내 '멸시는 나의 힘'이라고 한다면 어떨까?

나는 질투로만 그쳐 더 분발하지 못하고 퇴락해버린 삶을 치유하는 데 멸시가 탁월한 효능이 있다고 생각한다. 내가 실패한 누군가의 성공을 얕잡아, 누군가의 성과에 숨어 있는 변변치 않은 단점을 업신여기고 조롱해, 나의 무능을 합리화할 수 있기 때문이다. "쳇, 그래봤자 쟤는 재능도 없이 운이 좋았을 뿐이야."라거나 "저 사람의 영광은 돼지 목에 진주 목걸이지."라고 중얼대다보면 그나마 패배의 아픔을 망각하지 않나. 굳이 말로 꺼내지 않더라도, 나를 위압하고 열등하게 만드는 상대를 극복하는 데 멸시가 큰 힘이 되는 것이 사실이다. 물론 정당한 감정이라고 말할 수는 없지만.

*

"사람들 사이에 섬이 있다/ 그 섬에 가고 싶다"

정현종 시인의 작품 「섬」이다. 여기서 섬은 단절된 고독일 수 있고, 소통의 통로이거나 불통의 피난처일 수도 있다. 그런데 나는 이 시에서 '사이'에 주목한다. 시인은 각각의 사람들이 아니라 그 사이에 섬이 있다고 말한다. 만약 시인이 사람들에게 섬이 있다고 썼다면 이 시의 감동이 반감되었을 것이다.

사이를 향한 나의 관심은 시를 넘어 이어진다. 12월과 1월 사이는 무엇인가. 막차와 첫차 사이는 무엇인가. 통속과 순정 사이는 무엇인가. 이별과 망각 사이는 무엇인가. 흉터와 흔적 사이는 무엇인가. 밤과 새벽 사이는 무엇인가. 고백과 거짓말 사이는 무엇인가. 너와 나 사이는 무엇인가. 나와 나 사이는 무엇인가.

사이를 유심히 보아야 '섬'이 보인다고, 나는 생각한다.

*

갑자기 『갈매기의 꿈』이라는 책이 생각났다. 내가 소년이었을 때 많은 집에 있던 베스트셀러였다. 나는 친구에게 그 책을 빌려 읽었는데, 아직까지 대충의 내용과 함께 리처드 바크라는 저자 이름을 잊지 않았다.

『갈매기의 꿈』은 시집 두께밖에 안 되는 얇은 우화 소설로, 그 안에는 십 대 아이의 가슴을 설레게 할 만한 문장들이 들어 있었다. 주인공 갈매기 조나단 리빙스턴은 단지 먹이를 구하기 위해 하늘을 날지 않으려 했다. 조나단은 일상에 얽매인 삶을 회의하면서, "가장 높이 나는 새가 가장 멀리 본다."라고 되뇌며 현실을 초월하는 비행의 세계를 꿈꾸었다.

내가 기억 저편의 『갈매기의 꿈』을 들춰낸 것은 문득 새와 하늘의 관계를 공상하던 순간이었다. 하늘에 새의 자유가 있지 않을 뿐더러, 오히려 하늘은 추락을 두려워하며 쉼 없이 노동해야 하는 날개의 그늘이지 않을까 싶었다. 그러다가 난데없이 조나단 리빙스턴이 생각났다. 그늘 안에서도 꿋꿋이 살아가는 어떤 의지와 열망을 떠올렸던 것이다.

극기에 관한 생각

*

원고지에 대하소설을 쓰던 작가들이 있었다. 조정래는 200자 원고지 16,500매에 온 정열을 쏟아부어 『태백산맥』을 완성했다. 가지런히 쌓아놓으면 작가의 키를 넘어서는 높이다. 그는 6년이라는 긴 세월 동안 온전히 자신의 머리로 구상하고 이곳저곳 발품 팔아 자료를 수집했다. 그리고 손목이 시큰거리도록 글을 써서 문학사에 남을 작품을 탄생시켰다. 만약 조정래가 수천 매쯤 원고지를 메우다가 펜을 꺾었다면 작가로서 자괴감에 시달리다 기나긴 슬럼프에 빠져들었을지 모른다. 당연히 대하소설 『태백산맥』 역시 세상의 빛을 보지 못했을 것이다.

조정래는 거기에서 멈추지 않고 『아리랑』과 『한강』 등 모두 원고지 8만 매에 달하는 글을 썼다. 훗날 조정래는 그처럼 치열했던 삶의 한때를 가리켜 "화려한 글감옥의 시절"이었다고 회상했다. 그가 쓴 엄청난 분량의 원고는 재능에 앞서 목표를 향한 투지와 그 과정의 인내가 얼마나 중요한지 잘 보여준다. 문학적 평가 이전에 한 인간의 집념에 경의를 표할 만하다. 제 발로 글감옥에 들어가 매일 열두 시간씩 원고지를 메워 나갔던 작가처럼, 나의 한때도 극기(克己)의 시간이었던 적이 있나. 누구도 아닌 나 자신과 사투를 벌여보기는 했던가. 나는, 또 반성한다.

*

강바닥에 일생을 마친 연어가 누워 있다.

연어는 강에서 산란하고 부화한 뒤, 이듬해 봄이 되면 치어들이 바다로 이동해 성장한다. 그리고 수년이 지나 완전한 성체가 되면 번식을 위해 다시 자기가 태어난 강으로 돌아온다. 거센 물살을 거스르는 생명의 회귀 본능.

산란기의 연어는 아무것도 먹지 않은 채 오로지 번식 활동에만 집중한다. 그렇게 처음이자 마지막으로 알을 낳고 수정한 연어는 암수 모두 엄연한 죽음을 맞는다. 미래를 예감하면서도 돌아와 스스로 마침표를 찍는 눈부신 결심.

짧았던 향기여! 한때는 반짝였던 비늘이여!

바다는 너를 실컷 아프게 했다. 이제 바다에 너는 없고, 여기에도 너는 없다. 미망(迷妄)의 살과 뼈가 허옇게 풀어진다. 이렇게 극기의 시간이 저문다.

*

나의 스무 살을 기억한다. 스무 살의 의미는 뭔가. 법적으로 어떠하든, 나는 스무 살을 성인이 되는 경계로 받아들인다. 스무 살은 아이에서 어른으로 건너가는 여울. 스무 살은 아이를 벗고 어른을 입는 정신의 탈바꿈. 내가 스무 살이었던 1986년은 얼마나 아름다우면서 황량했던가. 나는 스무 살이 된 아들과 이야기하다가 「찬란에 대하여」라는 시를 쓴 적이 있다.

"스무 살이 된 큰아이에게 말했다. 네 인생의 가장 찬란한 한때라고. 아이는 고개를 갸웃거렸고 나는 달리 설명할 방법을 찾지 못했다.// 그때의 나는 찬란했나?// 지금의 나는 찬란하지 않나?// 나는 삼십 년을 먼저 살아온 어른답게 얘기해줘야 했다. 네 인생의 한때가 모두 찬란한 것이라고. 찬란하지 않아도 후회하지 않을 순 있다고."

누구나 그렇듯 나에게도 성인이 된 스무 살 이후에 많은 일이 있었다. 그 세월을 거치며 퇴적한 생각과 감정을 이 책에 갈무리해 보았다. 그러다보니 이따금 스무 살 이전을 추억하기도 했다. 옛날이 또 다른 옛날을 불러오고, 오늘이 또 다른 오늘을 불러냈다.

그러다가 문득 가까운 미래가 떠오르기도 했다. 말이 되거나 말거나, 조정래 작가의 8만 매 원고지를 떠올리면 부끄럽지만, 나는 이 정도로도 숨이 가쁘다. 다만, 나 자신과 계속 사투를 꿈꾼다.

장 폴 사르트르 소설 『구토』의 주인공 로캉탱은

생각 없이 생각한다고 믿으며 사는 사람들을

'여분의 존재'라고 했다.

달아실에서 펴낸 조항록의 책

시집 『나는 참 어려운 나』(2023)
산문집 『아무것도 아닌 아무것들』(2023)
우화집 『전생을 기억하는 개』(2024)

다시, 방구석 생각 일기

나의 충분한 사생활

1판 1쇄 발행 2024년 8월 30일

지은이 조항록
발행인 윤미소
발행처 (주)달아실출판사

책임편집 박제영
디자인 전부다
편집위원 김선순, 이나래
법률자문 김용진, 이종진

주소 강원도 춘천시 춘천로 257, 2층
전화 033-241-7661
팩스 033-241-7662
이메일 dalasilmoongo@naver.com
출판등록 2016년 12월 30일 제494호

ISBN : 979-11-7207-025-0 03810